Les hommes en noir

Du même auteur

Patron du RAID : face aux attentats terroristes
(Mareuil éditions, 2017)
Le RAID, comment manager une unité d'élite
(Mareuil éditions, 2018)
Rugby-Raid : les clés pour mener son équipe à l'excellence
(Marabout, 2018)
La sécurité des Français
(Michel Lafon, 2019)
Sécurité globale, solutions locales : outils et méthode pour assurer le continuum de sécurité
(Territorial, 2022)

Jean-Michel Fauvergue

Les hommes en noir

Roman

PLON
www.plon.fr

92, avenue de France
75013 Paris
www.plon.fr
www.lisez.com

Mise en pages : Nord Compo
Dépôt légal : janvier 2023
ISBN : 978-2-259-31414-5

Paris, 13 novembre 2015

Gaby ressentait une oppression inexpliquée, étrangère aux coups de feu qu'il avait essuyés en entrant dans cette salle de spectacle. Se faire tirer dessus, c'était son quotidien ou presque depuis qu'il commandait l'unité d'intervention de la police, et il le gérait plutôt sereinement, développant à ce sujet une forme de résignation. Non, décidément, ce danger-là ne semblait pas être à l'origine de son malaise. Tassé sur sa position, l'arme à la main, il prit le temps de jeter un œil sur les hommes de la colonne d'assaut tapis à côté de lui. Aucun n'avait été blessé par le feu ennemi. Rassuré, il profita de ce bref instant de répit pour regarder devant lui. Apprivoisant la pénombre, il identifia peu à peu l'objet de son trouble. Aussi loin que portait sa vision, le sol était jonché de cadavres et de corps abîmés.

Incrédule, il balaya la scène des yeux, du plus loin au plus près. À quelques dizaines de centimètres de ses pieds, sa vue se fixa sur une main tuméfiée posée au sol, au bout d'un bras appartenant à un corps de femme.

À côté de lui, et jusqu'à l'extrémité de la fosse d'orchestre, débarrassée de tous ses sièges, d'autres cadavres étaient allongés, pêle-mêle, se chevauchant quelquefois en un jeu de mikado macabre dont les baguettes géantes auraient été remplacées par autant d'êtres humains, étonnés d'avoir été si brutalement désertés par la vie. L'égalité dans la désolation s'était imposée de manière logique et évidente, les assassins n'ayant pas choisi leurs victimes. En cette soirée d'automne, la clémence avait abandonné les lieux et cédé la place au périple meurtrier de barbares en pleine crise de folie destructrice. Petits, grands, gros, sveltes, jeunes, vieux, hommes, femmes avaient mêlé leur terreur et leurs cris, avant de mélanger leurs sangs.

La mort avait pris le pouvoir, distribuant ses faveurs comme autant d'injustices. Certains avaient connu une délivrance rapide, loin des douleurs insupportables infligées à leurs voisins d'infortune. D'autres n'étaient que blessés ; toutefois, parmi eux, le sort dessinait des trajectoires différentes, entre ceux qui souffriraient un long martyre dans leur corps et dans leur âme le reste de leur vie et ceux, moins atteints physiquement, mais sous le choc de blessures invisibles, dont les effets pernicieux pourraient les précipiter plus tard dans le gouffre béant du suicide. La triste nuit avait décidé de manière étrange et inexpliquée d'épargner quelques rares spectateurs, très peu, figés dans une frayeur salvatrice, allongés, immobiles et muets au milieu des corps, boucliers improvisés qui les avaient protégés des salves meurtrières. Leur instinct de survie leur commandait de ne plus bouger jusqu'à la délivrance finale, quelle qu'elle fût.

Spectateur groggy, Gaby sentait qu'il se perdait. Son esprit défaillait. Il devait arrêter cette chute, d'urgence. Dans un effort surhumain, il s'arracha à la contemplation de l'horreur envoûtante, terriblement envoûtante, et ramena sa vision au plus près de lui. Ses yeux accrochèrent le bout de ses chaussures. Malgré la pénombre, il distinguait nettement que le cuir de sa botte tactique était maculé de taches sombres et de salissures. Depuis l'adolescence, il portait une attention particulière à l'entretien de ses chaussures. Il tenait cette « manie » de son père, qui lui avait appris que le respect de sa propre personne, et donc des autres, résidait aussi dans la manière de prendre soin de soi, jusqu'au bout des souliers. « Souliers », c'est le terme qu'il employait, un mot suranné, à l'image de ce papa aimant et protecteur, mais inflexible sur quelques principes simples et intangibles qui avaient guidé le chemin de vie de Gaby, et dans lesquels il se retrouvait encore aujourd'hui, bien des années après la mort de l'être cher.

Pour contrariantes qu'aient été ces souillures, elles permirent à Gaby de s'extraire de sa douloureuse et dangereuse sidération et de se reconnecter à l'instant présent. Son regard se porta de nouveau sur le tableau macabre qui s'offrait à lui, et plus que la vision d'horreur, ce fut la sensation d'un danger imminent qui le ramena définitivement à la réalité de sa mission.

1.

« Vous qui entrez ici, laissez toute espérance... »

Gaby avait été avisé moins de trois quarts d'heure plus tôt par l'état-major de la police qu'en cette douce soirée du mois de novembre plusieurs fusillades avaient éclaté dans divers arrondissements parisiens. La nature des renseignements recueillis, le mode opératoire des agressions, les armes automatiques utilisées lui avaient immédiatement fait penser à des attentats terroristes. Son intuition première fut confirmée par le canal de la radio professionnelle de son véhicule de service annonçant l'explosion de deux kamikazes porteurs de gilets explosifs. Ce mode opératoire, bien que redouté par les services, était nouveau sur le territoire français. En état d'alerte permanent depuis plus d'un an, le pays n'avait pas encore été confronté à ces bombes humaines si courantes dans certains États du Moyen-Orient. Les terroristes islamistes avaient déclenché concomitamment leurs charges meurtrières à deux terrasses de café distantes d'une centaine de mètres, comme si cette proximité leur garantissait une forme de solidarité dans leur action de folie commune. Le blast de la déflagration, les clous et les boulons ajoutés à l'explosif projetés par le souffle avaient fauché des dizaines de consommateurs. Les lieux s'étaient instantanément mués en un théâtre de guerre où l'incompréhension se mêlait à l'horreur.

Venant à peine de quitter les locaux de son unité, Gaby y était retourné pour revêtir sa tenue d'intervention, s'équiper de sa radio, glisser son arme de service dans son étui de cuisse et récupérer l'ensemble de ses adjoints et aussi la section d'assaut, les tireurs d'élite, les artificiers, les maîtres-chiens et le négociateur de permanence. La colonne ainsi constituée s'était mise en route au bleu des gyrophares et toutes sirènes hurlantes. Il n'avait aucune consigne précise, mais il n'attendit pas les ordres et prit la décision de se rapprocher au plus vite des lieux du drame. Il savait que de telles situations exigeaient une rapidité d'action qui ne faisait pas bon ménage avec l'attente des directives d'un responsable hiérarchique.

Contrairement à ce que pensaient ses chefs et ses hommes, Gaby n'était pas rebelle à l'autorité ou au « système », mais, comme c'est le cas pour la plupart des flics de terrain, son sixième sens, un mélange de flair policier et de baraka, lui donnait souvent une longueur d'avance sur tous. S'il avait dû, en d'autres circonstances, freiner ses instincts pour obéir aux ordres, il s'était promis en prenant ses fonctions quatre ans plus tôt de suivre désormais son intuition, car il pensait de manière totalement immodeste qu'il était le mieux placé pour mener à bien les missions dangereuses qu'on lui confiait. Au début, cette attitude n'avait pas été du goût de ses équipes. Il y eut même dans les premiers mois un mouvement généralisé de rejet, car ce que tous considéraient comme de la suffisance s'était aussi accompagné d'une remise en cause des modes opératoires traditionnels de l'unité, que Gaby jugeait peu en adéquation avec les nouvelles menaces du terrorisme islamiste. Il avait exigé de ses hommes plus de travail, plus de prise de risque et plus de cohésion dans l'équipe. Il avait recruté de nouveaux adjoints et s'appuyait maintenant sur un groupe d'officiers et de commissaires de police qui partageaient la même vision et la même passion pour ce travail particulier d'intervention du dernier recours (*ultima ratio*), comme ce clan se plaisait à le rappeler devant la traditionnelle bière du vendredi soir. La grogne de la troupe, poussée dans ses derniers retranchements, sommée de sortir de sa zone de confort, fut très vive les premiers mois. Elle se calma enfin, puis se tut, se mua ensuite en fierté et en orgueil, au fur et à mesure de ses succès dans l'action, commandée par un chef insolemment servi par une époque où les attentats succédaient aux attaques.

Plus le pays était meurtri, plus l'unité d'élite s'épanouissait, bondissant de succès en succès. Ses exploits faisaient régulièrement la une des médias et recueillaient les encouragements d'une population qui tentait de se rassurer en se raccrochant à un mythe contemporain, dont les héros, tout de noir vêtus, lui semblaient aptes à la protéger des dangers du moment. Flatté par ces honneurs et ces égards, qu'il pressentait fragiles, Gaby tentait de dompter son ego et de garder la tête froide. Il savait que la ligne de démarcation entre le succès et l'échec était fine et que la complexité de sa tâche pouvait l'amener à basculer brutalement de l'un à l'autre. Ce jour-là, les rancœurs et animosités qu'il avait suscitées, parfois volontairement, seraient à l'œuvre pour le faire tomber de son éphémère piédestal.

Un vent de panique semblait avoir soufflé sur les intervenants arrivés les premiers sur les lieux des attentats. Les ondes de la radio générale de la police étaient saturées de messages trop longs, imprécis, où perçait l'inquiétude. En cette soirée maudite, submergés par leurs sentiments face à tant d'horreur et de souffrances, les policiers et policières avaient inconsciemment abandonné leurs réflexes professionnels et redevenaient des citoyens comme les autres. Mais cette compassion rendait les moyens de communication inefficaces, malgré les demandes répétées des opérateurs de la salle centrale de commandement, qui réclamaient plus de discipline sur les ondes.

— Quel bordel ! C'est inimaginable, c'est l'enfer.

Comme toujours en pareille occasion, Roman, l'adjoint de Gaby, s'était installé à l'arrière du véhicule de son chef. Tous deux se connaissaient depuis l'école des commissaires de police, et sitôt nommé à son poste, Gaby n'avait eu de cesse d'intervenir auprès de la hiérarchie pour faire muter son ami. Il avait besoin d'un bras droit de confiance pour l'aider à réformer et à transformer l'équipe et la préparer aux combats futurs qu'il pressentait comme inéluctables. Ces affrontements survinrent rapidement, et dans l'action Roman se montra d'un courage sans faille et d'une efficacité de commandement redoutable, complétant à merveille les qualités de son chef.

La stature de colosse de Roman poussait ses interlocuteurs au respect, celui qu'engendrait la crainte que ce géant aux cheveux roux, d'humeur égale, pût tout à coup, pour une contrariété ordinaire, se laisser envahir par un courroux destructeur que chacun soupçonnait couver en lui. Il était donc obéi par crainte, ce qui se révélait assez injuste, car personne ne se souvenait d'un seul moment où il se serait laissé submerger par la colère. Possédant un réel sens des relations humaines, il se montrait, tant vis-à-vis de ses chefs que de ses hommes, d'une exemplarité et d'une loyauté qui faisaient de lui un vrai leader.

À chaque occasion officielle, Gaby aimait se placer au côté de son adjoint. La différence de taille n'était pas à son avantage, mais il l'assumait sans complexe ; mieux, il recherchait perpétuellement ce contraste physique, comme s'il signifiait par son attitude qu'une carrure massive n'était pas un critère suffisant pour commander la plus prestigieuse unité de la police nationale. Dans son for intérieur, il reconnaissait bien volontiers que ce comportement n'était pas tout à fait sain, surtout concernant un ami proche, mais il en tirait une satisfaction personnelle fondée sans doute sur l'inutilité avérée d'un tel potentiel athlétique pour ce travail. D'une corpulence moyenne, bien que sportive et compacte, Gaby ne pouvait supporter la comparaison, mais son physique et son mental, taillés dans le même granit, le portaient vers l'action vingt-quatre heures sur vingt-quatre. La profondeur de son regard bleu acier accentuait cette agilité générale et faisait le lien avec un cerveau en ébullition constante, capable d'analyser une quantité de détails visuels imperceptibles pour le commun des mortels. Son visage carré accentuait l'expression de dureté dont il jouait à l'envi, comme un masque du kabuki.

— C'est chaud, répondit Gaby, qui s'était installé à l'avant. On n'a pas beaucoup d'infos. On va s'approcher le plus possible du dernier lieu de l'explosion.

Puis, s'adressant au chauffeur :

— Accélère, Berth, fonce, on se traîne, c'est urgent.

— Sans blague ?

— Quoi ?

Comprenant que son chef n'était pas d'humeur à plaisanter, Berth n'insista pas.

— Rien, rien, je déconne. Si je vais plus vite, on va perdre une partie du convoi derrière nous…

— Accélère, ils suivront. Roman, essaye d'avoir plus d'infos par la radio. Moi, je vais appeler le directeur général, ça sera peut-être plus efficace. Répondeur vocal... Ils doivent être saturés, et il n'y en a pas un qui pense à joindre le chef de l'unité d'intervention. Il y a pourtant le mot « intervention » dans « unité d'intervention ». On en a fait des dizaines contre des terroristes ces quatre dernières années, mais ils n'ont toujours pas le réflexe de m'appeler... Mais qu'est-ce qui ne fonctionne pas au sommet de notre hiérarchie ? Ce n'est pourtant pas compliqué : la brigade criminelle, c'est pour enquêter sur les crimes ; la police scientifique, c'est pour exploiter des traces d'ADN ; la cyberpolice, c'est pour travailler sur la cyberdélinquance ; et l'unité d'intervention, c'est fait pour intervenir quand Paris est à feu et à sang... C'est simple, non ?

Sa voix était montée en puissance, jusqu'à l'aboiement ultime.

— Tu as raison, mais tout le monde doit être pris dans la seringue, et au final ils ont tendance à oublier les évidences, modéra Roman. Je ne parviens pas non plus à contacter l'état-major. Allume une radio d'info, on en saura peut-être plus par les journalistes.

— Comme d'hab...

L'anxiété perçait dans la voix des journalistes et se répandit en un instant dans l'habitacle de la voiture de police. Ils se coupaient la parole les uns les autres, cédant, eux aussi, à la tension ambiante. Le flux et le débit de leurs propos ne leur appartenaient plus. Les sentiments prenaient le pouvoir, gommant toute rationalité et tout professionnalisme. Les nouvelles fusaient au fur et à mesure que les envoyés spéciaux recueillaient sur le terrain des informations qu'ils n'était d'après eux plus nécessaire de recouper, les considérant comme crédibles compte tenu de l'horreur des scènes qu'ils avaient sous les yeux. En vieux professionnel, le commentateur en chef laissa ses jeunes correspondants vider leur trop-plein d'émotion ; il fallait qu'ils expriment tous leurs ressentis. C'était le passage obligé avant de revenir à plus de raison, de rigueur et de logique. Profitant d'un moment de pause dans l'agitation, il prit la main sur les opérations, posant des questions, donnant la parole à ses interlocuteurs selon un ordre dont le but était d'offrir aux auditeurs l'analyse la plus fine possible du désordre ambiant.

Les policiers furent informés des derniers détails de ce qui semblait être un périple meurtrier déclenché simultanément en plusieurs points d'un arrondissement de la capitale par des fous d'Allah armés de fusils d'assaut et de gilets explosifs. Selon les sources journalistiques, la mitraille avait ensanglanté quatre terrasses de café, soit deux de plus par rapport aux premières informations dont disposait Gaby. Le mode opératoire décrit par les témoins oculaires était le même. À chaque fois, un terroriste s'était approché des débits de boissons, avait pointé son arme automatique dans leur direction et délivré au juger de longues rafales de fer et de feu. La précision de la chorégraphie macabre laissait penser qu'elle avait été préparée dans ses moindres détails : les chargeurs des armes étaient éjectés et remplacés avant même que leur contenu fût épuisé, ce qui ne laissait aucun temps mort dans les tirs et aucune chance aux victimes d'en réchapper. La fusillade terminée, chaque assassin s'était précipité à l'intérieur des établissements, convoquant leur dieu de la mort dans une psalmodie finale au moment de la mise à feu de leurs gilets explosifs. Le bilan provisoire était lourd et remplissait de rage le chef de l'unité d'intervention et son adjoint, mais ils devaient rester concentrés, professionnels. Le temps de la compassion et des sentiments viendrait après l'action, s'il y avait un après. Gaby allait parler, quand son attention fut attirée par le ton de nouveau surexcité d'un reporter de la station de radio, qui annonçait une fusillade et une prise d'otages dans un théâtre situé à proximité de l'un des bars infortunés.

Selon les dernières informations, au moins trois terroristes s'étaient approchés des lieux et, après avoir abattu vigiles et passants devant l'entrée de la salle de spectacle, y avaient pénétré et ouvert immédiatement le feu sur un public dense, fasciné par les sons haut perchés et hyperaigus d'un groupe métal connu dans le monde entier. Le bruit des premières salves avait fusionné avec le tempo rapide et les tonalités saturées des guitares et des synthés, mais bientôt le mouvement de panique de la foule la plus proche des assaillants s'était propagé à la salle entière, et plus d'un millier de spectateurs fut gagné par une épouvante alimentant une grande vague irrationnelle et désordonnée. Tandis que certains se précipitaient vers les issues de secours, vite encombrées, piétinant et écrasant les malheureux tombés au sol, d'autres restèrent prostrés, incapables du moindre mouvement, paralysés par la surprise et sidérés par la peur. Certains, mus par un espoir insensé, se portèrent au-devant des agresseurs dans l'intention de les ramener à la raison. Cette manœuvre, motivée par l'incompréhension de la situation autant que de l'état d'esprit des fous de Dieu, ne trouva aucun écho chez leurs tortionnaires et leurs corps sans vie vinrent s'ajouter à ceux des premiers sacrifiés.

Là encore, le périple meurtrier répondait à une scénographie maîtrisée et déclinée consciencieusement. Pendant qu'un des leurs demeurait à la porte d'entrée, interdisant tout reflux, les deux autres se répartissaient de part et d'autre de la salle, se frayant un passage au moyen de rafales meurtrières incessantes. Positionné de la sorte, le trio embrassait l'ensemble de l'espace et décuplait ainsi l'efficacité de ses tirs. Les tueurs prirent toutefois garde à ne pas croiser leurs feux afin de ne pas se blesser mutuellement, et réapprovisionnaient leurs armes chacun à leur tour pour maintenir une pression meurtrière constante. Au bout de deux minutes d'enfer, les rafales se turent, remplacées par des tirs moins soutenus mais plus précis en direction des quelques corps qui donnaient encore des signes de vie.

Passé le temps de la surprise, de l'interrogation, puis de la stupeur face à cette attaque terroriste, les cinq musiciens cessèrent de jouer en ordre dispersé et le bruit de la fusillade s'imposa alors, amplifié par l'acoustique de la salle de concert. Attirés par un vigile vers une issue de secours réservée aux artistes, ils sautèrent de la scène et prirent la fuite, abandonnant instruments et matériel, à l'exception du bassiste serrant par réflexe sa Fodera Matt Garrison, objet d'art et de beauté, brandie comme un ultime rempart contre la barbarie ambiante.

Au même moment, l'angoissante obscurité des lieux fut adoucie par un halo de lumière actionné par quelque appareillage automatique ou par une intervention humaine. Les profondeurs de l'enfer avaient laissé place à une aurore diaphane, et les traits lumineux expulsés des bouches à feu des armes automatiques parurent soudain moins agressifs, comme confinés désormais à la fonction esthétique d'un feu d'artifice inoffensif. Les attaquants concentrés sur leur tâche, peu enclins à une vision poétique d'une scène de guerre dont ils avaient décidé le déclenchement, poursuivaient leur action. Tandis que deux d'entre eux s'interrompaient dans leurs tirs, tenaient leur position sur les flancs de la salle et surveillaient l'ensemble de la scène, le troisième se frayait un passage à travers les corps étendus, scrutant le visage des malheureux l'un après l'autre.

Les regards étaient appuyés, et la recherche sérieuse. Visiblement, cette investigation faisait partie du plan, et l'inquisiteur prenait le temps nécessaire pour la mener à bien. Il fut cependant interrompu par un mouvement soudain, à proximité de la porte d'entrée du théâtre. Bénéficiant de ce dégagement opportun de la principale voie d'accès, un vigile en avait profité pour organiser la sortie d'une dizaine d'otages. Ils avaient eu le réflexe de se jeter au sol dès le début de l'attaque, maîtrisant le rythme de leur respiration, se pétrifiant comme s'ils faisaient corps avec les dalles en pierre naturelle du sol, dont ils n'avaient ressenti ni le froid ni la rugosité. Attentif aux évolutions de cette scène de guerre, l'agent de surveillance avait jugé du moment propice pour donner le signal du repli. Le groupe s'était levé d'un bloc et précipité vers la sortie, poussé par le héros du jour qui les encourageait de la voix. La rafale tirée dans leur direction fut trop tardive et les projectiles s'enfoncèrent dans l'encadrement massif des portes, épargnant les miraculés.

Distrait un temps par ce mouvement inattendu qu'il décida d'ignorer, le terroriste reprit ses recherches sous le regard de ses complices, indifférent au bruit des sirènes de police et des services de secours qui se rapprochait. Son attention sembla tout à coup captée par un recoin particulier de la salle, au pied de la scène, où les corps des victimes se chevauchaient pêle-mêle et où aucun œil extérieur n'aurait pu distinguer autre chose que du malheur et de la désolation. Pourtant, il le fixait intensément, plissant les yeux pour mieux scruter l'ensemble du tableau. C'est au moment où il reprenait sa progression, obnubilé par son objectif, qu'un projectile lui fracassa une partie du cou et le bas du visage. Se retournant, il distingua deux policiers abrités derrière le chambranle de la porte d'entrée, pistolet en main. Une autre balle lui traversa le bras, et la force de l'impact le contraignit à lâcher son fusil d'assaut mais libéra en lui une rage exterminatrice qui le poussa à charger ses assaillants, faisant fi de sa douleur. De nouveaux impacts le percutèrent au niveau de la poitrine, déclenchant la déflagration de son gilet composé d'explosifs primaires instables, de clous et de boulons. La grenaille mélangée aux débris de son corps cribla les parois alentour, sans autre dommage que de souiller une décoration et des ornements définitivement outragés.

L'effet de souffle de l'explosion, combiné aux tirs nourris des deux autres comparses, obligea les deux policiers à effectuer un repli stratégique, la mort dans l'âme. Leurs équipements légers de protection et leurs armes de poing ne pouvaient soutenir la comparaison avec le matériel utilisé par les terroristes, et quitter les lieux était la seule chose sensée à faire après cette folle action, ayant abouti à la neutralisation de l'un des membres du commando. Faisant toujours face au danger, les deux policiers se replièrent sans précipitation, couvrant leur retraite par des tirs maîtrisés et continus.

Avant de quitter les lieux, le dernier à sortir aperçut l'un des spectateurs du fond de la salle se relever et lui souhaita bonne chance en pensée pour sa tentative de fuite.

Cette fuite, Camil ne la concevait pas solitaire. Il était bien conscient que la tâche était rude mais savait que plusieurs personnes près de lui étaient indemnes, ou légèrement blessées. Il lui appartenait de les sauver ; c'était pour lui une nécessité vitale. L'éloignement des tireurs et la configuration de la salle avaient en partie protégé cet espace des tirs directs, même si les ricochets des projectiles et les morceaux de mur arrachés par les impacts avaient fait des dégâts. L'idée de l'audacieux, dictée par les conséquences heureuses de l'intrusion policière, était de récupérer l'arme abandonnée et de s'en servir en tir de barrage, permettant aux survivants de se précipiter en nombre vers l'issue de secours demeurée béante. Pour couvrir cette cavalcade d'une dizaine de mètres, il suffisait de se jeter sur le fusil automatique, de diriger le canon vers les adversaires, de presser la queue de détente en effectuant un mouvement de balayage latéral. Cela ne semblait pas bien compliqué : l'arme ayant été abandonnée en pleine action, elle était donc prête à fonctionner, sans manipulation particulière. Il fallait espérer que le chargeur ne fût pas vide, mais y avait-il une autre solution ? Les policiers se repliaient, Camil ne pouvait compter que sur lui-même. L'attention des terroristes se concentrait sur eux, c'était le bon moment. Mobilisant toute son énergie, il s'élança, récupéra l'arme et ouvrit le feu aussitôt, tout en exhortant les otages valides à sortir le plus vite possible. Sans cesser de tirer, il recula et disparut à son tour par l'issue de secours après s'être débarrassé du fusil automatique. Son plan avait fonctionné à merveille : dix-huit otages avaient réagi et s'étaient extirpés de l'enfer sous la protection de cet archange de circonstance. Sa satisfaction fut de courte durée ; la réalité se rappela à lui par une douleur insoutenable au niveau de son épaule et de sa cuisse gauche. Son sang s'échappait de deux profondes blessures, brunissant ses vêtements d'un noir gothique. Il perdit connaissance.

Décontenancés par la perte de leur complice, et par la fuite d'une vingtaine de ceux qu'ils nommaient « mécréants », les deux autres assaillants décidèrent de quitter l'orchestre du théâtre, grimpant au balcon en empruntant les escaliers répartis de part et d'autre de la salle. Chacun de son côté, ils poussèrent devant eux les spectateurs qui, dès les premiers coups de feu, s'étaient aplatis derrière les rangées de sièges de velours rouge, éphémère refuge salvateur. Les terroristes ne semblaient pas vouloir reprendre leur carnage. Ils se contentaient de faire avancer le plus d'otages possible vers le fond de cet espace, se désintéressant de ceux qui échappaient à leur ratissage. L'organisation de cette manœuvre ne laissait aucun doute sur le niveau de sa préparation et sur la reconnaissance préalable des lieux par les assaillants, sûrement à l'occasion d'un précédent spectacle.

Ce théâtre était l'un des plus anciens de Paris. Sa construction avait débuté peu après les Trois Glorieuses, en 1830. L'époque était propice ; la nouvelle monarchie savait combien il était nécessaire de calmer et de distraire le peuple de la capitale, enclin à renverser les régimes politiques en place, ses dirigeants et ses rois. Louis-Philippe Ier, le « roi bourgeois », encouragea personnellement cette politique de culture populaire, et d'autres salles de la même architecture et du même style furent bâties les unes après les autres. Dans les années 1860, l'emplacement du théâtre à l'écart des grands travaux de restructuration et de modernisation de la ville lui avait permis de résister aux expropriations conduites par le baron Haussmann, et il avait pu profiter de la destruction de la plupart des salles du boulevard du Temple pour prospérer dans un Paris impérial en quête, lui aussi, de divertissement. Le divertissement et l'adaptation à l'époque furent d'ailleurs les maîtres mots des responsables successifs de cette salle, qui surent s'acclimater aux goûts du moment : le comique grivois et le vaudeville de la Belle Époque, les revues de danse au rythme du charleston, les musiques noires et le jazz lors des Années folles, les chanteurs soul, rock, disco après le déchirement de la Seconde Guerre mondiale. Dans les années quatre-vingt, terminant sa mue, le théâtre se consacra définitivement aux concerts et spectacles musicaux ; son environnement et sa salle s'y prêtaient, sa renommée internationale le poussait dans cette voie.

Construit en modèle italien, le demi-cercle de l'imposante salle du rez-de-chaussée se resserrait légèrement au plus près de la scène. Reposant sur une série de six piliers doubles et ronds soutenant des voûtes oblongues, réparties géométriquement, un unique niveau de balcon surplombait l'orchestre de part et d'autre en un fer à cheval harmonieux. À cet étage, les sièges avaient été conservés pour le confort d'un public plus aisé, désireux de goûter le spectacle en toute commodité, paradoxe moderne étant donné que cette partie de théâtre était réservée à l'origine au public le plus populaire. Un passage convenable avait été sauvegardé pour permettre, dès sa construction, l'évacuation rapide des spectateurs à une période où le péril des incendies, favorisé par le mode d'éclairage à l'huile et au gaz, avait contribué à la combustion de plusieurs dizaines de lieux similaires. Les piliers du rez-de-chaussée se prolongeaient à l'étage, délimitant des zones qu'il était loisible de compartimenter lors de représentations plus intimistes. L'orchestre était vaste et profond. Les sièges avaient été démontés et, ainsi configuré, il accueillait près d'un millier de personnes en station debout. Les loges publiques installées habituellement dans l'espace entre les piliers et les murs avaient été, elles aussi, désassemblées pour faire face, sans entrave, à la densité de l'assistance et ne point gêner son éventuelle évacuation d'urgence.

La nature des spectacles organisés, attirant un public d'une modernité peu en rapport avec l'histoire des lieux, avait eu raison du traditionalisme de la décoration. Depuis plusieurs dizaines d'années, les bronzes, pourtant de la plus belle facture et dont certains avaient été sculptés par des artistes de renom, avaient été démontés, et les fresques recouvertes par des tentures dont le ton rouge traditionnel s'obstinait cependant à affirmer l'héritage théâtral de ce lieu de légende, tout en favorisant une bonne acoustique nécessaire aux décibels généreusement dispensés par les groupes invités. Les plafonds, eux aussi, avaient été revisités : les rosaces et les luminaires avaient fait place à plusieurs rails supportant une forêt de projecteurs de toutes tailles et de toutes puissances. La modernité des équipements, le dépouillement du décor n'outrageaient pas la dignité des lieux, et les évolutions concédées époque après époque complétaient de parures successives le cocon d'origine. L'esprit du début demeurait ; il était présent dans chaque recoin, renfoncement, encoignure, il incitait au respect tout visiteur bien intentionné.

« Bonnes intentions » et « respect » n'appartenaient pas au vocabulaire habituel des deux assassins. Atteignant chacun de son côté l'extrémité du balcon, ils se retrouvèrent, sans étonnement visible, devant une issue de secours dont ils actionnèrent l'ouverture par une pression sur la barre antipanique et se rejoignirent derrière les portes, avec la trentaine de malheureux terrifiés qu'ils poussaient sans ménagement du canon de leur arme. Cette partie arrière du théâtre était un ajout au bâtiment d'origine. La construction datait d'une vingtaine d'années et les transformations avaient pu être réalisées à la suite de l'achat d'une maison attenante qui avait été rehaussée. La superficie ainsi domestiquée servait de surface de bureau en *open space* à ce niveau du premier étage et abritait une loge dédiée aux artistes au rez-de-chaussée. L'arrière faisait correspondre les deux niveaux par un escalier dont l'à-pic était modéré par un palier à mi-hauteur. Une signalisation lumineuse indiquait un chemin de secours, jusqu'à une sortie au rez-de-chaussée donnant sur la ruelle latérale longeant l'établissement. Une autre issue au même niveau permettait un accès direct à la scène.

Tandis que l'un des deux terroristes demeurait à la garde des otages, désormais allongés sur le sol, de manière à entraver les deux accès, le second, après avoir inspecté sommairement les deux issues du bas, était revenu se poster à la seule fenêtre de l'étage. Se penchant prudemment, il dominait de ce promontoire la sortie de secours et, comme pour rappeler qu'il était désormais le maître des entrées et des sorties de l'enfer, le Cerbère ponctuait sa nouvelle promotion de longues rafales rageuses, dont les étincelles, contenues par l'étroitesse de la venelle latérale, se propageaient de bond en bond jusqu'à se perdre au loin. Cette manœuvre avait pour conséquence de garder les forces de l'ordre à distance dans l'attente de l'arrivée des services spécialisés, mieux équipés pour mettre fin à cette folie. Ponctuellement, certains des policiers présents ne pouvaient s'empêcher de riposter, plus par réflexe d'impuissance que dans l'espoir, vain, de neutraliser les assassins. Ces coups de feu sporadiques contribuaient à entretenir un maigre optimisme dans l'esprit des quelques otages qui ne s'étaient pas abandonnés à la fatalité ou n'avaient pas perdu toutes leurs capacités à raisonner. Ceux-là interprétaient chaque claquement en provenance de l'extérieur, chaque mouvement de rage des terroristes, comme autant de signes annonciateurs d'un dénouement qu'ils espéraient favorable. À vrai dire, le seul avantage de cette fusillade intermittente était de maintenir les agresseurs cloîtrés derrière les portes et de détourner leur attention du sort de leurs prisonniers. C'est dans cette configuration particulière que la scène se figea dans le temps. Les policiers occupaient le terrain à distance, appelant de leurs vœux l'arrivée rapide de l'unité d'intervention, sur laquelle reposaient tous leurs espoirs. Les terroristes avaient hâte de se confronter au groupe d'élite et de clore leur périple par une explosion libératrice, emportant dans leur folie le plus d'ennemis possible, gage d'une accession rapide au paradis de leur dieu.

Cette fin était programmée. Elle représentait la voie terminale, le but souverain. Ils s'y étaient préparés depuis plusieurs années. Toutes leurs pensées, tous leurs actes tendaient vers cette étape suprême. Le raisonnement, l'humanité, la construction d'un destin personnel avaient déserté leur esprit sous les assauts d'un embrigadement sectaire, d'abord extérieur à leur propre volonté, puis de plus en plus présent en eux-mêmes, comme un sentiment intime et étouffant qui finirait dans l'exultation en un feu d'artifice mortel et libératoire. Cette prise en compte de l'impérieuse nécessité de se détruire, cette mise en condition nécessaire à l'accomplissement de ce but déraisonnable, que la majeure partie de l'humanité considère comme parfaitement inutile, ne pouvaient fonctionner en l'absence d'ennemis communs. Le ciment de cette absurdité se trouvait, comme d'habitude, dans la haine viscérale des autres, dans l'intolérance absolue à l'égard des croyances et des aspirations différentes des leurs, dans la certitude de leur supériorité sur le mécréant, l'apostat, le laïc ou l'athée, le démocrate, la femme, l'homosexuel, et bien d'autres encore... L'autodestruction isolée aurait pu être une solution respectable. La disparition sans publicité de ces anachronismes sur pattes n'aurait pas suscité beaucoup de regrets, mais c'était sans compter sur l'insondable vanité de ces êtres bouffis de haine et de rage.

Avant leur passage à l'acte, les trois agresseurs avaient respecté à la lettre la scénographie habituelle destinée à faciliter leur accès au paradis, plein de douceurs. Outre les prières traditionnelles, précédées de leurs ablutions, ils avaient rasé totalement leur corps. Ils s'étaient lavés trois fois avant de se parfumer et de se protéger les parties les plus intimes par des bandelettes ; elles leur seraient utiles dans leur vie à venir. Ce n'est qu'après ce rituel destiné à les débarrasser de toutes leurs impuretés, et peu avant d'entrer en action, qu'ils avaient revêtu la tenue noire des combattants du groupe auquel ils avaient prêté allégeance. Les armes et les trois gilets explosifs avaient été chargés dans leur voiture, pour être endossés au dernier moment.

2.

Confrontation

L'arrivée sur les lieux de Gaby et de son équipe fut vécue comme un immense soulagement par les policiers, les pompiers, les médecins du Samu et toutes les équipes de secours. Pendant le trajet, Gaby avait enfin réussi à joindre son directeur général, qui se trouvait en cellule de crise avec le ministre de l'Intérieur. Il l'avait informé du rassemblement de ses effectifs et de son intention de se rendre sur les lieux de la prise d'otages. En réalité, en l'absence d'instructions précises d'une hiérarchie restée injoignable, le convoi roulait dans cette direction depuis plus d'une vingtaine de minutes déjà. C'est le ministre lui-même qui confirma la mission en répondant directement à Gaby :

— Oui, Gaby, dépêchez-vous, et tenez-moi au courant dès que vous êtes sur place.

La voix toujours ferme du ministre de l'Intérieur était teintée d'une pointe d'angoisse, inhabituelle pour cet animal politique à sang froid. Depuis sa prise de fonction, deux ans auparavant, il avait dû gérer des dizaines de crises et d'attentats, tous aussi éprouvants les uns que les autres, mais sans doute pressentait-il en cette soirée particulière qu'une nouvelle étape avait été franchie dans la monstruosité de ces attaques contre le pays et sa population. L'homme était pourtant robuste, plus que son aspect de grand bourgeois de province ne le laissait présumer. Son regard intense, expression farouche de sa détermination, traduisait une détestation de l'amateurisme. L'à-peu-près n'avait pas sa place dans sa structure de pensée, et ce trait de caractère avait scellé sa considération envers les policiers de l'unité d'élite et leur « patron ». Les précédentes opérations, menées avec succès, avaient contribué à établir une confiance réciproque et à rapprocher les deux hommes, autant que les fonctions et les présences protocolaires le permettaient. Le ministre prenait un plaisir d'autant plus grand à cette proximité qu'elle suscitait une réaction épidermique chez le directeur général de la police, jaloux de son exclusivité de courtisan. Mais c'était un fait : Gaby appréciait beaucoup son ministre, et le ministre, lui aussi… s'aimait beaucoup.

— C'est le ministre qui m'a directement confirmé la mission, précisa Gaby en direction de Roman. Ça ne va pas contribuer à calmer le directeur général. Il est jaloux de ses prérogatives.

— Encore faudrait-il qu'il les assume ! Et ses responsabilités aussi, mais ça n'est facile pour personne compte tenu de ce que nous vivons tous.

Roman ne pouvait s'empêcher de tempérer le moindre de ses reproches. Hors action, c'était un vrai gentil, capable de pardonner un peu et d'expliquer beaucoup. Assez rapidement, le convoi arriva à proximité du théâtre. Les motards de la police l'avaient rejoint en amont pour ouvrir la route jusqu'à un emplacement sécurisé où véhicules et fourgons stationnèrent. Les effectifs purent ainsi débarquer et s'équiper à l'abri du danger. Seuls les moteurs des deux véhicules blindés continuaient de tourner, la colonne avait besoin de ces petits véhicules protégés (PVP) pour cheminer vers son objectif sous la protection de leurs plaques de blindage. Psychologiquement, l'apparition de ces machines de guerre d'un esthétisme dépouillé, qu'accentuait le noir mat d'une carrosserie carrée montée en angles vifs, annonçait la métamorphose du théâtre d'opérations et la prise en compte de la situation par les spécialistes du dernier recours.

Pendant que commissaires, officiers et gradés se rassemblaient pour un échange d'informations rapide et précis avec les policiers premiers intervenants et les haut gradés responsables des pompiers, détenteurs d'un plan détaillé du bâtiment, les hommes de l'unité se préparaient. Par-dessus leurs combinaisons noires, ils endossèrent d'épais gilets de Kevlar renforcés de plaques rigides capables de résister à l'impact des projectiles des fusils de guerre. Sur leurs cagoules ignifugées, tout aussi sombres, qui protégeaient aussi leur anonymat, contre l'indiscrétion des caméras, ils enfilèrent de lourds casques blindés à la visière épaisse, qui resterait relevée jusqu'au moment de l'assaut. Le noir était la couleur de prédilection de l'unité. Un symbole d'humilité au Moyen Âge, cette qualité humaine essentielle à la cohésion d'une équipe, exigée lors des tests de recrutement, mais qui n'expliquait pas totalement cette affection pour un harnachement de couleur sombre, dont la seule nuance résidait dans le pourtour doré d'un écusson d'épaule représentant une panthère noire prête à bondir. Dès sa création, une trentaine d'années plus tôt, les premiers éléments du groupe d'élite avaient revendiqué une tenue différente du bleu policier traditionnel. S'ils ne reniaient pas les liens « familiaux » avec l'institution, ils avaient éprouvé le besoin de se souder autour d'une identité forte et différente, exprimée, entre autres, par un visuel original et capable de marquer tous les esprits, de leurs collègues policiers au grand public, du journaliste au dangereux criminel. Aujourd'hui plus qu'avant, le but était atteint. En ce moment de trouble, c'était avec respect et admiration, mais aussi avec un soulagement visible, que tous les acteurs présents observaient les hommes en noir s'affairant à leurs derniers préparatifs.

La machine était bien huilée par des centaines d'heures d'entraînement et d'exercices en situation. Chacun connaissait son rôle et son positionnement au sein de la colonne d'assaut. Les chefs de groupe avaient désigné les premiers dans le rang ; ça n'avait pas été une mince affaire. Baignés d'adrénaline, tous les hommes revendiquaient cette opportunité de se confronter au danger et à leurs propres limites. Il revenait aux heureux élus de récupérer le lourd bouclier balistique, résistant à peu près à tous types de munitions. Les intervenants se répartissaient en binômes, étreignant leurs fusils d'assaut. Ils portaient chacun un pistolet automatique approvisionné, remisé dans un étui de cuisse, une deuxième arme de poing rangée en secours dans un holster de poitrine. Les duos, compacts jusqu'à la fusion, réagissaient au moindre souffle, à la plus insignifiante pression sur l'épaule. Comme autant de cellules vivantes, ces binômes soudés composaient une longue cohorte homogène d'une cinquantaine de combattants, se couvrant les uns les autres, et tous tendus vers le même but : l'accomplissement de la mission qui, le moment venu, leur serait assignée par leur chef.

Il revenait aux tireurs d'élite, positionnés à l'extérieur de ce dispositif, d'observer, de renseigner et de sécuriser la progression de la colonne d'assaut. Les fusils de précision de ces spécialistes, adaptés à leur morphologie bien qu'encombrants, étaient portés sans effort, dans le creux du coude ou à bout de bras, canon vers l'avant, protégés des impuretés par un embout de toile huilée qui ne pouvait, compte tenu de sa consistance, empêcher une ouverture du feu imprévue. Vêtus de la même manière que leurs camarades, ils étaient identifiables à leurs casques légers, dont l'ergonomie particulière favorisait l'utilisation de la lunette de visée fixée sur leur arme. Un blason de poitrine, porté côté cœur, représentant deux fusils croisés entremêlés dans un Ω, signifiait avec solennité qu'il leur était possible de se revendiquer de l'Omega, l'élite parmi l'élite. Cette culture de la différence était soigneusement entretenue par leur commandant, répondant au surnom de Lacar. Ses nom et prénom, connus de la seule administration, n'apparaissaient plus qu'en haut des comptes rendus qu'il ne cessait de rédiger dès que son emploi du temps le lui permettait. Il y réclamait, exigeait, plus de matériel, de distinctions, d'avantages. Une fois ses rapports rédigés et transmis par la voie hiérarchique, il n'avait de cesse de guetter une réponse qui ne lui parvenait que rarement, car la plupart de ces papiers étaient passés au broyeur par un chef d'unité habitué à ce zèle bureaucratique. Gaby ne cachait d'ailleurs pas le sort qu'il réservait aux requêtes de Lacar, ce qui avait le don de mettre celui-ci dans un état de ronchonnement quasi permanent, d'où son surnom, Lacar, abréviation de « l'acariâtre ». Le personnage était haut en couleur. Grand et filiforme, il ne répondait pas aux critères physiques communément admis pour intégrer une unité d'élite dans sa composante combattante, mais son gabarit lui garantissait des performances dans les sports fonciers que tous lui enviaient. La distinction naturelle qu'il déployait pour distancer ses rivaux lors des séances de footing matinales se retrouvait dans son attitude féline tout au long de la journée, quelle que fût l'ingratitude des missions ou des tâches à accomplir. Il n'était jamais pris en défaut d'élégance, y compris au plus fort de l'action après plusieurs jours sur le terrain. Aucun combattant ne portait avec autant de classe la tenue d'intervention pourtant si austère et dépouillée. Le respect qu'on lui témoignait était le fruit de plusieurs dizaines de missions et de quelques blessures au feu. Son expérience était d'autant plus appréciée par ses hommes qu'il bornait consciencieusement les risques à prendre par le collectif. Lacar, au même titre que Roman, était l'un des éléments incontournables du dispositif de commandement de l'unité d'intervention. Gaby le savait et appréciait l'homme à sa juste valeur.

Les chiens d'attaque muselés complétaient la colonne d'assaut. Les deux malinois, sortis de leurs cages de transport, manifestaient leur envie d'entrer en action en alternant postures assises et déambulations dans le périmètre restreint que leur autorisaient les laisses courtes tenues par leurs maîtres. Exprimant en même temps leur attachement à leurs compagnons humains et leur impatience d'en découdre, ils ne cessaient de frotter leurs robes brunes charbonnées sur leurs jambes. Chaque conducteur cynophile était responsable du dressage et du suivi des soins quotidiens de son chien, et aussi de son haut niveau de performance en situation réelle. Lors d'un assaut, la bête devait obéir à la voix.

Dernier recours avant l'ouverture du feu, le malinois pouvait charger un agresseur et le percuter violemment en frappe muselée, ou, libéré de son bâillon de cuir, le mordre sur une partie non vitale et le maintenir au sol dans l'attente d'une intervention humaine. Les risques pour les animaux étaient sérieux ; plusieurs d'entre eux avaient été tués ou blessés lors d'opérations, mais l'utilisation des chiens était une garantie de maîtrise et d'arrestation d'un forcené en épargnant sa vie, principe de base de l'unité. La confrontation avec des jusqu'au-boutistes fanatisés avait cependant changé la donne et les cynos priaient pour que leurs compagnons à quatre pattes ne fussent pas sacrifiés. Ils souhaitaient en leur for intérieur que l'ouverture du feu ne fût pas décidée en recours ultime.

Après que chacun prit sa place, la colonne se mit en mouvement vers son objectif, lentement, impressionnante, le noir des uniformes et des équipements se fondant dans la nuit désormais installée, à peine nuancée par la blême clarté vaporisée par les candélabres. Cette atmosphère lourde d'angoisse prenait aux tripes les spectateurs de la curieuse procession, mais ce décor conférait une sacralité propice à l'unité du groupe d'intervention et à la concentration de ses membres, tous tendus vers l'inéluctable confrontation. Gaby progressait en tête, accompagné de ses adjoints et des membres de son état-major. Dans ces moments uniques, son commandement se rigidifiait et, bien que sollicitant l'avis de ses proches, il ne laissait personne prendre les décisions à sa place. S'appuyant sur son sens tactique, il tranchait, quelque fois en se rangeant aux jugements qu'il estimait pertinents, d'autres fois en n'écoutant que son instinct, son fameux sixième sens. Il avait fait sienne la citation de Clemenceau qui affirmait : « En temps de crise, pour prendre une bonne décision, il est nécessaire d'être en nombre impair… et pas plus de deux. » Autant il était ouvert aux discussions techniques et tactiques pendant les périodes de calme, faisant souvent évoluer ses certitudes à la lumière des arguments défendus par ses équipes, autant la direction de l'unité par temps lourd n'appartenait qu'à lui. Il avait été formé pour ça, il affectionnait ce moment, il vibrait pour ce « commandement de guerre », comme il se plaisait à le qualifier. L'affirmation de ce privilège exclusif reposait sur une mise en scène dans laquelle le paraître revêtait une importance de choix. Rien n'était laissé au hasard, pas même l'exigence de pratiquer cette scénographie sans ostentation, comme si de rien n'était, pour la rendre plus efficace et plus convaincante et gagner ainsi à sa cause, en toute simplicité, les esprits les plus rétifs. C'est l'image et la posture qui, aux premiers regards, étançonnaient cette exposition sous projecteurs. Gaby avait pris un soin particulier à se distinguer du reste de la troupe par quelques détails vestimentaires originaux, et par certains équipements personnalisés qui ne pouvaient passer inaperçus. Ainsi, une écharpe de soie blanche soulignait son cou d'un contraste éclatant avec le sombre ambiant des vêtements d'assaut. Les extrémités du foulard caressaient la crosse nacrée d'un revolver de gros calibre placé dans un étui de poitrine, dont les ajours révélaient la brillance d'un long canon nickelé. Cette obsession à être reconnaissable le poussait à toujours avancer tête nue, sans casque et sans gilet lourd. Sur ce point précis, il prétextait que rien ne devait l'entraver dans son contact avec ses hommes et qu'on ne pouvait transmettre d'instructions claires derrière une visière antiballes aussi épaisse qu'une vitrine d'agence bancaire. Dans le secret de son bureau, au début de son commandement, il avait toutefois essayé l'équipement lourd complet ; il en avait ressenti une oppression, démultipliée par une tendance à la claustrophobie. Cette impression d'isolement lui avait fait renoncer à revêtir cet attirail.

L'arrivée de cette troupe face au théâtre fut accueillie par des rafales d'armes automatiques provenant de la ruelle adjacente. Les projectiles se dispersaient de ricochet en ricochet en des trajectoires improbables, comme autant de galets plats lancés avec force sur la surface calme d'un lac. Chaque contact avec les pavés de la chaussée, les murs des habitations, la carrosserie des automobiles, produisait de petites gerbes de feu se démultipliant au rythme de la fragmentation des ogives métalliques.

— Planquez-vous, ça tire !

Positionné derrière une camionnette, un fusil à pompe entre les mains, un major de police s'adressa avec empressement aux membres de l'unité.

— On est contents de vous voir. On se fait tirer dessus par intermittence depuis un moment déjà, mais en dehors de ça, ça n'a pas l'air de bouger, la situation est plutôt figée.

— Vous êtes là depuis longtemps ? l'interrogea Roman.

— Environ vingt minutes... Difficile à dire, on perd la notion du temps dans ce type de situation. Je suis arrivé assez rapidement avec mon équipage de la BAC[1]. Nous sommes quatre, répartis à portée de vue. J'ai demandé à mes gars de rester à couvert, car je suis le seul à avoir une arme d'épaule avec dix cartouches de dotation.

Ces mots sonnaient comme un reproche adressé à la hiérarchie, aux chefs, à l'administration, incapables de prévoir l'imprévisible.

— J'en ai déjà tiré cinq en direction de la fenêtre, mais ce connard est prudent, il ne sort pas la tête très longtemps.

— Tu penses l'avoir touché ?

Le partage de risque rapprochait les hommes et c'est tout naturellement que Roman utilisa le tutoiement.

1. BAC : Brigade anti-criminalité de la police nationale.

— Malheureusement non, je n'ai jamais eu le temps de viser correctement.

— Bon, de toute façon, tes tirs l'ont fixé. On sait où aller le chercher maintenant, bravo ! Avec le peu de matériel que vous avez, c'est vraiment très courageux de tenir le terrain comme ça.

Roman était d'une gentillesse sincère, qui toucha son interlocuteur, autant que le compliment distribué.

— Et encore, nous, on est relativement en sécurité. Deux de nos collègues sont entrés dans le théâtre, ils se sont fait tirer dessus à l'arme lourde, c'est un miracle qu'ils en soient ressortis sains et saufs !

— Oui, on est au courant. Tant mieux qu'ils n'aient pas été blessés, mais l'affaire n'est pas finie. Maintenant, c'est à nous de jouer. Dis à tes hommes de ne plus tirer, car on va passer devant vous.

— Pas de souci, je vais donner les instruc… Hé ! Qu'est-ce qu'il fait, votre gars, là… ? C'est du suicide !

Gaby s'était avancé vers la zone d'où venaient les coups de feu, au départ à l'abri des bâtiments, des véhicules en stationnement et des divers objets du mobilier urbain, puis assez rapidement à découvert. Finalement, il s'était retrouvé seul debout au centre de la rue adjacente au théâtre, dans l'axe des tirs hostiles. Cette attitude de défi face à la menace lui était familière, mais c'était la première fois qu'il bravait un déluge de fer et de feu aussi nourri. Sans se soucier des projectiles, il se décala afin d'apercevoir la fenêtre où apparaissait par intermittence le terroriste. Sans excès de précipitation, il sortit son revolver de son étui de poitrine, le pointa vers l'ouverture. L'arme tonna à six reprises et les tirs ennemis cessèrent instantanément. Dans ce calme précaire, les spectateurs les plus proches de cette scène surréaliste purent distinctement entendre le chef de l'unité d'élite répéter à plusieurs reprises : « On arrive… On arrive ! » La stupéfaction fit place à l'admiration, et cet acte fou scella dans l'esprit de tous un espoir retrouvé, un sentiment de reprise en main d'une situation désespérée et l'assurance d'une contre-offensive conquérante. Cette impression d'invincibilité fut renforcée par l'arrivée, dans un hurlement de son moteur, du véhicule blindé venu récupérer l'intrépide chef d'unité qui fut ainsi raccompagné sain et sauf à la tête de la colonne d'assaut. Une fois le groupe reconstitué, il reprit son approche tactique en direction de la porte avant du théâtre, sous la protection des deux PVP et des boucliers antiballes tenus à la force des bras. C'est dans cette configuration, les chefs à l'avant, que la colonne des guerriers en noir franchit le seuil de l'enfer.

3.

Un pied en enfer

Gaby entra le premier. Ses yeux avaient embrassé la scène, mais le tableau s'imprimait brut dans son cerveau sans que les images transmises ne bénéficient du décodage nécessaire à la compréhension et à l'interprétation de la situation. Il s'échappait du temps présent, survolant la réalité du moment. Cette sensation particulière ne lui était pourtant pas étrangère ; elle l'avait déjà étreint et il savait comment la combattre et restaurer son esprit en berne. Il se concentra sur un souvenir agréable et se revit enfant, gravissant avec son grand-père le montant abrupt d'une colline des Pyrénées au-dessus du pic de Madrès, à la poursuite d'un isard blessé qui avait eu la malchance de passer devant l'affût du vieux montagnard et du jeune garçon. Chapitre heureux d'une tranche de vie insouciante, entre rivière et forêt au détour des vacances, loin du tumulte de la grande ville, cette représentation du bonheur passé, embellie par le ruissellement du temps, agissait comme un baume enchanteur. Le chamois haletant leur fit face en une dernière attitude de défi, sublime. Le vieil homme leva son fusil puis se ravisa, il attira le gamin entre ses bras, l'aida à soutenir et à épauler l'arme devenue, soudain, disproportionnée. Le coup de feu claqua, et les débris de plâtre et de ciment arrachés aux murs sifflèrent aux oreilles de Gaby, le ramenant brutalement et définitivement à la réalité. Il se tassa par réflexe, saisit son arme, s'assura que ses compagnons n'étaient pas blessés. Son regard balaya longuement le tableau macabre déployé à ses pieds, et plus que la vision d'horreur, ce fut la piquante sensation du danger qui l'arracha à son introspection et le rappela à sa mission. Tranchant comme un coup de hache, il distribua les missions.

— Lacar, positionne tes tireurs d'élite. Tu as entendu comme moi les informations des collègues qui sont rentrés là-dedans : les terros seraient retranchés de l'autre côté, au niveau des loges, derrière la scène, ils ont des otages. Couvre-moi cet angle. S'ils sortent, ce sera par la porte qu'on aperçoit.

— Je m'en charge, ouverture du feu sur initiative ?

— Oui ! Si ça sort, tu engages immédiatement, n'attends pas mes ordres, n'oublie pas, c'est toi qui protèges nos fesses…

— Comme d'habitude, toujours le mauvais rôle, grommela Lacar, plus pour demeurer fidèle à sa réputation que par esprit de contrariété.

Ignorant cette réflexion, Gaby enchaîna.

— Rick, ton analyse, tes propositions ?

Fidèle parmi les fidèles, le commandant Rick assurait le rôle envié de chef d'état-major, jalousé et admiré, il était le numéro trois de l'unité, dans laquelle il évoluait depuis plus de vingt-cinq ans. Il y avait gravi tous les échelons, accompli toutes les missions, vécu toutes les transformations, subi toutes les remises en question. À l'image de son leader, il vivait son travail comme un sacerdoce, consacrant une bonne partie de son temps à peaufiner des stratégies, à améliorer des tactiques et des équipements. Son esprit était tendu vers une seule obsession, celle de l'efficacité maximale. Cette recherche de la perfection s'accompagnait d'un humanisme profond et sincère, qui se combinait à merveille avec une intrépidité et un courage qu'il tenait sans doute de sa mère, résistante héroïque engagée lors des combats pour la libération de Paris. Rick aimait profondément les gens ; il aimait ses collègues au point de ressentir un sentiment d'amertume mitigé d'incompréhension quand il était confronté à la contestation de l'une de ses décisions, opposée pourtant après des heures d'explications. Cette sensation, qui habite souvent ceux qui ont la charge de commander et de décider, lui était d'autant plus pénible qu'il considérait qu'il aurait mérité une attention bienveillante de la part de ses camarades officiers, dont certains étaient des amis. Cela ne l'empêchait cependant pas de prendre les décisions qu'il pensait nécessaires, car, au-delà de l'affection qu'il vouait à ses compagnons d'armes, l'impérieux devoir de porter secours à ses concitoyens irriguait sa pensée et sa conduite. Il était entré dans la police par vocation après une courte carrière d'officier sous contrat dans un régiment d'infanterie de marine qui s'était illustré à la fin des années soixante-dix dans des opérations menées au Tchad contre des troupes rebelles puissamment armées. Il y avait été blessé et décoré, mais cela n'avait pas suffi à pérenniser sa carrière d'officier face à une bureaucratie militaire toujours tatillonne dans son interprétation des textes et des règlements.

De cette période intense, il avait gardé le sérieux au combat et une certaine rigidité posturale, qui, paradoxalement, s'accordait avec un esprit critique souvent grinçant, sans doute hérité de la blessure d'avoir été traité sans ménagement par l'armée. Cette douloureuse expérience de vie, vécue dans la force de sa jeunesse, l'avait instruit, et il savait désormais que les actes les plus héroïques ne pouvaient lutter contre l'absurdité des règles garantes de la pérennité du système. Son esprit n'avait toujours pas fait le choix entre le romantisme du héros et le respect des codes établis. C'est pourquoi il bénissait son poste et sa fonction actuels, qui lui permettaient d'allier les deux sans aucune componction. Rick pratiquait tous les sports et s'adonnait à tous les exercices professionnels d'entraînement nécessaires au maintien d'un niveau d'engagement qu'il voulait exempt de tout reproche. La proximité de la retraite, qu'il redoutait, lui faisait redoubler d'efforts dans des activités physiques qu'il appréhendait non pas comme un plaisir, mais comme un devoir. Il ne voulait être pris en défaut sur rien et ne faire l'objet d'aucune critique. Cet ascétisme de longue date avait l'avantage visuel de le faire paraître éternellement jeune et d'une vitalité volcanique.

Il ne pouvait cependant pas concevoir cette discipline de vie sans quelques moments de pur bonheur. Rick était un gastronome ; rien ne lui faisait plus plaisir que de partager un repas entre amis. En général, c'est lui qui choisissait les restaurants dans une longue liste d'établissements capés dont il tutoyait tous les chefs et bien souvent la majorité des serveuses… mais pour d'autres raisons. Il lui arrivait aussi de recevoir dans sa splendide maison de la banlieue parisienne, sise à une portée de fusil du siège de l'unité. Il ne se contentait pas d'être un fin gourmet, c'était aussi un cuistot doué d'un talent particulier pour revisiter à sa façon les plats traditionnels régionaux. Il aimait par-dessus tout organiser ces rassemblements festifs avec l'ensemble de l'équipe de commandement de l'unité. Il combinait ainsi ses deux passions : discuter avec frénésie de boulot tout en partageant un pigeon désossé farci au foie gras et à la truffe, accompagné d'un pommard, ou un suprême de poulet bio sauce au vin jaune, cuit à basse température, servi avec un arbois ou un côte-du-jura. Si les échanges professionnels passionnaient, et divisaient quelquefois, le menu faisait quant à lui toujours l'unanimité. Les soirées s'inscrivaient pour longtemps dans la mémoire collective, soudant les convives dans une solidarité que tous pressentaient comme une nécessité protectrice au seuil d'un avenir lourd de menaces.

Depuis que Gaby l'avait promu au rang de chef de l'état-major, Rick était plus que jamais engagé dans l'action et se félicitait tous les jours de terminer sa brillante carrière sous les ordres d'un chef avec qui il se sentait en osmose totale. Il avait calé ses présences, et ses exceptionnelles absences, sur celles de son patron pour pouvoir participer avec lui à toutes les missions et à toutes les tâches importantes. Il avait aussi l'impression, sans oser se l'avouer, de lui apporter une protection discrète, pas seulement en cas de danger physique, mais aussi un avis éclairé lorsqu'il fallait décider sur-le-champ, car il considérait, et souvent à raison, que son expérience était de nature à freiner les impétuosités parfois erratiques de son leader. L'équipe était rodée et avait fait ses preuves ; Gaby était rasséréné par la présence de son numéro trois, à qui il confiait le rôle de commandant des opérations lors des crises les plus graves. Cette fonction consistait à conseiller le chef d'unité sur les solutions opérationnelles possibles, en adéquation avec les moyens déployés.

— Il faut qu'on fixe les *bad boys* dans leur cagibi et qu'ils ne ressortent ni par le rez-de-chaussée ni par les balcons du premier étage, précisa Rick. Je propose donc que nos Omega prennent position aux deux étages et couvrent les portes, avec ouverture du feu immédiate s'ils essayent de sortir ou d'entrouvrir pour nous tirer dessus, comme ils viennent de le faire. Dès que nos snipers seront en place, il faudra avancer jusqu'aux portes des deux niveaux et les bloquer. L'issue donnant sur la ruelle latérale est déjà surveillée par l'un de nos deux véhicules blindés, ils ne pourront pas sortir par là. Le nombre de blessés, et sans doute de morts, et la topographie des lieux facilitent la possibilité de dissimulation d'un éventuel complice, même si tous les renseignements concordent sur la présence de deux hostiles uniquement. Mieux vaut qu'on soit prudents, on ne peut pas prendre le risque d'être pris à revers pendant notre progression. Il faut scinder nos équipes pour assurer nos arrières. Je te propose de refaire un point dès que cette première partie de l'opération sera achevée. Qu'en penses-tu ?

— Gab… précisa Roman en désignant ses écouteurs. Lacar me signale que ses tireurs sont en position en bas, mais aussi en haut, il a anticipé.

— Bon, très bien, répète-lui ceci : engagement du feu immédiat si les portes s'ouvrent, pas de tirs au niveau du corps, pour éviter de faire éclater leurs gilets explosifs…

— Donc, tirs à la tête ?

— Pas le choix… Sur le plan fourni par les pompiers, je note l'emplacement de trois caméras de surveillance au niveau de l'orchestre, et de deux autres au premier étage. D'où je suis, je vois les trois du bas. Demande à Lacar de confirmer pour le haut et qu'il les neutralise à distance. Le poste de commandement sécurité et vidéo du bâtiment semble donner sur l'une des pièces qu'occupent les terroristes. Je ne sais pas si les caméras sont en fonction, mais je ne veux pas prendre le risque d'être observé... Rick, on a fait couper le gaz ?

— Pas de gaz dans ce bâtiment... On fait couper l'électricité ?

— Non, on aura besoin d'y voir clair pour l'évacuation des blessés. Roman, tu prends quatre groupes et tu te charges du premier étage, tu me bloques les portes et surtout tu avances en protégeant tes arrières. Je vais faire pareil au rez-de-chaussée, on fait un point après.

— On évacue les blessés et les otages au fur et à mesure qu'on avance ?

— Non, pas dans l'immédiat, la priorité est la sécurisation du site. On le fera quand on sera à peu près certains que plus personne ne se fera tirer dessus, il y a assez de morts comme ça. Je garde Rick avec moi, récupère Lacar.

Ses instructions assimilées, Roman s'apprêtait à rassembler ses hommes. Gaby le retint brièvement par l'épaule...

— Roman, attention, ils ont des gilets explosifs, c'est une vraie saloperie. Si les terros tentent une sortie, ne les laisse surtout pas s'approcher, il faut les neutraliser immédiatement ! Reste concentré, s'il te plaît... s'il te plaît...

Le ton de sa voix trahissait une inquiétude peu commune de la part d'un chef d'unité enclin à l'intrépidité. La réalité était que l'utilisation de cette arme humaine effrayait Gaby. Il n'était pas particulièrement impressionné à titre personnel par le danger que représentaient ces kamikazes, mais il redoutait de perdre des hommes au combat, et cette pensée l'angoissait. Très tôt, et à la lumière des attentats survenus dans plusieurs autres pays, l'équipe de direction de l'unité avait intégré dans son analyse de la menace la possibilité d'une confrontation avec des bombes humaines. Le dilemme était de taille et le péril difficile à contrer. L'arme explosive avait l'inconvénient d'être furtive, intelligente, mobile, puissante ; autant de qualités qu'accumulait le vecteur humain qui la transportait, déterminé jusqu'à la démence dans son propre sacrifice. La riposte, elle aussi, posait problème. La dissimulation rendait difficile une anticipation indispensable à l'action. La seule option, hormis une reddition à distance improbable, était d'abattre le kamikaze, mais cette solution restait choquante pour un policier dont l'honneur et la vocation étaient la mise à disposition de la justice des agresseurs de tout poil, y compris les plus monstrueux. Cette action pouvait être aussi source d'ennuis judiciaires. Par le passé, des membres des forces de l'ordre avaient été poursuivis en justice pour avoir décidé d'abattre un individu au comportement instable, menaçant de se faire exploser, alors que son imposant blouson ne dissimulait que quelques fils électriques imitant un grossier dispositif d'ignition. Ce déséquilibré, influencé par l'actualité du moment, s'était mué en hypothétique terroriste pour réaliser un projet de « suicide par policier » (*suicide by cop*). La justice, après plus de deux années de procédures traumatisantes pour les mis en cause, avait fini par reconnaître cette circonstance comme motif pour rejeter les charges retenues contre eux.

Gaby connaissait ces problématiques. Il les avait disséquées avec ses effectifs lors de discussions passionnées, suivies de simulations longues et consciencieuses qui n'avaient débouché sur aucune solution miracle. Le contexte actuel était cependant éclairé par l'explosion du premier terroriste. Le chef de l'unité d'intervention savait à quoi s'en tenir, c'était l'un des rares avantages de la situation. Les consignes qu'il venait de distribuer étaient limpides. Il présupposait la dangerosité explosive de ses adversaires, en mesurait les risques et l'impérieuse nécessité pour la protection des otages et de ses hommes de les limiter par des ordres simples, débouchant sur des actions décisives et définitives. Gaby avait espéré secrètement ne jamais faire face à cette difficulté, mais le destin, capricieux, lui imposait cette nouvelle épreuve en le mettant face à face dans le feu de l'action à ses angoisses les plus profondes.

Son téléphone vibra. Le directeur général se rappelait à son bon souvenir et se recommandait du ministre pour solliciter un point complet de la situation. Cette référence au ministre ne surprit pas Gaby outre mesure. Jaloux de ses rapports privilégiés avec l'autorité politique, son supérieur ne perdait jamais une occasion de la lui remémorer, comme si des relations de travail quotidiennes l'emportaient forcément sur l'estime récoltée dans l'éclat des actions de terrain, comme si les unes excluait l'autre automatiquement. Gaby, en amateur de théâtre de boulevard, connaissait le dénouement de cette éternelle scène opposant le mari laborieux, mais rassurant, à l'amant scintillant, mais imprévisible. Il avait décidé de ne pas ajouter à la confusion et répondit loyalement à son chef en l'informant de la situation présente et des dispositions prises. Il veilla à insister sur l'instabilité du contexte et sur la nécessité de figer la scène avant de prévoir une action plus offensive, qu'il développerait dans un contact ultérieur.

Ces précisions lui permettaient de préparer la suite en évoquant explicitement l'inéluctabilité d'un futur assaut. Pour appuyer cette hypothèse, il n'avait pas hésité à décrire la scène qui s'offrait à ses yeux : il avait clairement perçu dans les silences, les soupirs et les exclamations de son interlocuteur une émotion semblable à celle qu'il avait éprouvée en pénétrant dans ces lieux damnés. Il avait aussi orienté le plus diplomatiquement possible ses propos, dans le but d'imposer son propre tempo sur l'initiative des appels téléphoniques. Il savait combien cette culture du compte rendu incessant troublait la concentration du responsable de terrain en perturbant ses réflexions par des injonctions contradictoires, éloignées des préoccupations opérationnelles. Comme il n'était pas certain que son message fût bien perçu, il appela Berth auprès de lui.

— Berth, tu restes à côté de moi. Voilà ma radio, tu me tiens au courant des messages et tu transmets mes réponses. Prends aussi mon téléphone : quand ça vibre, tu regardes qui appelle, ça s'affichera sur l'écran et tu m'informes. Là où je vais, tu vas, mais tu restes derrière moi.

Il en était là de ses instructions et s'apprêtait à passer à l'action quand Servan, le médecin chef de l'unité, s'approcha :

— Patron…

Patron, c'est ainsi qu'on s'adressait au chef dans la police. Quand on parlait de lui en son absence, on invoquait le taulier, celui qui tenait la boîte. C'était de tradition au sein de la grande maison d'utiliser des termes bien particuliers, du vocable professionnel reconnaissable au détour des conversations par les initiés, et par eux seulement. Mais attention, « patron » était réservé aux chefs, aux vrais, ceux qui mouillaient la chemise sur le bitume, et qui savaient aussi s'imposer vis-à-vis du monde extérieur et en particulier d'une hiérarchie jugée souvent trop administrative et loin des préoccupations des soutiers. Les autres étaient nommés « Monsieur le commissaire » avec un accent tonique sur le « Mooonsieur » qui en disait long sur la distance entretenue, et qui forçait le récipiendaire à une introspection, préalable indispensable à un éventuel retour en grâce. Paradoxalement, et pourvu qu'ils fussent justes et mesurés, quelques coups de gueule accompagnés de démonstrations d'autorité à l'encontre des hommes n'étaient pas inutiles pour renforcer son aura de chef et cimenter sa légende. L'engueulade, comme le compliment, faisait partie de la boîte à outils, et le patron devait doser avec soin, en fonction des circonstances de temps et de lieu, le mélange subtil qui, entre efficacité et humanité, garantirait le meilleur résultat dans un monde de rites et de coutumes.

Au sein de l'unité d'intervention, le terme de « patron » revêtait une signification proche du langage liturgique. Le saint patron se devait de protéger le groupe, et, à ce titre, cette appellation retentissait comme une marque de respect absolu et de confiance totale.

— Oui Serv, tu n'as pas l'air bien, qu'est-ce qu'il se passe ? s'inquiéta Gaby.

— Il y a des victimes partout. On ne peut pas rester sans rien faire, on est quatre médecins dans la colonne, il faut qu'on leur porte secours immédiatement.

— Toubib, j'ai besoin de vous quatre dans les colonnes. Votre mission, c'est d'abord de porter secours à vos camarades, si nécessaire. C'est important que les gars vous sentent avec eux. Par ailleurs, nous n'avons pas encore sécurisé le périmètre, et si je vous laissais vous disperser dans la salle, je prendrais le risque que vous soyez blessés ou tués, et alors vous ne pourriez plus aider personne. On va commencer à progresser rapidement, dès que les Omega auront bousillé les caméras et aussitôt qu'on tiendra les portes, vous pourrez tous les quatre porter secours aux victimes. Il n'y en a pas pour longtemps. En attendant, gardez vos positions…

Le ton était calme et amical, mais l'ordre ne souffrait aucune interprétation. Servan savait qu'en pareilles circonstances l'obéissance au chef était l'une des garanties premières de la réussite. Alors qu'il regagnait son emplacement initial, une série de détonations l'informa que les snipers commençaient à exécuter leur part du travail. La fusillade avait été brève ; cinq coups de feu avaient claqué en même temps. Mais l'une des caméras du rez-de-chaussée était toujours active. De sa position, Gaby observait l'objectif lenticulaire intact de l'appareil. Il avait aussi une vue sur le sniper, ce qui lui permettait de supposer que le tir était rendu difficile par un angle trop fermé. À la fois vexé par cet échec et tenaillé par la nécessité d'accomplir sa mission, l'Omega qui se protégeait derrière l'un des piliers se découvrit trop afin d'ouvrir son champ de visée, son arme calée à l'épaule, les yeux vissés à sa lunette, concentré sur son objectif. Il fit mouche lors de son second tir, avant d'être fauché par une rafale hostile. Le claquement des tirs collectifs avait attiré l'attention des terroristes. Le plus proche de la porte du bas avait réagi en l'entrouvrant avec précaution, et, de son poste d'observation, il avait distingué le tireur de la police et son fusil épaulé se détachant de son abri. Ainsi à découvert, il constituait une cible facile et inespérée. Dans l'esprit dérangé de ces fous de Dieu, la haine des mécréants n'avait pas une valeur égale. Un policier était une cible recherchée, car il participait à la défense d'un ordre moral décadent et honni. Le meurtre de l'un de ces soldats validait la double garantie du respect de ses pairs et de la reconnaissance, présumée, de son dieu.

Faisant fi des tirs hostiles, mû par un réflexe plus que par la raison, Gaby se précipita vers le blessé. Sa progression était ralentie par la densité des corps gisant au sol. Il faisait de son mieux pour éviter de piétiner les cadavres et les blessés en tentant de glisser ses pieds dans les rares interstices où le sol, couvert de sang, apparaissait encore. Malgré ces précautions, il trébucha à plusieurs reprises, jusqu'à tomber au milieu du charnier. C'est sans doute cela qui lui sauva la vie, car il perçut au même instant le sifflement de projectiles au-dessus de sa tête. Surpris par l'initiative de son chef, Rick ordonna aux deux membres de la colonne les plus proches de faire feu en direction de la porte et se joignit à l'action en chaussant son arme de poing et en vidant son chargeur de manière frénétique. Cette couverture de feu permit à Gaby de rejoindre l'infortuné sniper, désormais inconscient. Le saisissant par les épaulières de son gilet pare-balles, il le tira sur le sol, et, malgré son poids et celui de ses équipements, il réussit, après plusieurs nouvelles chutes et glissades, à le ramener en sécurité auprès de ses collègues avant de le confier aux bons soins de Servan et de son équipe médicale.

— Tu prends trop de risques, tout à l'heure dans la rue, maintenant ici. Tu vas finir par te faire tuer, chuchota Rick à l'oreille de Gaby.

— Avec toi derrière, je ne cours aucun risque… Je ne pouvais pas laisser l'un de nos gars servir de cible à ces enfoirés. Bon, il faut qu'on agisse rapidement pour bloquer cette porte, le danger vient de là. Dès que Roman est prêt à l'étage, préviens-moi, on coordonnera nos actions.

— J'étais en contact avec lui, il est prêt pour la suite et attend ton *top action*.

— O.K., alors on y va tout de suite, on a déjà trop attendu.

D'un même mouvement, les deux colonnes avancèrent, l'une au rez-de-chaussée, l'autre à l'étage, se coordonnant par radio, ratissant leurs arrières pour prévenir tout danger comme l'avait suggéré Rick. Bien que relativement rapide, leur progression fut pénible, en particulier au niveau inférieur, lieu d'un massacre sans nom. Un premier policier, abrité derrière un bouclier blindé fixé sur son avant-bras, ouvrait la voie, son rôle essentiel étant d'assurer la protection de la longue ligne d'hommes en noir qu'il avait dans son sillage. Tout comme son chef, il prenait garde à ne point piétiner les victimes en glissant ses pieds entre les espaces laissés libres par les corps enchevêtrés. Cette attention particulière lui évitait de trébucher et de tomber, ce qui n'aurait pas manqué de le mettre en situation de danger, mais aussi d'exposer ses camarades privés tout d'un coup de la protection du rempart antiballes. Par-delà ces préoccupations opérationnelles, cette avancée à pas glissés était un témoignage respectueux envers ceux qui étaient tombés de la part de ceux qui montaient à l'assaut, les yeux embués et la gorge nouée face au spectacle insupportable qu'ils découvraient au fur et à mesure qu'ils s'enfonçaient dans l'abîme. De temps en temps, ils devaient s'extraire de la préhension de quelques blessés qui tentaient de se signaler à eux en les retenant par le bas du pantalon. Mais rien n'aurait entravé leur marche en avant, pas même ces naufragés de l'horreur saisissant une planche de salut qui se dérobait aussitôt.

En atteignant le bas de la scène à l'autre bout de la salle, les hommes en noir furent confrontés à une difficulté qu'ils n'avaient pas imaginée : la lourdeur et l'ergonomie de leur équipement de protection et de leurs armes les empêchaient de gravir l'estrade, surélevée d'un bon mètre de hauteur. Buter sur un barrage d'une hauteur ridicule aurait pu sembler cocasse à ces sportifs pratiquant à peu près toutes les disciplines physiques si l'ambiance avait été moins dramatique. Mais l'heure n'était pas à la plaisanterie, et la banalité de l'obstacle produisit plutôt un effet de rage et de colère, se traduisant en jurons et grognements, qui en disaient long sur le sentiment des policiers d'élite, aussi impuissants à cet instant que des tortues renversées sur le dos. Informés du problème, Gaby, Rick et Berth remontèrent jusqu'à la tête de la file et sautèrent sur la scène. Tous trois portaient des gilets légers et n'eurent aucun mal à franchir l'estrade et à hisser ensuite tous les éléments de la colonne à la force des bras, tournant le dos à la porte au mépris du danger. Cette infortune passagère eut l'intérêt, malgré l'urgence du moment, de relancer brièvement une discussion coutumière entre l'adjoint et son chef.

— On en revient toujours au même problème, ils sont trop lourds, ils n'ont plus aucune mobilité. Ils sont bloqués à trois mètres de la porte au risque de se faire tirer dessus comme des lapins. Il faudrait les alléger, s'emporta Rick.

— On en a déjà parlé des centaines de fois, je suis en grande partie d'accord avec toi, mais je suis garant de leur sécurité, je ne peux pas exiger qu'ils soient moins protégés.

— Nous le sommes bien, nous…

— C'est notre choix, on ne peut pas commander avec une cagoule et un casque lourd. Il faut que les gars nous voient, nous sentent, nous suivent, nous entendent, nous comprennent quand on parle. Au lieu de râler, informe Roman de notre situation et demande-lui où il en est.

*

Au premier étage, les choses s'étaient déroulées plus vite. Roman avait regroupé ses hommes au centre du fer à cheval que formait le balcon. Après avoir sécurisé le périmètre immédiat, il avait scindé ses effectifs en deux, l'un sous ses ordres, l'autre sous la direction de Lacar, chacun prenant un côté. Se tenant toujours à vue, se servant des piliers comme repères, ils progressaient à vitesse identique, ratissant les couloirs, fouillant les rangées de sièges occupées par des spectateurs qui avaient échappé à la vigilance des agresseurs. Tous étaient allongés et n'osaient pas bouger ou respirer, et encore moins se manifester. Ils ne répondaient pas aux sollicitations des policiers d'intervention qui pourtant redoublaient de prévenance. Les mots rassurants, les gestes calmes, rien n'y faisait, et les victimes sidérées, pétrifiées, ne semblaient voir dans ces hommes en noir casqués et masqués qu'une horde supplémentaire de tortionnaires sanguinaires venus achever leur sinistre besogne en scellant définitivement leur triste destin.

Cette prostration généralisée rendait difficile un contrôle efficace, qui aurait dû reposer sur une fouille complète de tous ces désespérés. Dans une situation de ce type, la consigne officielle était de considérer tout le monde comme suspect, jusqu'à preuve du contraire. Les récits de terroristes se dissimulant parmi leurs victimes pour organiser une deuxième vague d'exactions et piéger ainsi les forces de sécurité s'échangeaient entre unités d'intervention du monde entier. Le surattentat était redouté de tous. Face à cette problématique, Roman avait opté pour la solution médiane, suggérée par Rick. Il avait consacré une partie de ses effectifs à la protection de ses arrières et de celles de Lacar, les consignes étant d'ouvrir le feu en cas de comportement analysé comme suspect ou dangereux. Outre la sécurité, cette option garantissait l'efficacité et la rapidité de la progression. Roman et Lacar atteignirent en même temps, chacun de leur côté, les deux portes donnant sur les bureaux et les loges. Les premiers de colonne abrités derrière leurs boucliers lourds se positionnèrent au contact immédiat des accès, protégeant ainsi l'ensemble de leurs collègues en cas d'ouverture inopinée. Ce dispositif fut renforcé par l'installation d'une barre de fer, servant habituellement de pied-de-biche, à l'intérieur du poussoir antipanique des deux portes. Reposant sur les huisseries de part et d'autre, elle interdisait toute possibilité d'ouverture pour les terroristes.

C'est ainsi installé que le chef adjoint attendit le compte rendu de ses camarades du rez-de-chaussée. En bas, l'opération semblait prendre plus de temps, mais l'une des qualités les plus appréciées pour un responsable dans une unité d'intervention était la patience. D'expérience, Roman savait que les choses devaient se dérouler à leur rythme et qu'il ne servait à rien d'énerver ses collègues en leur demandant des précisions superflues. Les faits lui donnèrent raison, car, après quelques minutes d'attente, la voix nasillarde de Rick informa par radio que l'équipe du bas était en place. Roman accusa réception et informa à son tour du bon déroulement de cette première phase. L'un des piliers du rez-de-chaussée abrita alors une nouvelle réunion d'état-major. Pressé par son médecin chef, Gaby tint parole. Désormais libre de ses mouvements, Servan se partagea l'espace géographique avec ses trois collègues, donna ses consignes opérationnelles et médicales. Impatients de porter secours, ils se dispersèrent et commencèrent à appliquer les préceptes de médecine de guerre tant de fois répétés en exercice.

Issu d'une brève concertation, un plan d'assaut fut élaboré. Comme souvent, le projet avait été largement concocté par Rick, qui, fidèle à son habitude dans de pareilles occasions, fussent-elles dramatiques, retrouvait ses réflexes de maître queux. En artiste avéré de deux domaines aussi éloignés qu'étaient le génie policier et l'art culinaire, il avait calculé tous les ingrédients mis à son service, listé les composants indispensables, dosé les éléments à sa disposition, mélangeant les épices du doute aux arômes de la créativité. Il avait foi en sa batterie d'assistants, les meilleurs dans leur spécialité.

Le menu était complet et il avait commenté sa carte avec autant de fierté qu'il aurait eue à bavarder autour de son gigot de sept heures et ses petits légumes. Peu sensible à cette poésie, Gaby avait validé le plan, non sans y avoir apporté sa touche personnelle en revisitant un détail ou deux. Cette tendance à toujours avoir le dernier mot aurait pu déplaire si les détails en question n'avaient pas été essentiels. Mais l'intuition du chef de l'unité était telle qu'il repérait toujours l'élément défaillant d'un plan d'action, si bien qu'on ne pouvait lui reprocher cette immixtion judicieuse. Gaby bénissait ce don qui lui permettait, en toute mauvaise conscience, de jouir d'un temps d'avance sur ses adjoints, y compris ceux qu'il tenait le plus en amitié. Il n'ignorait pas l'incongruité de ce comportement avec ses proches, mais il justifiait cette attitude par l'impérieuse nécessité pour un chef de se maintenir au-dessus de tous, dans l'intérêt supérieur de sa mission. L'argument n'était pas sain, il le savait, mais il composait avec une conscience qui se révélait en certaines circonstances d'une élasticité avantageuse.

Missions distribuées, et instructions assimilées, chacun regagna son emplacement pour l'épisode final de cette cruelle soirée. Les premiers actes de cette pièce macabre avaient délivré un spectacle d'apocalypse qui contrastait avec la magnificence des lieux. L'heure du dénouement approchait, et les acteurs, nerveux et fatigués, étaient déterminés à en finir. Gaby et Roman s'étaient positionnés chacun de part et d'autre du balcon du premier étage, derrière leur colonne respective, au rez-de-chaussée. Le commandement était assuré par Rick, secondé par Lacar. Il avait été décidé, selon une logique assez évidente, que l'opération se déroulerait du haut vers le bas. Le top départ fut donné par un geste de Gaby. Les opérateurs placés face aux portes du premier étage ôtèrent silencieusement la barre de fer et libérèrent l'espace afin que les porteurs de lourds béliers pussent se poster sur leurs appuis. Dans une coordination parfaite, les deux chambranles volèrent en éclats, ouvrant les issues. Obéissant à une chorégraphie maintes fois répétée, deux grenades offensives furent lancées de part et d'autre. Ces projectiles non mortels étaient destinés à produire un effet de souffle assourdissant. Leur explosion déclencha le signal d'entrée des premiers hommes en noir ; elle se fit en décalé afin d'éviter tout risque de tirs croisés.

Le seuil franchi, les intervenants furent accueillis par les hurlements des captifs allongés au sol, auxquels se mêla le crépitement des armes automatiques des deux terroristes protégeant leur fuite vers les escaliers. Prenant soin de ne pas trébucher sur les otages, dont certains rampaient vers les issues salvatrices, les premiers binômes ripostèrent par un barrage de feu à hauteur médiane pour éviter de blesser les innocents. C'est au moment où l'un des fuyards disparaissait dans les escaliers que le gilet explosif de son acolyte déflagra, sans doute touché par un projectile policier, libérant des dizaines de boulons, de vis et autres mitrailles de fortune destinés à augmenter les capacités létales de ces engins infernaux. Mais contrairement aux craintes de l'équipe d'assaut, ce bombardement eut pour seul effet de hacher la tête du complice, qui, dégringolant de marche en marche, vint mourir derrière la porte du rez-de-chaussée, gardée close par les équipiers de Rick. Cette issue était si improbable que les plus crédules crurent y discerner, après coup, la main d'une puissance suprême et justicière. Plus prosaïquement, les études balistiques déterminèrent plus tard que les premiers niveaux descendus par le terroriste protégèrent les otages et les intervenants des débris mortels, tandis que le souffle de l'explosion se propagea dans la cage d'escalier, en s'intensifiant dans ce tunnel étroit, avant d'atteindre l'ouverture du rez-de-chaussée à l'acmé de sa puissance, pulvérisant la porte, bousculant les policiers qui se trouvaient derrière, les projetant à plusieurs mètres, alors que la partie la plus frêle des plafonds s'effondrait sur les autres protagonistes. Bien que spectaculaires, les effets de la déflagration furent limités à quelques ecchymoses et brûlures superficielles.

Dans le même temps, au-dessus des parements crevés des plafonds, les policiers d'élite tentaient de discipliner la sortie des ex-captifs. Avec difficulté, les « otages des loges » (formule employée ultérieurement par les médias) furent rassemblés, sommairement fouillés et raccompagnés sous bonne garde à l'entrée du théâtre pour être pris en charge par les enquêteurs antiterroristes responsables des investigations judiciaires. Cette première tâche accomplie, et alors que les docteurs continuaient d'organiser les secours médicaux, les autres membres de l'unité se chargèrent de ratisser de nouveau méticuleusement toutes les zones, délogeant les spectateurs, dont certains s'étaient cachés dans les endroits les plus inattendus. Ceux-ci étaient recroquevillés sur le rebord extérieur des fenêtres, ceux-là s'étaient glissés dans les combles, se réfugiant dans un équilibre instable entre charpente et solives. Les plus téméraires avaient réussi, dans un cheminement indéterminé, à rejoindre les toitures de l'édifice, le réflexe de survie ayant agi comme un produit dopant hautement mobilisateur d'une énergie jusque-là insoupçonnée.

Lors de cette soirée tragique, des drames s'étaient scellés dans l'intimité des familles et des amitiés, quand un parent ou un ami, les larmes aux yeux et la poitrine en feu, s'était spontanément proposé comme échelle humaine, propulsant l'être aimé vers un réduit salvateur qu'il ne pourrait atteindre à son tour. Autant de héros du quotidien qui, ce jour-là, sauvèrent leurs semblables par la force du sacrifice rétribuée au prix du sang. La disparité des cachettes fut source de nouvelles complications, car l'action commandait d'agir avec la prudence habituelle pour ne point confondre un innocent apeuré au comportement instable avec un hypothétique complice, guettant une opportunité de passage à l'action. Mais il fallait bien rechercher les survivants, recroquevillés, tétanisés, dans des tréfonds de fortune desquels ils refusaient de sortir. Pour eux, le temps était suspendu, l'entourage considéré comme effrayant, et ces hommes en noir étaient particulièrement suspects, même s'ils tenaient des propos rassurants sur un ton apaisant. L'évacuation des naufragés des toits nécessita les hautes échelles des pompiers, que les premiers n'empruntèrent qu'après de longues palabres avec le négociateur de l'unité.

Depuis l'arrivée sur les lieux et l'entrée en action des policiers d'élite, le cycle du temps s'était rompu. Comme à chaque intervention, Gaby éprouvait cette confuse sensation de mélanger les heures avec les minutes, et les minutes avec les secondes. L'enchaînement des phases de l'opération ne laissa place qu'à très peu de temps morts, et cette dynamique dérégla toutes les horloges internes qui cadençaient habituellement le tempo des existences. Mais si les membres de l'unité d'intervention traversèrent l'action en un trait de lumière, les otages et les victimes venaient de vivre une éternité d'épouvante. Chacun d'eux avait pourtant interprété un personnage de la même pièce, rythmée par des actes et des scènes de longueur égale, mais sans doute leur emplacement sur les planches, les répertoires différents et les émotions contrastées avaient-ils contribué à déformer les repères temporels des acteurs de ce drame.

Les rôles des uns et des autres avaient été distribués par la fatalité et le seul talent des interprètes relevait de l'instinct de survie. À ce jeu, ils développaient des qualités inégales. Entre ceux qui persévéraient à lutter pour leur existence et la maîtrise de leur sort et ceux qui se soumettaient aux vents mauvais, une kyrielle de personnages déroulait toute une gamme de comportements dont le seul point commun résidait dans le désordre et l'incohérence. Le fait d'avoir la vie sauve ou de ne subir qu'un dommage bénin ne dépendait que de la bonne fortune, et ceux qui déployèrent le plus d'énergie dans ce dessein n'étaient pas toujours récompensés. Après les vérifications d'usage, les valides étaient orientés vers une longue rangée de bus verts où ils prenaient place après s'être enroulés dans des couvertures de survie aux éclats de métal doré. Tandis que les blessés légers étaient escortés vers un poste médical avancé où les premiers soins leur étaient prodigués ; les plus gravement atteints étaient brancardés vers les ambulances des Samu et Smur stationnés à proximité, qui se dirigeaient aussitôt vers le centre hospitalier désigné par les médecins régulateurs chargés de la gestion des admissions des blessés.

*

L'action terminée, Gaby confia la fin de mission à ses adjoints. Il s'écarta du tumulte et se figea au centre du charnier, s'imprégnant à jamais, dans un regard circulaire, de l'horreur de l'instant. Le spectacle de mort n'était pas seulement visuel, l'agonie des suppliciés en ce jour avait aussi l'odeur du sang qui s'écoulait encore des plaies. Le son des téléphones portables vibrant à l'appel des familles qui espéraient toujours ajoutait à la terreur ambiante. Il se faisait mal, il le savait, mais il ne voulait oublier aucun détail pour témoigner, pour l'avenir, pour dire « plus jamais ça », comme d'autres témoins, en d'autres temps, l'avaient fait avant lui. Le corps brûlant de l'intérieur, il mit un temps certain à s'extraire de sa pétrification, regagna l'extérieur et s'assit seul sur le bord du trottoir. Il appuya son front contre son écharpe blanche ramassée dans la paume de ses mains et porta un regard absent sur ses chaussures outragées. Dans cette intimité fugace, ses poumons se serrèrent, sa gorge se noua, ses yeux s'embuèrent, mais aucune larme ne s'en échappa. La haine, plus forte que la peine, s'était emparée de lui. Il n'aimait pas cette sensation, mais il était submergé intérieurement. Il sut que son nouveau combat serait sans doute plus long et plus destructeur que toutes les confrontations de naguère, et cette perspective l'effraya, car son nouvel adversaire, nourri au venin de la rancœur et de l'hostilité, n'était autre que lui-même.

4.

Au nom du père

Nord-Mali, décembre 2004

Abi maudissait son surpoids. Il tentait de courir mais n'y arrivait pas, obligé qu'il était d'adapter le rythme de sa course à celui de son souffle. C'est dans ces moments d'effort intense qu'il se remémorait les exploits sportifs du semi-marathonien qu'il avait été, un peu moins de trente ans plus tôt, au sein de l'équipe nationale algérienne d'athlétisme. Hélas, son corps de quinquagénaire accusait l'empreinte du temps et des excès ; les lourdeurs accumulées torturaient ses muscles qu'une fréquence cardiaque devenue aléatoire ne parvenait plus à irriguer correctement. Le seul effet de ses inspirations longues et profondes était d'attiser l'incendie qui s'était déclaré dans sa poitrine et dans sa gorge. Il dut stopper sa progression et relâcha la pression qu'il exerçait de la main sur son flanc droit. Un flot de sang jaillit aussitôt de la blessure qu'il tentait vainement d'obstruer. Tandis que les claquements secs et ininterrompus des armes automatiques continuaient au loin, il s'octroya une pause pour recouvrer une respiration plus régulière. Il profita de ce moment pour déchirer la manche de sa chemise, la froissa et l'appliqua en boule sur sa blessure. Il ôta ensuite son chèche qui protégeait sa tête d'un soleil couchant encore vif en ce mois de décembre et se servit de cette large bande de tissu pour entourer sa taille et maintenir ainsi un pansement compressif de fortune, qui n'avait d'autre utilité que de libérer ses mains.

Alors que son cœur retrouvait un rythme normal, Abi s'assit à même le sol, s'adossant à un roc de granit. Pour la première fois depuis le début de sa cavale au Nord-Mali, il prit le temps de contempler le spectacle qui s'offrait à lui. L'adrar de Tigharghar bordait la partie sud-ouest de la vaste chaîne des Ifoghas, ample trait d'union montagneux entre le sud algérien et son voisin malien. La ligne d'horizon rebondissait de massif en massif, empilements granitiques compacts et pesants, alternances de formes rebondies et de blocs cubiques aux angles saillants, immense jeu de dés aux faces lisses et sombres, disposés en un ordre incertain par des forces antiques et surnaturelles. Le noir et le gris alternaient avec le brun d'une poussière caillouteuse, accueillant çà et là quelques arbrisseaux tenaces dont la verdure lumineuse tranchait dans un panorama dominé par la bichromie surprenante des rocs sur fond de ciel céruléen. L'immobilité de la nature, se fondant à l'horizon dans une brume de chaleur, ajoutait une tonalité légère à ce tableau impressionniste.

La faune semblait avoir déserté ces paysages arides. Si quelques espèces de rongeurs ou de lézards s'étaient acclimatées dans ces conditions extrêmes, les rencontres à la tombée de la nuit avec de rares renards des sables, ou des gazelles venues des ergs voisins se rafraîchir aux abords de cuvettes aquatiques, étaient toujours de miraculeuses occasions de célébrer la force d'adaptation de la vie dans ces contrées reculées et hostiles. Le Targui[1] régnait sur ce monde en maître des lieux. L'homme en bleu appréciait peu la compagnie d'autres visiteurs, en particulier ceux qui venaient d'Algérie, qu'il avait tendance à assimiler à ses concurrents directs, les Maures, Berbères comme lui, mais déviants, car trop arabisés, trop islamisés. Fiers et indépendants, les Touareg des Ifoghas perpétuaient la coutume nomade, arpentant les massifs montagneux et les déserts de dunes voisins à dos de méhari, bien plus pratique dans cet environnement que les quatre-quatre rapidement immobilisés au pied de granits infranchissables.

Éleveurs de chameaux et de chèvres par tradition, ces hommes vêtus de chèches et de tenues indigo avaient développé un sens de l'adaptation qui n'était pas orienté seulement vers la rugosité de la vie dans le désert et les montagnes de pierre. En connaisseurs de l'actualité

1. « Targui » est le singulier du mot « Touareg ».

politique des pays avoisinants, et en stratèges avisés, ils proposaient leurs talents et leurs connaissances topographiques à tous ceux qui ressentaient l'impérieuse nécessité de se faire oublier un temps, loin des dangers et des tracas de leurs coupables activités. L'offre d'un relatif havre de paix au fond d'une grotte inexpugnable à proximité d'une guelta, un bassin naturel d'eau de résurgence pure et claire, était un commerce lucratif. Abi pouvait en témoigner : sa demande d'hébergement provisoire avait été payée au prix fort. Ce fut son erreur. L'acceptation sans marchandage d'un tarif prohibitif avait éveillé la curiosité de son prestataire de services. L'intérêt des autorités algériennes pour ce client avait été largement relayé des deux côtés de la frontière, et la hauteur de la récompense du renseignement qui permettrait son arrestation ne pouvait laisser personne indifférent. Le Berbère empocha donc une double rétribution.

Pour le détachement spécial d'intervention de la gendarmerie algérienne, les frontières sahariennes représentaient un concept d'autant plus évanescent qu'il n'était matérialisé sur le terrain par aucun déploiement de force ou d'administration chargé de le faire respecter. Le Nord-Mali était souvent visité, de manière plus ou moins discrète, par une multitude de services spécialisés dans l'antiterrorisme et la répression des groupes armés opposés au gouvernement d'Alger. Bien qu'il n'en eût aucune certitude, Abi se doutait que l'embuscade dans laquelle ses trois amis et lui-même étaient tombés moins d'une heure plus tôt ne pouvait être organisée par les militaires maliens, qui, par accord tacite avec les Touareg, ne remontaient pas au-delà de la ville de Kidal, chef-lieu de la région. La cache qu'ils occupaient depuis une quinzaine de jours au milieu de l'adrar de Tigharghar était plus proche de la petite ville de Tessalit que de la capitale régionale.

L'hypothèse de l'intervention malienne écartée, Abi se posait la question d'une opération algérienne ou française. Seules les unités spéciales de ces deux pays s'autorisaient à monter des interventions dites « chirurgicales » dans un secteur dont l'immensité garantissait une discrétion absolue aux yeux de l'opinion publique et de la diplomatie internationale. La rumeur prétendait d'ailleurs qu'à quelques reprises les militaires des deux pays, d'un commun intérêt, avaient uni leurs efforts lors de certaines barbouzeries dont le souvenir ne se transmettait que d'agent secret en homme de l'ombre, à l'occasion de festivités aussi discrètes que confraternelles.

S'il n'avait jamais perpétré d'attentats ou autres actions sanglantes en dehors de son pays, Abi était cependant responsable de la mort de plusieurs dizaines de ce qu'il considérait être des infidèles. Parmi ces victimes de toutes nationalités, les citoyens de l'ancienne puissance coloniale, honnis parmi les honnis, représentaient des cibles de choix, qui l'avaient désigné depuis longtemps comme ennemi de la France. Ses combats et ses haines s'étaient forgés au fil du temps, éclairés par un récit familial chahuté par l'histoire d'un pays sous dominations successives. Haut dignitaire du Front de libération nationale, son père avait épousé la cause indépendantiste dès le départ, en s'engageant en 1954 dans les actions clandestines du mouvement. Instituteur de formation, utopiste à ses débuts, il avait eu un temps l'ambition de placer l'enseignement au-dessus des enjeux politiques et des conflits, et d'orienter son apostolat éducatif vers plus de justice et d'égalité entre enfants de toutes provenances. Jeune enseignant, il avait rêvé, avec quelques collègues idéalistes, autochtones et métropolitains, d'éclairer un chemin de savoir et d'apprentissage où les générations à venir auraient pu travailler à un futur commun. Son projet était social et éducatif, et à l'image des hussards noirs de la troisième République, érigés en modèles, il nécessitait pour sa bonne réussite une prise de distance avec une emprise religieuse contraignante. L'islam n'était pas son truc ; il croyait avant tout au socialisme. Malgré ses espoirs et ses efforts, il ne put, dans le double environnement colonialiste et religieux, transformer son école en asile de raison et constata avec amertume son impuissance à combattre de cette manière les injustices et discriminations. Adolescent dans les années quarante, il avait assisté à la déroute de la puissance coloniale et en avait gardé la vision d'un affaissement de la France qu'il n'aurait pas cru possible. Plus d'une dizaine d'années plus tard, l'organisation de la résistance et du long chemin vers l'autodétermination avait ravivé ce souvenir d'une armée et d'une administration d'occupation qui n'étaient plus invincibles, et cette certitude se mariait à la perfection avec les espoirs d'égalité et de justice pour les jeunes générations, auxquels l'enseignant qu'il était n'avait toujours pas renoncé.

À cinq ans, Abi n'était pas en âge de partager ou de comprendre la liesse qui s'empara de l'Algérie le jour de la proclamation de son indépendance. Mais la position politique et sociale acquise par son père, héros de la guerre contre la puissance coloniale, le plaçait aux premières loges pour juger des évolutions futures. L'indépendance acquise, les combattants s'embourgeoisèrent. Le parti unique, prétextant une légitimité historique indiscutable et incontestable, pourchassa ses opposants et interdit toutes expressions divergentes, même motivées par la misère de la rue et la pauvreté de l'ouvrier, que la révolution promise n'avait pas été en capacité de juguler. À l'image de son père, beaucoup de dignitaires ne considéraient la religion que comme un soutien, à peine masqué, à cette politique totalitaire, religion qu'il convenait de préserver et de choyer compte tenu de l'influence que ses imams exerçaient en son nom sur la population. Cependant, déçus par le présent qu'on leur avait promis radieux, les fidèles toujours plus nombreux se réfugiaient dans un monde intemporel dont l'ordonnancement était confisqué par des extrémistes de toutes orientations.

Circonstances aggravantes aux yeux du peuple, la plupart des responsables politiques étaient peu pratiquants, ce qui avait pour conséquence d'indigner les foules dans un pays islamisé depuis le VIIe siècle. Abi était de ceux-là. Spectateur avisé et informé de cette comédie politique, il s'était doté au fil de son enfance et de son adolescence d'une conscience religieuse rebelle, devenue résistante à l'aube de sa vie d'adulte. Cet éveil à la foi n'avait pas empêché quelques performances sportives du plus haut niveau ainsi qu'un beau parcours universitaire, facilité par une position sociale avantageuse, au sortir duquel il avait, comme son père, été nommé instituteur dans la banlieue algéroise. C'est de ce poste et à cette fonction, dont les nombreux temps libres lui permettaient d'approfondir sa culture religieuse, qu'il observa avec intérêt le conflit afghan de 1979. La défense des valeureux combattants pachtounes contre l'envahisseur soviétique nécessitait un engagement total. Au début de l'année 1985, le temps de la réflexion passé, il gagna les montagnes afghanes avec quelques fidèles pratiquants, et, après plusieurs mois d'entraînement, il put prendre part aux escarmouches contre les occupants. Sa guerre dura quatre ans, à l'issue desquels, l'ennemi défait, il rentra au pays auréolé de son titre de moudjahidine. Comme beaucoup de ses camarades anciens combattants, sa notoriété fut enrichie du récit de ses exploits, réels ou fantasmés, et de ses victoires sur les impies. Enfermé dans cette légende guerrière tout autant que dans sa foi sectaire, il bascula définitivement dans une violence dogmatique, justifiée par la légitimité de l'une et alimentée par l'intolérance de l'autre.

Militant de la première heure du Front islamique du salut, il entra une première fois en clandestinité à la dissolution de ce parti politique religieux, au lendemain d'une élection nationale remportée par ses pairs mais confisquée par le pouvoir en place. Cette injustice demeura au plus profond de lui comme une évidence que l'expression politique religieuse ne pouvait se passer du combat armé, total et définitif. Il y était prêt, et rien n'aurait pu le détourner de ce qu'il considérait être sa nouvelle mission divine, pas même la naissance de son fils, au début de l'année 1992, pour lequel il souhaitait un avenir radieux dans un monde débarrassé des mécréants et des apostats, tout entier dévoué à l'adoration de son dieu. Rapidement identifié et retrouvé par des services de renseignement vigilants, il fut arrêté et interné un temps dans l'un des camps du sud du pays, sans avoir eu l'opportunité de participer à aucune action répréhensible. Ce fut pour lui l'occasion d'une première familiarisation avec les paysages et les conditions de vie si particulières du Sahara. Il y noua aussi des contacts avec des compagnons d'infortune, enfermés pour les mêmes motifs. Relâché au bout de quelques mois, il rejoignit la capitale et n'eut aucun mal à prendre langue avec le Groupe islamique armé (GIA). Son destin était tracé, et il avait préparé son retour dans la clandestinité. Aucune contrainte matérielle, aucun lien sentimental, aucun moyen de pression utilisable contre lui par ses ennemis ne devait entraver son action. Il prit la décision, difficile mais nécessaire, d'exiler sa femme et son fils chez l'une de ses sœurs habitant en région parisienne.

*

Libéré de toutes obligations à la fin de l'année 1993, il participa, commanda, puis conçut ce que lui et ses acolytes nommèrent des « opérations de guerre », et que les observateurs et journalistes du monde entier qualifièrent de « massacres abominables ». Les femmes, les enfants, les innocents ne pouvaient ralentir l'avancée de ces fous de Dieu, et leur œuvre monstrueuse se poursuivit sans trêve ni pitié durant cinq années, au terme desquelles, sans doute rassasié de haine et de sang, Abi considéra qu'il devait désormais concentrer ses efforts sur des objectifs plus en rapport avec le pouvoir politique et les organisations administratives et militaires. En désaccord stratégique avec son mouvement, il rejoignit avec quelques compagnons les rangs du tout nouveau Groupe salafiste pour la prédication et le combat. Cette nouvelle orientation lui donna l'occasion de renouer avec les décors du désert de la frontière sud. Cette région qu'il affectionnait lui servait de base arrière pour disparaître quelque temps après des attentats ciblés, à Alger ou dans d'autres villes de province. Il avait même profité de sa villégiature pour organiser des incursions au Nord-Mali et enlever plusieurs randonneurs européens, libérés en échange de rançons, ce qui assura à son mouvement un trésor de guerre bien utile pour le financement d'une clandestinité agréable.

Abi était désormais un chef de guerre respecté et redouté mais dont la photographie anthropométrique faisait l'objet d'une large diffusion dans tous les pays qui, de près ou de loin, avaient été la cible de ses agissements criminels. Comme souvent dans ces situations, l'étau se resserrait inexorablement et sans bruit, et la volonté de ses adversaires de faire cesser ses exactions par tous les moyens contrastait avec la certitude qu'il entretenait d'être désormais intouchable. Cette assurance l'entraînait à prendre de plus en plus de risques, dont certains furent autant d'opportunités offertes aux forces de l'ordre. Mais les opérations des unités antiterroristes ne purent être conduites à leur terme dans des conditions de sécurité suffisante. Ces renoncements et ces reports semblèrent cimenter la baraka d'Abi dans l'esprit même de ceux qui avaient pour mission de le pourchasser. C'était sans compter sur le hasard…

Ainsi, au début de l'automne 2004, le Groupement d'interventions spéciales, unité d'élite antiterroriste, avait pris position au pied d'un immeuble du quartier populaire de Belouizdad, au centre d'Alger. L'attention des militaires et des policiers avait été attirée par une quinzaine d'individus menant un train de vie qui contrastait avec l'environnement ouvrier ambiant et peu en adéquation avec les règles religieuses que leur apparence physique et vestimentaire prétendait symboliser. De discrètes surveillances permirent d'identifier la plupart des compères. La consultation des fichiers fut accablante tant les faits qui leur étaient reprochés s'avéraient multiples et sanglants. Les résultats inespérés de cette investigation étaient remontés jusqu'aux états-majors de tout ce que le pays comptait de services luttant contre le fléau islamiste, et transmis au plus haut niveau de décision politique. Une action avait été ordonnée pour procéder à l'arrestation et, à défaut, à la neutralisation de tous les protagonistes, dont certains se connaissaient depuis leur emprisonnement dans les camps du Sud durant les années quatre-vingt-dix.

C'est dans cet état d'esprit que l'immeuble fut investi, et qu'au petit matin l'assaut fut lancé dans l'appartement où les terroristes se réfugiaient. Tapis au coin de la rue, Abi et trois de ses camarades assistèrent en observateurs à l'opération de police. Une réunion politique nocturne en banlieue algéroise les avait tenus éloignés de leurs camarades. Empêchés de mener combat commun, résistant au désir d'en découdre, c'est dissimulés à la vue des assaillants qu'ils suivirent, impuissants, le déroulement de la manœuvre des forces spéciales, dont la violence et l'intensité ne laissaient aucun doute sur la volonté d'en finir rapidement. Les cris de rage et de douleur alternaient avec les coups de feu, les explosions des grenades et les rafales des armes automatiques. Au bout de vingt minutes, le calme revint, faisant place à un sifflement persistant des oreilles et à une âcre odeur de poudre. Les quatre survivants profitèrent de ce moment pour s'éclipser, remerciant leur dieu qui, dans sa bonté infinie, leur avait permis d'échapper à une mort programmée. C'est à la même puissance sacrée, à l'heure où l'approche de l'échéance finale mettait à l'épreuve leur certitude de rejoindre un au-delà radieux, que leurs camarades avaient quelques instants auparavant confié leur âme.

La même évidence divine renforçait la conviction des assaillants. La force des prières et l'assurance de combattre le péché leur procuraient un blanc-seing, dont l'un des effets immédiats était de décupler leur brutalité et d'annihiler tout sentiment de miséricorde. Aucun des quatre rescapés ne nourrissait d'espoir sur l'abandon par les forces gouvernementales de la poursuite des opérations. Le voisinage avait sans doute signalé le nombre exact des membres de l'organisation et le décompte des cadavres révélerait l'absence d'une partie d'entre eux. Les enquêteurs n'auraient aucun mal, si ce n'était déjà fait, à mettre au jour les antécédents judiciaires des terroristes abattus. La plupart des crimes des dernières années ayant été perpétrés en bande organisée, l'identification des fuyards et de leur chef en serait facilitée.

Une mise au vert s'imposait, et le quatuor prit la direction du sud du pays puis franchit la frontière pour atteindre Tessalit. Blottis dans un hôtel poussiéreux de cette petite ville malienne, ils patientèrent plusieurs jours avant de rencontrer le Targui qui les orienta à travers le Tigharghar vers la grotte sommairement aménagée qui devait leur servir de planque pour quelques mois. Cela faisait maintenant quatre-vingts jours que ce séjour s'étirait en longueur. Abi ne semblait pas souffrir de cette villégiature, son statut de chef lui permettant de jouir d'un certain confort matériel, en particulier l'accès à un téléphone satellitaire qui lui autorisait quelques contacts politiques, mais aussi de joindre sa femme et son fils en banlieue parisienne. C'était une habitude de longue date : il ne passait pas une semaine sans les appeler, tentant ainsi de compenser une absence physique interminable, rompue seulement par de rares, courts et discrets séjours en France.

Pour contrer un éventuel relâchement, inévitable corollaire de l'ennui, des rituels cadençaient les journées interminables, comme autant d'étapes salvatrices dans un enchaînement de routines désespérantes. L'assiduité des prières observées cinq fois par jour, comme autant de concours de dévotion ostensiblement affichés, alternait avec le cycle de la préparation des repas. La réclusion imposait à égale importance un retour aux fondamentaux, mélange de spiritualité et de la matérialité la plus basique. Même les pauses physiologiques, en pleine nature, étaient vécues comme une possibilité d'échappatoire bienvenue dans cette atmosphère de claustration, et une occasion de se retrouver seul, échappant un temps à l'emprise pesante du groupe. Dans cette organisation quotidienne, l'occupation préférée des quatre djihadistes consistait à programmer des patrouilles pédestres dans les environs immédiats de leur campement. Elles permettaient tout autant de maintenir une discipline de combattant et de sécuriser les profondeurs, selon la terminologie militaire volontiers reprise par les groupes terroristes. L'opération, bien qu'habituelle, se préparait toujours en amont. Les armes automatiques, fusils d'assaut et pistolets, étaient démontées, nettoyées et huilées, les mécanismes vérifiés et testés avec soin. Le sertissage des ogives sur les étuis était contrôlé cartouche par cartouche. La répétition des gestes préalables à la mission favorisait une montée en tension nécessaire à la discipline, y ajoutant un professionnalisme de façade propice au maintien d'une cohésion d'équipe dont Abi ne déléguait jamais le commandement.

Avant le départ en opération, il réunissait ses camarades autour d'une table de fortune et distribuait les tâches en s'aidant d'une carte du site dessinée à main levée sur des feuilles qu'il scotchait les unes aux autres au fur et à mesure que le périmètre découvert sur le terrain nécessitait une extension sur le papier. Il aimait ce rôle de chef de guerre, ce pouvoir de commandement, et prenait plaisir à lâcher ses chiens fous, les contrôlant de l'arrière, persuadé qu'il était de tout maîtriser à distance. Cette inclination s'était révélée fort peu protectrice en cet après-midi de l'année finissante. Ni lui ni ses hommes galopant une centaine de mètres en avant n'avaient décelé l'embuscade. Le moment du déclenchement des rafales des armes automatiques correspondit exactement à celui de la douleur insupportable qui percuta ses entrailles. L'onde de choc qui se répandit en lui le projeta au sol à l'instant même où un deuxième tir ricochait sur un granit à l'endroit où se situait sa tête quelques secondes plus tôt. Le sniper était plutôt adroit. Abi préféra dans un premier temps rester allongé à l'abri des tirs hostiles. Ses compagnons calfeutrés derrière des blocs de caillasse ripostaient en direction d'ennemis toujours invisibles. Les tirs étaient imprécis, mais ils avaient le mérite de faire barrage. Il fallait en profiter. Abi rampa jusqu'à disparaître du champ de vision de son assaillant. Il avait l'idée de revenir vers le refuge afin d'utiliser la mallette pour les soins d'urgence. Plus rien d'autre ne comptait. Il se releva péniblement et s'éloigna de la zone de combat.

Adossé à son roc de granit, il perdit plusieurs fois connaissance. La pierre chauffée à blanc toute la journée restituait une douceur tiède bienvenue pour son corps meurtri. Ce confort relatif ne l'encourageait pas à fuir, son instinct vital s'affaissait, sa volonté le quittait sous l'anesthésie de la douleur. Abi n'entendait plus les claquements de la fusillade ; il ferma les yeux et pensa à son fils. Cette minute de plénitude enchanteresse imprima dans son esprit vacillant la certitude d'une trajectoire ratée, vouée tout entière à la haine et à la violence. En cet instant, Abi souhaita de toutes les forces qu'il mobilisait encore que le sang de son sang s'éloignât de ce destin funeste, dont il n'était plus sûr qu'il fût récompensé après la mort à la juste mesure des promesses reçues en échange d'une vie de dévouement à un dieu exigeant sa part de violence.

Une sensation de présence menaçante le sortit de sa torpeur. La douleur s'était répandue dans son corps et le moindre effort devenait une source de torture supplémentaire. Le seul fait d'ouvrir les yeux mobilisait ses dernières forces. Il se concentra afin de chasser le voile mortuaire qui estompait sa vision et devina plus qu'il ne distingua les uniformes couleur sable des soldats. L'un d'eux, moins en retrait, semblait s'adresser à lui. S'il ne saisissait plus distinctement les paroles qui lui étaient destinées, Abi comprit qu'il avait affaire à des compatriotes, et cette certitude lui apporta un soulagement, non pas qu'il espérât une quelconque clémence, mais il respectait la coutume immuable que les affaires des Algériens devaient être réglées par les Algériens. C'est ce même principe qui avait guidé sa main meurtrière après avoir motivé en son temps l'action de son père. Visiblement énervé de ne pas être compris, celui qui semblait être le chef s'avança au plus près d'Abi en hurlant. Ne recueillant toujours pas de réaction, il brandit alors à hauteur de son visage la tête tranchée de l'un de ses compagnons et désigna, posées au sol, les têtes de ses deux autres compères, exposées comme autant de preuves de sa puissance et de son triomphe. L'inertie de son ennemi le rendit fou de rage. Il jeta son trophée sanglant et s'empara du couteau qu'il portait le long de sa cuisse. Conscient du sort qui l'attendait, Abi se prépara, sans peur, à la rencontre douloureuse de la lame avec sa gorge. La mort le saisit alors, lui épargnant cette ultime souffrance.

5.

Dynastie sanglante

Paris, janvier 2015

Il était un peu moins de 17 heures ce vendredi, et déjà l'opacité de la nuit submergeait la luminosité blafarde de ce début d'année 2015. Ce mouvement inexorable s'amplifiait de minute en minute, progressant d'un clair-obscur vers un monochrome noir que les lumières de la ville striaient de brillance, tableau vivant peint d'un seul trait par un Pierre Soulages céleste.

Wahid était dissimulé derrière le rideau d'une fenêtre d'un appartement situé au sixième étage de l'une des tours surplombant la porte de Vincennes, à Paris. Les premiers coups de feu entendus par les témoins avaient retenti depuis près de quatre heures et les policiers avaient pris position assez rapidement autour de l'épicerie kasher située à l'angle du boulevard périphérique et de la rue principale reliant en ligne directe la capitale et sa banlieue immédiate. La prise d'otages à l'intérieur du magasin d'alimentation était confirmée.

La frénésie et le désordre inévitables du début du positionnement des forces de l'ordre cédèrent la place à une atonie pesante. Les horloges se figèrent, les images des chaînes d'information en continu restituèrent en boucle les mêmes prises de vues, tandis que les « spécialistes » rivalisaient d'hypothèses improbables sur les écrans des télés et les ondes radio.

L'observatoire du jeune homme se révélait à la fois sûr et efficace. Ce trois-pièces coquet était loué depuis près de trois ans par Alouine et sa compagne, Tyna, des connaissances de longue date. Bien que plus vieux d'une dizaine d'années, Alouine n'avait aucune difficulté à reconnaître l'autorité de Wahid. Il le considérait à la fois comme un guide spirituel et comme un vrai chef qu'il tentait de satisfaire en permanence. Ce logement servait de lieu de rendez-vous. Les trois compères y étaient régulièrement rejoints par cinq à sept autres camarades, tous unis par une religiosité extrême, et, pour la plupart, par l'activité fort lucrative de la vente du cannabis dans la cité du Luzard, à Noisiel, carrefour du commerce illicite à la charnière de la petite et de la grande couronne parisienne. L'influence de Wahid sur cette bande s'était renforcée au fil du temps. Sa personnalité, son histoire familiale, la radicalité de son engagement religieux imposèrent très tôt le respect dans le dédale de la cité. Avant même sa majorité légale, il avait pris l'ascendant sur tous. La prouesse ne résidait pas seulement dans la précocité de cette prise de pouvoir ; elle se doublait d'une capacité à gérer les hommes et les affaires à distance, à bas bruit et sans visibilité réelle pour le monde extérieur. Si bien qu'il n'était connu d'aucun policier, d'aucun juge, et ne figurait dans aucun fichier à l'âge où ses comparses s'enorgueillissaient de casiers judiciaires bien remplis et de séjours fréquents derrière les barreaux. Sa stratégie de discrétion commandait son action. Il considérait le commerce de stupéfiants, et son flot incessant d'argent occulte, comme un pouvoir lui permettant non pas de s'enrichir, mais de lui donner les moyens d'arriver à ses fins.

Sa priorité était de nature mystique. Son exaltation mûrissait en lui depuis ses plus jeunes années, en même temps que la certitude d'imposer sa croyance au monde entier. Lors de fréquents instants d'apogée fanatique, son esprit le costumait en prophète des temps modernes chargé de missions de conquête et de prédication. Cette soif de jouer un rôle primordial lui commandait de s'imposer jusqu'au sommet des hiérarchies qui se présentaient à lui, et, dans ces moments de vision illuminée, il ne savait plus s'il était l'esclave ou le maître de sa foi inconditionnelle, s'il la servait ou s'en servait. En réalité, il s'interrogeait de moins en moins à ce sujet ; il se laissait aller à ses convictions et elles forgèrent assez rapidement ses ambitions de réussite et de pouvoir. Le questionnement et le doute ne seyaient d'ailleurs pas à l'histoire des hommes de son clan, ce qui lui convenait du reste plutôt bien ; prétexte idéal à une absence totale de remise en cause. Le récit familial lui avait enseigné à identifier ses ennemis, car il est des dynasties qui ne peuvent se construire et perdurer que dans la violence, celle qui nécessite un adversaire à haïr et des « passions tristes » spinoziennes à assumer.

De l'épopée de son grand-père, dont il avait eu une connaissance apologétique à travers les récits des proches et des parents, il avait retenu l'hostilité et la méfiance envers la France, sa patrie d'accueil, de laquelle il tenait pourtant sa nationalité. L'incongruité de ce paradoxe ne le freinait pas dans ses élans haineux, et la participation active de son pays à une coalition armée rendue nécessaire par une menace terroriste internationale nourrissait quotidiennement le prétexte à plus de détestation. De son père, Abi, il avait hérité un engagement religieux viscéral et sans aucune compromission, pour peu que cette quête de l'intime abandon se combinât avec sa soif d'emprise et de suprématie. C'était d'ailleurs le seul chemin domptant la schizophrénie qui ravageait sa tête et torturait son âme. Il estimait que son destin était tracé depuis qu'Abi l'avait installé dans sa famille en région parisienne alors qu'il n'avait pas encore fêté son deuxième anniversaire. Il n'avait jamais tenu grief à son père de cet abandon. Du plus loin qu'il se souvînt, il avait toujours excusé et pardonné ce comportement, et ce n'est qu'au sortir de l'enfance qu'il comprit la portée de cet acte de liberté d'un homme qui voulait qu'aucune contrainte n'entrave sa lutte. La prise de conscience de ce sacrifice suprême à l'âge où il commençait à façonner ses valeurs intimes fut l'une des motivations principales de son ensorcellement dévot. Bon sang ne sachant mentir, il mit ses pas dans ceux de son père et désespéra sa mère, qui n'avait pas mérité une telle misère.

Milla avait profité de la relative liberté dont jouissaient une partie des femmes en Algérie dans les années soixante-dix, quatre-vingt, pour suivre avec application des études qui l'avaient menée jusqu'au concours d'enseignante, réussi brillamment et récompensé d'un premier poste d'affectation provisoire dans un établissement proche d'Alger. Elle y avait rencontré Abi, personnage charismatique et fascinant. Il l'avait séduite et ils s'étaient unis officiellement en 1984. À cette époque, ce pieux mari rêvait de partir en terre de djihad et il suivait de près la situation en Afghanistan, où ses frères souffraient sous le joug de l'occupant, disait-il. Ni sa nouvelle responsabilité de chef de famille ni les suppliques de son épouse ne l'avaient dissuadé de mener à bien son projet, et il s'en fut à sa guerre du bout du monde contre les mécréants pendant quatre longues années, laissant sa jeune femme désespérée, mais dont l'amour aveugle cadenassait les velléités d'indépendance. Cette passion amoureuse inconditionnelle fit accepter à la belle, en un peu moins d'un an de vie commune, tous les oukases formulés par son homme, avec pour référence et prétexte les textes sacrés, existants ou supposés, du bouleversement de son élégance au renoncement à sa vie professionnelle. Sous la surveillance étroite de quelques censeurs du voisinage, soigneusement choisis par le candidat guerrier, sa vie fut calibrée au millimètre. Pratiquante d'une religion apaisée dans une famille ouverte, elle n'avait connu aucune censure autre que les règles habituelles de bienséance et de respect, aucun interdit exagéré au nom du dieu qu'elle honorait avec flamme et dévouement cinq fois par jour.

Elle qui avait goûté depuis son jeune âge à la liberté d'enfant, de jeune fille, puis de jeune femme, elle réservait dorénavant sa beauté au miroir de la coiffeuse de sa chambre, meuble otage d'une époque coloniale révolue. Comme si se découvrir elle-même était déjà un péché, elle n'osait plus se mirer que furtivement avant de revêtir sa prison de tissu, apparat vestimentaire étouffant et humiliant dissimulant la moindre parcelle de cette belle peau brunâtre, de ce regard d'un marron pétillant. Sa belle-famille subvenait à ses besoins et elle ne voyait que très peu ses parents, dont la liberté d'esprit semblait peu compatible avec les règles imposées par son nouvel entourage. Abi donnait de ses nouvelles par intermittence. Il fit même preuve à plusieurs occasions de chaleureuses attentions à l'égard de son épouse, qui contrastaient avec les longues litanies monocordes dont il abreuvait à l'envi son auditoire téléphonique. Ces signes occasionnels nourrissaient en Milla une perspective de liberté lors du retour de son homme. Elle fondait ses espoirs sur le fait que sa présence au côté de son mari rendrait inutiles toutes ces précautions de voyageur soupçonneux et peu confiant en la vertu de sa moitié. Hélas, revenu de sa croisade, le guerrier doucha les espérances de son épouse. Les choses demeurèrent en l'état, à la différence près que Milla ne dormait plus seule, ce qui eut pour résultat, après quelques tentatives infructueuses, d'agrandir le cercle familial avec la naissance d'un garçon, au début de 1992, dont il avait été convenu qu'il porterait le prénom de Wahid. Cette naissance eut des conséquences différentes sur les deux moitiés du couple. Le père y vit un signe divin, et la certitude que « sa » vérité se renforcerait avec ce descendant, qui, le moment venu, l'épaulerait d'abord dans son combat et prendrait ensuite le relais. La mère chérit son enfant d'un amour charnel et inconditionnel, sentant, sans oser se l'avouer, qu'elle aurait sans doute à le protéger des dérives aveugles de son géniteur et de ses affidés.

Depuis la naissance de son fils, Abi se désintéressait de son épouse, incapable de trouver en lui les ressources pour nourrir deux affections d'intensité égale. Milla souffrit au début de cette situation, qu'elle subissait cependant avec dignité, cachant un désarroi toujours plus profond. Son attachement à l'homme qu'elle avait pourtant intensément admiré s'éclipsait de jour en jour. L'implication d'Abi dans son activité clandestine fut un prétexte providentiel à une séparation de fait. Il décida d'exiler femme et enfant chez l'une de ses sœurs en banlieue parisienne afin de recouvrer une liberté de mouvement indispensable pour la suite de son action. Il n'y avait pas là sujet à discussion, et Milla discuta d'autant moins qu'elle saisit cette opportunité avec une allégresse qu'elle eut le plus grand mal à dissimuler.

Paris, Ville lumière, rimait avec liberté. En cette fin d'année 1993, la belle dame avait revêtu ses atours de fête et l'éclat des illuminations rebondissait sur la fine couche de neige qui refusait de fondre. Face aux vitrines des grands magasins du boulevard Haussmann, Milla partageait l'émerveillement de son enfant, ébahi devant les saynètes reconstituant des villages de montagne où se baladaient, au pas saccadé des automates, Père Noël, rennes et lutins, nains et animaux de la forêt, enjambant des locomotives d'un autre temps et leurs rangées de wagons désuets. Une devanture en totalité consacrée à des poupées du monde entier resplendissait de beauté. Affichant des costumes typiques, tous aussi gracieux les uns que les autres, les marionnettes rieuses skiaient, randonnaient, patinaient, certaines pendues par un fil invisible à un carrousel, menaçaient à chaque passage de jeter des boules de neige ou des pluies d'étoiles sur le spectateur. Le rire de Wahid enflamma le cœur de sa mère. Son bonheur aurait été total si son image de femme encagée derrière son voile intégral ne s'était pas reflétée dans la vitrine. Cette vision anéantit l'envoûtement du moment mais lui permit de mettre fin au malaise éprouvé depuis son arrivée en France. Elle n'avait plus envie de revenir en arrière, de revoir son pays natal, de reprendre sa vie d'antan. De manière surprenante, cette évolution s'imposait sans heurt et sans drame, comme la fin d'un amour se perdant au fil des saisons. Les décors de Noël furent les témoins de sa promesse secrète de s'engager dans l'avenir de ce pays d'accueil, sans possibilité de retour.

Les deux exilés avaient été accueillis par la sœur d'Abi et son mari. Milla, qui ne les avait rencontrés qu'à l'occasion de son mariage, se sentait mal à l'aise, car sa belle-sœur, l'aînée d'Abi d'un an, faisait preuve d'un enthousiasme oppressant auquel elle n'était pas habituée. Cette sensation disparut devant la chaleur sincère témoignée par ses hôtes. Tous deux d'un caractère enjoué, Zelda et Natel n'étaient jamais dans la retenue. Cette allégresse dissimulait une plaie béante qui torturait ce couple si fusionnel : l'impossibilité d'avoir un enfant. Ils avaient essayé tout ce qui était du ressort de la science, mais rien n'y faisait, à part marbrer leurs âmes d'une honte injustifiée et d'une incompréhension abyssale. Cette injustice avait éloigné Natel de sa religion et de son dieu le jour où, pour les besoins d'une insémination artificielle, il n'était pas parvenu à recueillir sa semence, arrachée solitairement et sans plaisir dans les recoins sombres d'un cabinet médical, dans le petit flacon au capuchon rouge prévu à cet effet. Les mains souillées de sa maladresse et le cœur explosé, il rejoignit sa femme qui, dans une position dégradante, attendait cette offrande tant espérée. La profondeur de leur détresse les décida ce jour-là à laisser faire la nature. Zelda, quant à elle, ne cessa pas de prier. La nature ne fit rien, mais le destin sans doute impressionné par tant de piété se laissa corrompre et agrandit enfin la famille d'un petit enfant et de sa mère.

Ce bonheur n'eut aucune difficulté à se nicher dans les cœurs, comme dans l'espace. L'appartement du couple, jusque-là vide, se transforma en un havre douillet. Blotti au sein de la ville nouvelle de Noisiel, dans l'ouest du département de Seine-et-Marne, le Luzard abritait encore à cette époque une population aux revenus modestes, fière de sa mixité et de son « vivre ensemble ». Dans les longues rangées d'immeubles aux appartements modernes et entretenus, aux façades alternées d'arrondis et de décrochés, coexistaient propriétaires et locataires d'habitations à loyer modéré. Les mamans de toutes origines et de toutes religions se croisaient aux heures d'entrée et de sortie de la crèche collective ou de l'école des Tilleuls. Les tailleurs élégants et les tenues sportswear côtoyaient les boubous en bazin et les gandouras chamarrées. Dans l'attente des bambins, les discussions aux mille et un accents s'enflammaient, favorisées par les dégustations de pâtisseries traditionnelles de toutes provenances, dont les recettes, transmises de génération en génération, s'échangeaient en catimini après des jours et des jours de palabres et de compromis.

En ce début des années quatre-vingt-dix, les jeunes commençaient à briser le consensus ambiant en se regroupant aux abords de la gare RER, formant des bandes dont la mixité ethnique s'appauvrissait. Les produits illicites se distribuaient encore avec parcimonie aux entrées du lycée de Noisiel et du collège du Luzard. Cette évolution inquiétait, même si les deux bibliothèques et le centre culturel ne désemplissaient pas. Les matchs de foot disputés sur les terrains aménagés et entretenus, les rencontres de basket ayant lieu dans l'immense halle aux sports oblongue au toit recouvert d'écailles d'argent étaient l'occasion de se mélanger de nouveau, mais, à bien y regarder, les chocs se faisaient de plus en plus rudes, de plus en plus orientés et sectaires, comme si ces confrontations sportives sonnaient le glas de la concorde et préparaient un avenir en forme d'affrontement tribal. L'ambiance se dégradait à un rythme supportable, sans heurts particuliers, comme un mauvais sang suintant d'une plaie infectée. Les familles aisées, attirées par les lumières désormais plus enchanteresses de nouvelles habitations individuelles construites à l'américaine autour du parc d'attractions Euro Disney, abandonnaient l'espace de rêves communs et d'échanges pour s'enfermer dans des villas de solitude. Les appartements, revendus à des bailleurs soucieux de rentabilité, étaient investis par des familles étrangères, ce qui consolida une double rupture sociale et ethnique. Le subtil dosage du mélange culturel et économique n'était plus respecté, la magie du caravansérail s'estompait, le peuple du Luzard perdait ses richesses de teintes et ses éclats de blanc, tandis que les nuances claires, exilées volontaires, composaient au lointain de nouveaux tableaux monochromes et sans vie.

Milla ne ressentait pas les effets de cette évolution. Extirpée d'une vie de contrainte, elle profitait d'une indépendance qui lui avait tant manqué. Elle se rendait souvent à Paris, empruntant la ligne A du RER dont la station se situait à moins de dix minutes à pied de l'appartement. Elle se contentait de promener son fils en poussette, choisissant à chaque excursion un quartier différent. En six mois, elle avait fait le tour des plus beaux bâtiments de la capitale. Elle appréciait de la même manière les balades dans son secteur, flânant le long du cours des Roches, scrutant les vitrines des magasins nichés derrière les énormes piliers ronds décorés jusqu'à mi-hauteur de mosaïques jaune vif, soutenant les quatre étages des immeubles de ciment brut. Aux beaux jours, remontant jusqu'au terminal de bus, face à la gare RER, elle longeait les bâtiments de la paroisse catholique du Val Maubuée et s'engageait dans l'allée verdoyante des deux parcs en direction de la cité Meunier. Elle ne cessait de s'extasier, tant sur les petites résidences privatives aux terrasses décalées et à la couleur rose pêche bordant le côté droit que sur les immeubles sociaux en vis-à-vis, agréablement décorés en façade d'une alternance de brique rouge et de parements de béton lissé.

Elle se coulait dans son environnement avec jubilation. Le Luzard était devenu son quartier, son cocon bienfaiteur. Elle avait gardé l'habitude de sortir revêtue d'une abaya et d'un niqab, et cela ne semblait choquer personne. Mais dès qu'elle s'éloignait un peu de son biotope protecteur, les regards se faisaient plus agressifs, plus réprobateurs. Cette tenue focalisait toutes les suspicions, tous les phantasmes, au point que certains passants ne pouvaient s'empêcher d'exprimer leur courroux, parfois en l'insultant. Elle en était d'autant plus meurtrie que cet accoutrement horrible et inconfortable ne répondait pas à une aspiration personnelle, et que, depuis son arrivée en France, elle continuait de revêtir cette tenue par respect des exigences de son mari, et par habitude. La soumission aux volontés de son époux se mesurait de plus en plus au double baromètre du temps et de la distance de séparation, et les appels téléphoniques ou les rares visites en catimini n'y changeaient rien. Milla se rappelait qu'avant son mariage elle avait été une jeune femme respectueuse d'une religion préservant sa féminité. Réfléchissant à se débarrasser de ses nippes, elle observa sa belle-sœur avec intérêt. Zelda était une jeune épouse émancipée, plutôt attirante et bien dans sa peau. Elle était pratiquante et conjuguait sa religion et sa vie de femme moderne avec harmonie. Toujours élégante, habillée à l'occidentale, elle ne sortait jamais sans recouvrir son opulente chevelure d'un noir de jais d'un hijab aux couleurs vives, choisi avec goût dans une garde-robe d'une cinquantaine d'articles. Cet accessoire vestimentaire ne cachait rien de la beauté de son visage ovale et soulignait le pétillement de ses yeux d'un marron ardent, accentué par l'échappée sur son front d'une mèche rebelle, de sorte que le tissu focalisait plus les regards qu'il ne les repoussait. Mais l'honneur était sauf et les préceptes étaient respectés.

Après plusieurs mois d'observation discrète, Milla profita d'un instant d'intimité avec sa belle-sœur pour amener la conversation sur le sujet de l'habillement. N'osant pas aborder sa préoccupation de front, elle déploya des trésors d'inventivité pour dissimuler son tourment sous d'anodins bavardages concernant la mode et l'évolution des styles vestimentaires en fonction des saisons et des pays. Amusée par ces circonvolutions, Zelda, qui pressentait l'objet final de la discussion, coupa court :

— Arrête de tourner autour du pot et dis-moi ce qui te préoccupe.

— Ce n'est pas facile… Je ne veux pas que tu me juges…

— Tu as trouvé un amant ?

— Mais non !

— Je plaisante, ça viendra… Mais pour l'instant je plaisante, c'est pour te détendre. Dis-moi ce qui se passe dans ta tête.

— Que penses-tu de la manière dont je m'habille ?

— Ben là, c'est très bien, tu es décontractée, mais ça te va bien, tu es très jolie.

— Mais non, pas là, quand on est dans l'appartement. Je veux que tu me dises ce que tu penses de la manière dont je m'habille pour sortir dans la rue.

— Oui, j'avais compris, je plaisantais encore.

— Si tu pouvais être sérieuse quinze secondes, j'aimerais vraiment savoir ce que tu penses de ma manière de m'habiller quand je sors !

— C'est nul !

— Quoi ???

— Tu t'habilles à la fois comme un sac et comme une esclave.

— Comment peux-tu dire ça ? Je respecte les préceptes de ma religion, de notre religion, et les injonctions de mon mari…

— Écoute, Milla, tu es libre de t'habiller comme tu veux ici, tu es dans un pays de liberté, tu peux sortir en burqa ou en minijupe, c'est la grosse différence avec le pays d'où tu viens et bien d'autres pays aux alentours. Je ne pense pas que tu aies déjà eu l'occasion de montrer tes jambes dans ta vie d'avant. Ici, tu peux le faire, rien ne t'y oblige, mais c'est un choix qui t'est laissé et qui ne dépend que de toi…

— Je ne sais pas si on a le libre choix de sortir en burqa. À Paris, j'ai été insultée plusieurs fois à cause de ça…

— Tu t'es fait insulter mais pas lapider, c'est aussi la différence avec d'autres pays moins tolérants. Je reconnais qu'il y a encore des progrès à faire. Tu me parles des injonctions de ton mari, mais c'est un con, ton mari ! C'est un con et sans doute un assassin. Il t'a abandonnée avec ton fils pour vivre sans entrave la guerre qu'il a déclarée aux innocents. Certains laissent tomber leur famille pour vivre une nouvelle vie sentimentale. Lui, c'est pour avoir la liberté de haïr la Terre entière, de tuer en journée sans être confronté le soir venu au regard de sa femme. C'est un con et c'est un lâche !

Zelda avait cédé à une colère qui couvait en elle depuis longtemps. Elle connaissait parfaitement les agissements de son frère et en était horrifiée. Sentant qu'elle était allée trop loin dans ses propos, elle se radoucit et ajouta :

— Natel ne m'impose aucune injonction, il m'aime et me considère comme son égale. Milla, tu es dans un pays où l'État garantit l'égalité entre l'homme et la femme…

Milla n'avait aucune intention de défendre l'honneur bafoué de son mari. Elle tint cependant à préciser :

— Il y a quand même plein de femmes qui se font frapper…

— Oui, tu as raison, beaucoup trop, et là aussi on a encore des progrès à faire, mais il y a eu beaucoup de condamnations contre des époux violents. Ici, les femmes peuvent travailler, et dans des métiers qu'elles ont librement choisis. Moi, j'ai commencé à travailler comme infirmière à l'hôpital, et depuis cinq ans je suis associée dans un cabinet d'infirmiers libéraux. J'adore mon job, personne ne me l'interdit…

— Tu crois que je pourrai retravailler, moi aussi ? J'aimais mon travail d'enseignante, j'aimerais enseigner de nouveau…

— Sans doute, on peut y réfléchir… Mais il faudra penser à enlever ton accoutrement si tu ne veux pas effrayer les élèves, et si tu veux avoir une chance d'être embauchée…

— Je dois respecter les préceptes de ma religion, je ne peux pas tout renier, je ne veux pas me renier.

— Milla, tu es une fille intelligente, il faut que tu te désintoxiques de ton dogmatisme. La foi n'est pas une question d'apparence, tu n'as pas à montrer à la Terre entière que tu es une bonne croyante. Ce que tu t'infliges en te costumant ainsi est aussi dégradant et désuet qu'une confrérie de rédemptoristes se flagellant en cadence. Tu me parles de préceptes qui régissent la manière de se vêtir ou de se cacher derrière des morceaux de tissu, mais les érudits qui ont décortiqué les textes ne sont pas d'accord entre eux. Rien n'est écrit, tout est interprété, et les interprètes, qui au passage sont des hommes, ne sont pas tous de bonne foi. Nous pratiquons toutes les deux la même religion. Penses-tu que je suis moins croyante que toi parce que je sors avec un foulard sur la tête ? Penses-tu qu'avant de connaître mon con de frère tu étais moins croyante car tu ne portais qu'un mince foulard devant ta bouche et sur tes cheveux. Milla, les apparences ne sont que les apparences ; elles ne trompent ni l'homme clairvoyant ni Dieu. Habille-toi comme tu veux, tu ne te renieras jamais si tu es sincère.

— Merci, Zelda. Tu n'aimes pas beaucoup ton frère. Tu penses que c'est une mauvaise personne ?

— Je pense qu'il a pris un mauvais chemin, celui de la facilité, en se laissant gagner par la haine de ceux qui ne pensent pas la même chose que lui. Tout ça n'est pas une question de religion, c'est une question de peur de l'autre, donc de crainte, d'intolérance, de violence. C'est un cercle vicieux duquel on ne peut plus sortir. C'est le même problème que l'on a ici avec le port du voile. Je ne parle pas de la burqa qui t'est si chère, mais uniquement du petit bout de tissu que l'on met sur le bas de notre visage et du foulard qui nous cache les cheveux. Certains ne supportent pas cette vision, ils n'imaginent même pas que derrière nos voiles et nos foulards peuvent se trouver des femmes libres, libres d'honorer leur dieu par ce signe de piété, libres de le montrer aussi aux autres humains, car elles sont fières d'une croyance qui constitue une partie d'elles-mêmes.

Bien sûr, il y a aussi des femmes sous influence et soumises aux diktats des hommes ou aux injonctions de leur entourage familial. Un peu comme toi. Il ne sert à rien de les condamner ; il faut au contraire aller les chercher, les informer et les convaincre. Ce travail se fait dans la tolérance et la connaissance de l'autre.

Le temps passé ensemble permit aux deux jeunes femmes de mieux se connaître. Les échanges nombreux et passionnés restauraient la soif d'apprendre de Milla, favorisant une intégration sans aspérité dans sa nouvelle vie. Natel participait lui aussi à cette expérience peu commune de construction d'une famille pluriparentale. S'il avait délaissé tout engagement religieux, refusant de se soumettre à une puissance divine, il ne dédaignait pas se plier à la fatalité du destin. Cette conviction paradoxale s'était renforcée à l'arrivée du petit Wahid, qui fit l'objet de toute son attention et de tout son amour. L'affection fut réciproque ; l'enfant avait trouvé un père de substitution. La vie commune s'organisa dans la durée. Après quelques péripéties bureaucratiques, Milla et son fils obtinrent les sésames administratifs leur permettant de rester sur le territoire français, point d'entrée dans un cercle vertueux autorisant la jeune femme à œuvrer comme aide-enseignante, son diplôme de professeure étrangère n'étant pas validé en France. Sa résistance s'érodant au fil du temps, elle avait consenti sans grande difficulté à se défaire de ses frocs, sans renoncer à l'essentiel, sans se défaire de sa spiritualité. Sa vie conjugale se dissipait dans un souvenir vague et confus, dont l'effacement total était empêché par des appels téléphoniques réguliers durant lesquels un Abi de plus en plus prophétique échangeait avec son fils et personne d'autre. Le petit Wahid appréciait ces contacts à distance. L'éloignement lui faisait idéaliser ce héros mystérieux et le plongeait dans un mutisme mélancolique des jours durant après ces conversations.

Les policiers des services de renseignement entretenaient eux aussi la légende du lointain époux. Lors de l'installation de Milla, ils avaient débarqué un matin et s'étaient assis sans y être invités autour de la table de la salle à manger, assurés que leur autorité les dispensait des bonnes manières. Après tout, en matière de terrorisme, la loi leur permettait tous les excès ou presque. Cette attitude outrecuidante s'assouplit au fur et à mesure que les défenseurs de l'ordre comprirent que la famille, plus victime que complice, n'était pas à même de leur fournir une information exploitable. Il avait été décidé que des échanges moins formels, et moins visibles, mais réguliers, auraient lieu, au cours desquels Milla approfondit des relations d'amitié avec quelques membres de l'équipe, qui lui apportèrent leur soutien quelques années plus tard lorsqu'elle constitua son dossier de naturalisation.

Cette envie de changement de nationalité trottait dans la tête de la jeune femme depuis son arrivée en France.

Elle y voyait un moyen définitif pour son fils et elle de rompre avec la partie la plus pénible de leur passé, et aussi un symbole de sa condamnation et de son rejet des exactions de son mari, dont la description détaillée que lui en faisaient les policiers la remplissait d'effroi et d'horreur. Elle voyait dans cette démarche la certitude d'être protégée de l'insécurité émanant de ses origines et de son proche entourage. Mais, au-delà de ces considérations pragmatiques, elle cédait avec un plaisir certain à l'étrange envoûtement de ce pays d'accueil. Dès l'adolescence, elle s'était promis de venir déchiffrer l'énigme de cette nation admirée du monde entier, capable dans le même temps de développer l'esclavagisme et la colonisation tout en semant les préceptes des philosophes des Lumières et leur affirmation du droit à la liberté et à l'égalité pour chacun. Cette passion sincère endura l'épreuve des atermoiements de l'administration française, une dizaine d'années d'empoussièrement bureaucratique au terme desquelles Milla et Wahid devinrent français. Le chemin parcouru marqua encore plus la rupture avec une chronique ancienne que la jeune femme espérait révolue. À vrai dire, le récit semblait trop beau, et Milla ne pouvait s'empêcher de nourrir des craintes pour son fils et elle.

Les pressentiments patientent souvent dans l'antichambre de la fatalité, et cette prédiction se révéla exacte : le cours heureux de cette nouvelle vie fut bouleversé par la maladie. La première des épreuves s'annonça dans le courant de l'année 2001 sous la forme d'une tache maculant le pancréas de Natel. Elle se répandit avec tant de célérité qu'elle confisqua le temps nécessaire à la compréhension du malheur. Le drame fatal intervint sans que l'entourage n'en eût vraiment conscience, le privant ainsi du délai où l'esprit se prépare au pire, période que les longues afflictions offrent en général en dédommagement des douleurs du malade et des tourments de ses proches. La dépossession de cette préparation au deuil se traduisit par un vide ressenti avec force lors du décès de Natel. Toute la famille fut meurtrie, mais Wahid éprouva une peine d'une intensité et d'une durée peu communes pour un enfant de son âge. La perte de son père adoptif altéra sa santé psychique et physique, nourrit une inquiétude croissante chez sa mère et sa tante, et qui s'intensifia quand fut diagnostiquée une poliomyélite nécessitant des hospitalisations fréquentes. Après deux années de soins et de séjours alternés dans des établissements spécialisés, Wahid récupéra une vie presque normale, à l'exception d'une claudication du côté gauche. S'il reprit sans difficulté ses activités physiques et un parcours scolaire brillant, nullement perturbé par son infortune passagère, son caractère changea. Il était moins joyeux, plus renfermé. Son esprit, bourdonnant à certains moments, le poussait vers une vie religieuse assidue, étonnante pour un enfant si jeune.

Milla et Zelda ne s'en souciaient pas, du moins au début. Elles étaient même assez fières qu'il embrassât la religion commune à l'âge où ses camarades s'occupaient à des activités moins spirituelles. Le doute grandit petit à petit au rythme de l'exagération de la religiosité de Wahid, et de son excès de références au dogme à tous les instants de la vie quotidienne. La situation se tendit quand le gamin fut informé du décès d'Abi. Il en fut fortement perturbé et s'en prit à sa mère et à sa tante, leur reprochant des attitudes dévoyées et peu en adéquation avec les préceptes édictés par les textes. Le rigorisme de ses pensées autant que les remontrances d'un gosse à peine entré dans l'adolescence exaspérèrent les deux femmes, dont le parcours d'émancipation se voulait respectueux des valeurs religieuses qui les habitaient. Elles ne supportèrent pas cette mise en cause infondée, qui les renvoyait, en particulier Milla, à des interprétations extrémistes dont elles avaient souffert par le passé. Elles y voyaient aussi, et de manière limpide, l'expression de l'ambition d'un « merdeux » déjà machiste et manipulateur, tentant de prendre le pouvoir familial en s'appuyant sur des préceptes pseudo-religieux dont il était le seul à connaître la signification.

Les mises au point qui suivirent furent claires, et un compromis de liberté cultuelle sans expression de reproche de part et d'autre fut appliqué au sein du domicile familial. Pour le reste, Wahid continuait sa remarquable progression scolaire, ne réservant son prosélytisme qu'à quelques proches, convaincu que le secret de la croyance et la vertu de la taqîya[1] ajoutaient à la force de conviction. Les copains augmentèrent en nombre, le réseau s'étoffait, la conquête du Luzard débutait. Malgré son infirmité, Wahid devenait au fil du temps un adolescent d'une corpulence remarquable et d'un caractère affirmé dont il se servait pour imposer son autorité naturelle. Sa solide culture générale, contrastant avec le niveau moyen de ses camarades, lui permettait d'appuyer un leadership évident, dont les fondements les plus solides reposaient sur un rôle de prédicateur respecté de tous et craint du plus grand nombre.

Franco-Camerounais de dix ans son aîné, Alouine demeurait son plus fervent admirateur. Il était gratifié en retour d'un rôle de lieutenant loyal, assumé avec une efficacité redoutable quand il s'était agi de conquérir la cité du Luzard et d'y développer sans partage le commerce de stupéfiants. Fidèle à son goût pour la dissimulation, Wahid dirigeait dans l'ombre l'entreprise ainsi constituée. En fin stratège, il pilotait les opérations de l'arrière et laissait à son ami le soin d'appliquer au grand jour, dans la fureur et la violence, les plans qu'il avait décidé de mettre en œuvre. Le reste de la bande,

1. Le mot taqîya provient de l'arabe et signifie « prudence » et « crainte ». Ce terme désigne, au sein de l'islam, une pratique de précaution consistant, sous la contrainte, à dissimuler ou à nier sa foi afin d'éviter la persécution. Elle possède un fondement coranique, provenant notamment de la sourate 3:28, mais le mot en lui-même n'est pas mentionné dans le Coran.

jamais plus d'une dizaine de membres de toutes origines ethniques, s'agrégeait autour de ce duo complémentaire, évoluant à la marge en nombre et en qualité au gré des mauvaises fortunes générées par des policiers vigilants et des juges soucieux de protéger la société en prononçant quelques peines d'incarcération. Ces passages en prison, outre qu'ils déséquilibraient pendant un temps l'organisation du groupe, plaçaient Wahid face à la contestation de son rôle de chef par certains de ses compagnons auréolés de la « gloire » initiatique acquise en cellule. Ces séjours endurcissaient les esprits et orientaient les comportements vers plus de rébellion envers l'autorité, en même temps qu'ils renforçaient les extrémismes religieux par le contact avec des prêcheurs incarcérés pour des délits variés. La difficulté résidait alors pour Wahid dans la reprise en main rapide et efficace de ses troupes, avant que les éléments perturbateurs à peine libérés n'influencent les autres membres du groupe. Dans une espèce de jeu de rôles éprouvés dans tous les commissariats de France, Alouine, dans la peau du méchant, s'employait à redresser les torts, et quelquefois les corps, y mettant l'énergie nécessaire pour une remise rapide dans le droit chemin. Après ce travail préparatoire, Wahid entrait en scène et parachevait cette restauration de son pouvoir par un retour en conformité liturgique, sa conformité, qui ne souffrait d'autre interprétation que la sienne. L'ordre des choses retrouvé garantissait une sérénité propice aux affaires illicites et à la pieuse méditation.

À l'âge de l'entrée en adolescence, il avait obtenu de sa mère l'autorisation de s'inscrire dans un club spécialisé dans les sports de combat chinois. Milla résista d'abord à cette demande. Le handicap de son fils freinait sa décision presque autant que l'éloignement de la salle d'entraînement, mais ce projet fit naître en elle l'espoir secret d'une sociabilisation par la pratique physique dans un environnement extérieur à la cité. Elle finit par accepter que son fils se rendît trois fois par semaine dans un gymnase parisien à deux pas de la tour Eiffel pour y pratiquer sanda et wushu, dans la pure tradition de l'empire du Milieu. En prenant cette décision, Milla ignorait que cette école d'arts martiaux avait été conseillée à son fils par l'un des responsables de la salle de prière du Luzard. Sayyid, le professeur, n'était en réalité qu'un piètre admirateur de la culture asiatique. Il n'avait retenu de la pratique martiale millénaire que l'efficacité de la méthode de lutte, dans laquelle il excellait. La philosophie ancestrale baignée de pensées taoïstes, confucianistes et bouddhistes, pourtant indissociables de la confrontation physique, lui était étrangère. Mieux, il l'avait écartée car elle entrait en conflit avec son propre système de pensée. S'il admettait l'existence d'autres doctrines religieuses dans l'histoire, largement préexistantes à la sienne, il les concevait uniquement comme autant d'étapes préalables et nécessaires à la construction d'un dogme qui avait vocation à s'imposer à tous. Dans son approximation théologique et historique extrême, peu lui importait l'antériorité quelquefois millénaire des autres religions ; le but indiscutable était d'imposer la sienne partout et en tout temps.

Sayyid faisait partie d'une confrérie qui œuvrait pour cette conquête. Le mouvement frériste auquel il appartenait avait pris naissance en 1928, dans une Égypte alors sous domination coloniale anglaise, la pratique radicale de la foi servant de prétexte à une résistance physique et morale à l'occupant. Ce positionnement stratégique tendait vers une prise de pouvoir par tous les moyens, religieux, politiques, violents si nécessaire. Pour atteindre ce but, toutes les compromissions étaient tolérées : mensonge, trahison, meurtre et alliance contre nature avec les ennemis nazis de la puissance coloniale. Les membres de cette secte répondaient à un nom de ralliement, les Ikhwan, en hommage aux assassins de dieu semant la désolation et la mort quelques années auparavant dans la péninsule Arabique. Sayyid ne se contentait pas d'initier son jeune élève aux arts martiaux. Son enseignement se doublait d'une ouverture approfondie à tous les domaines qu'il jugeait incontournables pour la prédominance d'une conviction sacrée qu'ils partageaient tous deux. Les entraînements au sport de combat se prolongeaient souvent par des séances entre adeptes soigneusement sélectionnés, aux cours desquelles des techniques d'assujettissement et de domination étaient discutées avec passion.

Wahid faisait l'objet d'un traitement particulier, se traduisant par de longs apartés durant lesquels ces stratégies étaient approfondies. Intuitif et très intelligent, Sayyid s'appuyait sur les capacités de son jeune élève. Il était intéressé par son parcours scolaire irréprochable et par son dévouement extrême à la cause. L'investissement dans ce garçon talentueux ne se concevait donc que dans le temps long. Il fallait le laisser mûrir et, à terme, s'appuyer sur un potentiel prometteur pour infiltrer les plus hautes instances de l'État français. Informé des intentions de son mentor, Wahid acquiesça et joua le jeu avec d'autant plus d'application qu'elles servaient une vision personnelle qu'il prit grand soin de dissimuler à son tour à son interlocuteur. Il fut donc convenu que le jeune homme continuerait de s'investir dans des études prometteuses, ce qui contribua à émerveiller sa maman. Pour autant, et malgré les demandes insistantes de son maître à penser, Wahid ne renonça pas à ses activités illicites. À bout d'arguments, Sayyid lui en concéda l'autorisation, au motif qu'elle servait de manière indirecte au financement de la cause.

L'évolution du jeune homme vers plus de radicalité ne s'interrompit plus. L'influence des frères, bien que très prégnante, n'était pas la seule force à l'œuvre pour faire basculer Wahid vers une zone de grande intolérance et de brutalité. Son caractère, son impulsivité, sa détestation du mode de vie de son pays d'accueil, dont il considérait qu'il corrompait son entourage le plus proche, le poussaient à s'affirmer dans une révolte totale, globale, qui grondait au plus profond de son être, alimentant une colère éruptive, mais régulée par une vision personnelle d'une rébellion dans laquelle il revendiquait un rôle central. Le renforcement de sa stratégie à long terme, intensifié par la nécessité vitale d'engagements plus proches, le conduisit à entamer un programme de formation tout à fait personnel, mélangeant recherches et apprentissage sur des sites numériques spécialisés et dédiés à l'action radicalisée combattante et aux « stages d'expertise » à l'étranger.

C'est ainsi qu'à l'été 2009, au sortir d'une année estudiantine brillante, récompensée par un baccalauréat avec la mention très bien, il obtint l'autorisation de se rendre en séjour au Caire. Le projet de voyage reposait sur un approfondissement linguistique en arabe, langue qu'il pratiquait avec brio au lycée depuis trois ans et pour laquelle il présentait des aptitudes et une appétence certaines. Le plan bien ficelé, dont la logistique avait été prise en compte par Sayyid, rassura Milla. Depuis l'entrée tumultueuse en dévotion de son fils, elle n'avait constaté que peu d'écarts et son comportement semblait devenir plus tolérant. Après l'incident survenu à la suite de sa convalescence, et la mise au point qui s'était ensuivie, il ne faisait plus aucun reproche à Zelda et à sa mère. Milla n'était pas dupe et ressentait la réprobation contenue d'un fils qui, devenu jeune homme, aurait souhaité, à l'image de feu son père, prendre les commandes du foyer et imposer aux deux femmes un mode de vie et des tenues moins occidentalisés. Mais elle lui était reconnaissante de sa maîtrise et de ses efforts, et le parcours scolaire ambitieux qu'il poursuivait la rassurait. Son attitude plutôt effacée, à un âge où presque tous ses copains de la cité avaient eu maille à partir avec la justice, confortait cette impression de sérieux. Il n'y avait donc aucune raison de s'opposer à un séjour estival d'études en Égypte, pays des pharaons, qui durant des millénaires vit prospérer le long de la vallée du Nil l'une des civilisations les plus brillantes de l'histoire du monde.

Ce n'était pas cette richesse culturelle que Wahid était venu chercher durant ces deux mois d'été. Ses sorties touristiques se limitèrent au minimum indispensable pour pouvoir répondre aux questions de ses proches à son retour. Une fois bâclées les visites incontournables de la grande pyramide de Gizeh, du musée du Caire, du colosse de Ramsès II ou de la cité des morts, il consacra le reste de sa villégiature à approfondir ses connaissances linguistiques, et à s'instruire sur le message original délivré au sein de tous les lieux de prière estampillés comme authentiques, dont l'adresse ne se transmettait que par chuchotements apeurés, la main couvrant la bouche. De tels endroits favorisaient des rencontres où chaque participant, venant de tous les coins du globe, échangeait en confiance des certitudes dont les vibratos de haine et d'intolérance résonnaient à l'unisson du lieu. L'un des membres de cette chorale atrabilaire se prénommait Sabri. Il venait du Pakistan, où, depuis plusieurs années, il avait élu domicile. Sabri al-Faransi (« le Français ») était originaire d'une ville tranquille du Val-de-Marne, où il avait grandi et fait des études, rapidement abandonnées pour une activité de délinquant sans grande envergure, sanctionnée par de courts séjours carcéraux durant lesquels, au contact d'un voisinage prolixe, il se convertit à une religion pratiquée selon les rigueurs du milieu du VIIe siècle et les certitudes des pieux ancêtres : Salaf al-Salih.

Sabri, Adrien de son vrai prénom, ayant désormais abjuré, exerçait un ascendant placide sur son entourage immédiat, facilité par une corpulence robuste qui imposait le respect. Mais, par-delà cette autorité naturelle, les aventures de ce jeune trentenaire envoûtaient son entourage. Son don de narrateur transformait les combats les plus sanglants, les actions les plus détestables, les attentats les plus horribles en glorieux faits d'armes, en magnifiques allégories à la dévotion d'un absolutisme tyrannique et sans limite. Il colorait ses discours envoûtants d'une riche expérience personnelle à l'entraînement et aux pratiques guerrières, acquise lors de voyages initiatiques dans tous les lieux, fascinant l'inconscient collectif d'un public béat d'admiration. De l'Irak au Waziristan, des bords de l'Euphrate aux contreforts de l'Hindou Kouch, Sabri distillait les mille détails d'un romantisme salafiste dont le récit agissait comme une force d'attraction sur des esprits sous emprise. À la fin de la conversation, chacun était prêt à partir en croisade vers des horizons lointains, propices à la gloire et au dépassement de soi, au nom d'une cause suprême, exigeant sang et sacrifice. L'habile recruteur y conquérait un nouveau public tout en renforçant son emprise sur ses auditeurs de la première heure. À la fin de l'été, pas moins d'une trentaine de disciples de toutes nationalités assistaient régulièrement à ses prédications. Cette foule conquise alimentait un réseau articulé et structuré, acquis à la cause, réparti sur la majeure partie du globe.

Wahid, arguant de leur nationalité commune, avait su nouer des liens plus personnels avec Sabri. Le jeune homme était fasciné par l'expérience de son aîné, mais aussi par la facilité remarquable avec laquelle il embarquait son auditoire. Mais cet envoûtement n'allait pas jusqu'à l'assujettissement. Comme à son habitude, il gardait intactes ses capacités d'analyse et se convainquit que le prédicateur pourrait être utile à la construction de son propre destin. En fin stratège, Wahid cherchait à renforcer son image et à se forger une stature respectée au-delà des limites de sa cité. C'était le premier pas vers une ambition plus affirmée. Il était conscient que son aura nationale ne pouvait s'acquérir qu'au loin, et que seul l'éloignement mystique en terre de combat contribuerait à sa légende. Son voyage en Égypte répondait en partie à cette nécessité, mais il sentait bien que la démarche n'était pas suffisante. La riche expérience de Sabri attestait cruellement l'inanité de son propre parcours. Lors de soirées de discussion et de prière, les deux compères renforcèrent la convergence de leurs points de vue. Sabri comptait parmi ses fidèles beaucoup de potentiels exécutants, mais peu d'encadrants du niveau de son interlocuteur. Il saisit donc tout l'intérêt que représentait le jeune ambitieux dans un avenir plus ou moins proche et s'entendit avec lui sur un plan de développement de ses capacités. C'est à la fin du séjour, peu de temps avant le départ, devant deux verres de thé noir, dont l'apport démesuré en sucre n'enlevait en rien l'amertume râpeuse, que fut programmée une nouvelle formation à l'étranger. Début juillet 2010, un peu moins d'une année après ces échanges, Sabri accueillit Wahid à l'aéroport de Peshawar. Fidèle à sa stratégie gagnante, le jeune banlieusard avait profité de résultats universitaires excellents pour négocier avec sa mère un voyage d'études en Inde. De l'Inde, il ne connut que l'aéroport de Bombay, le temps de son transfert international vers Karachi. Moins de trois heures plus tard, il retrouvait son ami dans la capitale provinciale du Nord-Pakistan. Le périple se poursuivit, sans repos, à bord d'un quatre-quatre millénaire au moteur cahoteux dont s'échappaient des fumerolles mortelles, effluves improbables de graisse et de fuel mal raffiné.

Sabri accompagna son ami jusqu'aux confins du pays, dans les zones tribales à la frontière de l'Afghanistan. La résistance du peuple pachtoune avait rendu ce secteur inaccessible à toutes les tentatives d'occupation étrangères de l'histoire. Les montagnes blanchies en leur sommet, transperçant à perte de vue le ciel de mille griffes rocheuses, aux contreforts rocailleux et instables dominant des vallées étroites, offraient un refuge à des camps d'entraînement organisés sur un mode militaire. En habitué de l'endroit, Sabri introduisit Wahid auprès d'un dignitaire responsable des lieux et s'esquiva après les politesses d'usage. Il réapparut trois mois plus tard pour ramener le « stagiaire » vers la civilisation. Le stage du bout du monde épuisa les résistances mais renforça les certitudes. La vingtaine de participants, essentiellement des Européens et des Nord-Africains regroupés au sein d'une katiba, vécut en communauté au rythme de l'instruction entrecoupée par les cinq prières quotidiennes. Les instructeurs travaillaient sur des bases simples, consistant en un renforcement physique, moral et psychique au service de la cause religieuse.

Wahid compensait ses faibles performances en épreuves d'endurance, dues à son handicap, par des connaissances poussées du combat corps à corps, cultivées tout au long de l'année dans son club parisien. Il se découvrit une passion pour les armes, récompensée par d'excellents résultats en maniement et en tir de tous types de matériel de guerre : fusils d'assaut, pistolets, lance-roquettes, grenades. Il offrait une résistance inaccoutumée aux conditionnements psychologiques, dont les épreuves de résistance au froid, à la faim, au manque de sommeil, à la douleur, n'avaient rien à envier aux tests de sélection des meilleures unités des forces spéciales du monde. Mais c'est surtout son extrême dévotion et sa maîtrise de la langue arabe, qu'il pratiquait avec ses camarades maghrébins, qui attirèrent l'attention des encadrants et lui valurent le privilège d'une participation à un raid armé au-delà de la frontière. L'incursion en territoire afghan traîna une dizaine de jours ; l'aller dura une éternité, une séance de tape-cul à l'arrière de vieux camions à ridelles, dont chaque passage de vitesse faisait hurler les engrenages des transmissions. Les soubresauts des engins dus aux pistes pierreuses formant une succession d'entrelacs bordés de ravines suppliciaient les corps et martyrisaient les mécaniques, expulsant de temps en temps quelques bouts de tôle devenus inutiles. Les ultimes kilomètres imposaient la discrétion d'une approche pédestre, vécue comme un immense soulagement par des organismes meurtris par le trajet. C'est sur cette dernière portion du parcours que Wahid se sentit réellement fantassin. Il partait à la guerre, sa cause était juste, son histoire martiale se bâtissait ici, en Afghanistan, en territoire de djihad, il fallait seulement qu'il restât en vie pour le faire savoir à son retour.

Le peu d'appréhension qu'il avait disparut lors de l'échauffourée. Le combat fut bref et se traduisit par des échanges nourris de tirs à distance respectable. Il distingua au lointain une silhouette qu'il visa avec application, sans se soucier des éclatements de pierres et des geysers de terre que le feu ennemi provoquait autour de lui. Il lâcha une rafale de son arme automatique, qui souleva une liesse victorieuse parmi ses compagnons. Contrairement à eux, il n'était pas persuadé d'avoir fait mouche, mais la perspective d'avoir ôté une vie nourrit en lui une jubilation malsaine. Le retour fut tout aussi harassant, mais l'ambiance d'après combat créait une fraternité nouvelle entre les hommes. Ses camarades jugeaient que le petit novice s'était bien débrouillé face à un adversaire dont la férocité croissait au fil des témoignages de chacun et des kilomètres parcourus. Le rapport officiel de fin d'opération mentionna une dizaine de morts chez l'ennemi, appartenant aux forces spéciales de la coalition. Visiblement, Wahid n'était pas le seul à rechercher une parcelle de gloire, et ce compte rendu tronqué arrangeait tout le monde.

Au terme de son séjour, le jeune Français revint au pays, à temps pour la rentrée universitaire. Fidèle à son habitude, il tenta de se montrer discret. Comme à son retour d'Égypte un an plus tôt, il déclara avoir perdu son passeport, dont les visas et les tampons officiels se seraient révélés trop bavards. Il décrivit à sa famille les mille et une merveilles que ses recherches sur Internet lui avaient apprises sur Bombay et New Delhi, et offrit, les yeux humides, les cadeaux qu'il avait achetés à l'aéroport. Il ne consentit à sa clique du Luzard que les quelques confidences nécessaires à l'émerveiller et à asseoir son autorité. Alouine, lui, eut droit à plus de détails, qu'il enjoliva ensuite à sa guise, contribuant à crédibiliser le récit de son chef.

6.

Consécration

Paris, janvier 2015, 17 heures

Rivé à la fenêtre, Wahid scrutait avec l'admiration du connaisseur la progression millimétrée des colonnes d'assaut, longues chenilles noires, succession de métamères agglomérés en binômes distants d'un pas, articulation vertébrale souple, protégée en amont par le lourd bouclier antiballes du premier de cordée. À un point d'arrivée préalablement délimité, hors de la vue des preneurs d'otages de la supérette kasher, la file des hommes en noir s'accroupit dans un mouvement d'ensemble d'une parfaite cohérence, où chaque acteur remplissait son rôle de vigilance en attendant le déclenchement de l'action. Auparavant, les snipers s'étaient déployés aux fenêtres des appartements des immeubles alentour, choisissant leur angle d'observation en hauteur. Ils avaient sollicité les occupants des lieux et reçu un bon accueil. Un temps, Wahid, Alouine et Tyna avaient retenu leur respiration, craignant que les policiers ne sonnent à leur porte. Il n'en fut rien.

De son poste d'observation, Wahid ne pouvait détacher son regard de celui qui, près d'une trentaine de mètres en contrebas, semblait diriger le dispositif. L'élégante martialité de Gaby, soulignée d'un maintien d'une impérieuse fierté, captait toute l'attention des caméras des chaînes télévisées zoomant plus que de raison sur son visage, dont le teint bruni contrastait avec le blanc étincelant de son écharpe de soie. La curiosité ambiante, largement alimentée par des images rediffusées jusqu'à l'indigestion, ne concernait pas Wahid. Comme tout arriviste qui se respecte, il reconnaissait en Gaby cette prétention incontestable à la domination, qui ne flatte que les caractères ambitieux. Il nourrissait la même mais enrageait de ne pas pouvoir l'exprimer de manière identique, au grand jour et en pleine liberté. Pour la première fois, il regrettait de devoir avancer masqué, sans possibilité d'affirmer au monde ses convictions, mais surtout les valeurs et qualités de sa personnalité, forcément supérieures. Non, il n'était décidément pas fasciné, il était juste intrigué par cette image du policier renvoyée à la manière d'un reflet inversé. Cette confrontation à distance agit sur lui comme une provocation, aiguillonnant son esprit de compétition plus que son amour-propre. Le résultat fut immédiat : Wahid venait de se choisir une cible, une figure emblématique, le représentant d'un système qu'il abhorrait, doublé d'un ennemi valeureux, dont l'admiration que la société lui portait commandait qu'on l'affrontât dans l'espoir de mettre à bas l'homme, en même temps que le symbole. Mais, pour l'heure, le moment de l'affrontement n'était pas arrivé, le chef des policiers d'élite devait d'abord se frotter à la réalité présente. C'est avec un œil averti que Wahid observait l'acte final d'un spectacle qu'il avait savamment préparé et mis en scène.

L'idée de cette machination avait mûri quelques mois plus tôt. L'été, selon un calendrier désormais bien établi, se montra de nouveau une période propice aux voyages d'études et de découverte. Ankara, la capitale de la Turquie, et ses centres de recherche linguistique et religieuse furent les prétextes choisis en ce mois de juillet 2014 pour ses retrouvailles avec le fidèle et incontournable Sabri. Suivant un plan prédéterminé, les deux Français mirent quelques jours à se rendre en zone de démarcation avec la Syrie mais ne purent franchir les postes-frontières contrôlés par une armée turque rendue nerveuse par sa proximité avec des belligérants étrangers de toutes sortes, guerroyant à coups d'obus et de missiles. Ils se replièrent prudemment sur la ville de Gaziantep, y trouvèrent une chambre tout confort dans un hôtel d'une chaîne internationale réputée, dont les tarifs exorbitants protégeaient la clientèle aisée des hordes de malheureux fuyant le chaos et les horreurs de la guerre civile qui se déroulait de l'autre côté de la frontière.

Le standing et la discrétion des chambres permirent d'échanger en toute clandestinité avec l'un des responsables d'un mouvement religieux combattant en territoire syrien. Sabri jouait le rôle d'entremetteur, et son interlocuteur, qui le connaissait, semblait lui accorder sa confiance. Mais c'est bien Wahid qui était maître d'œuvre. Il venait proposer ses services pour l'organisation d'une opération armée d'ampleur en France. Cette suggestion, il le savait, ne pouvait que convaincre son vis-à-vis et l'organisation qu'il représentait. Depuis plusieurs mois, ce groupe, qui n'était pas le plus renommé dans la constellation religieuse extrémiste présente au Proche-Orient, appelait ses sympathisants européens à s'investir dans des actions de terreur et à porter ainsi le combat sur le sol du Vieux Continent. Jusqu'à présent, les passages à l'acte avaient été limités et s'avéraient d'un retentissement médiatique décevant. C'est pourquoi la perspective d'une opération majeure enchanta l'auditoire. En échange du succès de cette future entreprise, il fut décidé que Wahid serait promu responsable des opérations clandestines en France. C'était le but recherché, et cette première étape le placerait au niveau le plus haut de la hiérarchie contrôlant l'ensemble des actions futures. Il deviendrait incontournable, à condition de réussir.

Wahid et Sabri fêtèrent ces perspectives d'avenir le soir même au bar de l'hôtel. Dans l'exaltation du moment, ils s'autorisèrent à boire plusieurs verres d'alcool fort qui leur tournèrent vite la tête. Fidèles à leur stratégie de dissimulation, ils firent serment de garder le secret sur cette entorse exceptionnelle aux règles ; le principe de la taqîya s'appliquant en toutes circonstances était fort commode. Les deux comparses traînèrent quelques jours dans le complexe hôtelier sans s'intéresser à la situation qui se dégradait et aux combats qui se durcissaient à quelques kilomètres de leur villégiature. Le temps passé à distance raisonnable du danger validerait au retour en France l'alibi du séjour d'études, nécessaire à l'endormissement de la méfiance familiale, et enjoliverait la légende en terre de djihad si chère aux admirateurs béats et impressionnables de la cité du Luzard.

En septembre 2014, à presque vingt-trois ans, Wahid vivait déjà plusieurs vies. Étudiant brillant, religieux extrême, il dirigeait une entreprise criminelle spécialisée dans le commerce des stupéfiants dans l'est de la banlieue parisienne et élaborait en même temps un projet terroriste d'une envergure inégalée. Informé de l'entreprise, Alouine, fidèle parmi les fidèles, proposa sur le champ ses services. Mais cette mission valeureuse lui fut refusée ; Wahid désirait garder auprès de lui son lieutenant si utile à l'ordre des choses au quotidien dans la cité. Par bonheur, les candidatures ne manquèrent pas au sein de l'équipe du Luzard. Le choix fut difficile tant les postulants firent preuve d'une motivation teintée d'un esprit de compétition, chacun percevant dans l'action à venir une possibilité de racheter sa morne existence. Sous l'autorité de Wahid et d'Alouine, les deux heureux élus participèrent à plusieurs réunions consacrées au projet conspirateur, dans un huis clos studieux. La cible de l'attaque s'était imposée d'elle-même. Depuis près de trois ans, les compères réunissaient leur bande dans le confortable appartement de la porte de Vincennes.

Cet espace convivial présentait l'avantage d'une discrétion désormais difficile à assurer dans les rues de la cité de Noisiel quand il s'agissait de faire le point sur l'évolution du commerce de drogue et de recadrer, avec brutalité si nécessaire, l'activité des subalternes les moins performants. Chaque réunion s'ouvrait par une prière et finissait par un prêche au cours duquel un Wahid toujours subjuguant dans son rôle de prédicateur prenait soin de conforter son autorité morale et religieuse. L'unité de temps et de lieu tout autant que l'unicité du chef participaient à la persuasion des esprits simples envoûtés par les illuminations de ce bonimenteur charismatique. Ces séances collectives présentaient aussi l'avantage de rappeler que le pragmatisme du commerce illicite de stupéfiants ne pouvait être dissocié de l'intemporel religieux, et que l'un ne servait que les intérêts financiers de l'autre, de sorte que le fléchissement du chiffre d'affaires s'apparentait à un péché mortel, proche de l'apostasie. Le crime au service du divin n'était pas une chose nouvelle dans l'histoire du monde, et Wahid s'appliquait à maîtriser tous les aspects de l'exercice. Pour l'heure, il écoutait, l'air diverti, la conversation des deux volontaires, le visage collé aux carreaux de la fenêtre, les yeux fixés sur l'épicerie kasher en contrebas.

— Je n'y crois pas, dit l'un. On va attaquer le kasher, mais c'est là où on fait nos courses quand on vient ici…

— Comme ça, tu as l'avantage de connaître parfaitement les lieux, répliqua Alouine, tout aussi amusé que son chef par cette réaction.

— Ça ne te dérange pas qu'on explose ton magasin ? renchérit le second.

— Il n'est pas à moi, c'est un magasin juif, s'agaça Alouine. De toute façon, je l'ai toujours trouvé trop cher.

— C'est génial, juste là, en bas, c'est fou. Ils ne savent pas qu'ils vont mourir, tous ces kouffars. Regarde-les, regarde-les ! reprit le premier, la voix pleine de haine.

— Nous sommes quatre à connaître l'objectif. Interdiction d'en parler, de communiquer là-dessus, ni directement ni par téléphone ou SMS, mails ou quoi que ce soit. Dites-vous que l'on peut être écoutés par les keufs, précisa Wahid. Le plan de préparation a été élaboré par Alouine et moi-même. On va le suivre à la lettre, jusqu'au jour de l'action. On passera à l'acte, peut-être pendant les fêtes de fin d'année, ou juste après, on verra en fonction de notre préparation.

— Pourquoi attendre ? On peut faire ça dans une semaine, quinze jours maximum. Le paradis et ses plaisirs nous attendent le plus vite possible. Nous, on est prêts, s'impatienta l'un des deux larrons.

— Le but est de marquer les esprits de tous ces mécréants, de ces chiens du gouvernement et des journalistes ! Wahid durcissait le ton pour marquer les esprits. « Il faut choisir le meilleur moment et prévoir le passage à l'acte au millimètre, il n'est pas question d'échouer ! Il n'est pas question que j'échoue, pensait-il.

— Si on suit le plan, je te promets le paradis, ajouta-t-il. »

Le plan fut suivi, la préparation sérieuse, le secret bien gardé.

*

L'année 2014 referma sa parenthèse dans une joie collective raisonnée. Les mauvaises nouvelles de la guerre civile au Levant et de la progression sur le terrain des fous de Dieu qui sévissaient en terre de Cham, leurs appels à frapper par tous moyens les démocraties occidentales n'auguraient rien de bon. Plusieurs attentats déjoués au dernier moment témoignaient de la réalité de la menace et de la volonté de certains esprits haineux d'exprimer leur colère et leur détestation par des actes sanglants. Cette activité clandestine inquiétait Wahid, qui ne tenait pas à se faire doubler dans l'action par le premier apprenti terroriste venu. Même s'il discernait dans les tentatives criminelles empêchées un amateurisme évident, il n'était pas à l'abri de la réussite inattendue de l'une d'elles, dont les répercussions médiatiques ruineraient ses ambitions. Il décida de ne plus tergiverser et de passer à l'acte au tout début de l'année nouvelle.

Le vendredi, septième jour de la semaine juive, emplissait l'épicerie kasher d'une foule importante, occupée aux dernières emplettes en prévision du shabbat et des festivités de fin de journée. Le moment était propice. Les deux islamistes pénétrèrent dans le magasin peu après 13 heures, les armes à la main. Dans la matinée, ils s'étaient retrouvés dans l'appartement de la porte de Vincennes, ce qui leur avait donné la possibilité de dominer leur cible à la manière de rapaces guettant une proie du haut des airs. Ils avaient avancé pour l'occasion l'heure de leur grande prière hebdomadaire. Ce jour-là, les litanies s'élevaient vers les cieux avec la conviction que seul le dernier souffle des martyrs peut exhaler. Wahid officiait d'un œil inquisiteur, scrutant le moindre signe de défaillance de ses affidés. Il n'eut pas l'occasion de s'inquiéter. Le désir de passer à l'acte cimentait les volontés et durcissait les comportements. Vint alors la cérémonie de préparation : dans un calme absolu, les deux djihadistes se lavèrent consciencieusement, avant de se raser toutes les parties du corps et de protéger leur intimité par des bandelettes immaculées, ultime et indispensable précaution destinée, autant que faire se peut, à garder intact le seul organe de plaisir nécessaire au contentement de leur libido dans l'au-delà. L'application méticuleuse de ces protections illusoires procurait aux deux candidats à la mort une satisfaction inégalée. Il devenait évident qu'à cet instant la promesse de paradis s'exprimait exclusivement par l'image obsédante d'un grand baisodrome rempli de vierges éthérées, réceptacle de tous les soins et de toutes les attentions, inversement proportionnel au mépris manifesté à leur égard ici-bas. Contradictions étonnantes que ces culs et ces seins offerts, loin des burqas enveloppantes, que ces lèvres pulpeuses et ces bouches accueillantes dénuées de tout niqab. Paradoxe encore que cette sublimation soudaine de la nudité et de la volupté, hypocritement bannies de l'existence terrestre. L'image de ces scènes érotiques tournait en un clip permanent dans la tête des candidats au martyre.

Les premiers préparatifs effectués, les deux terroristes revêtirent des tenues noires, identiques à celles de leurs compagnons combattant au Levant. Wahid rompit le silence et s'efforça, en argumentant de son mieux, de leur vendre la mort comme un enchantement.

— Vous voilà prêts à l'action suprême, au combat que vous attendiez tant. Ce soir, les mécréants pleureront leurs morts tandis que vous jouirez de la félicité des jardins de Dieu. Vous voilà en route pour le paradis des hommes en noir. Nous sommes fiers de vous.

Les yeux brillant de désir de ses deux interlocuteurs lui confirmèrent qu'il avait atteint son but. Surpris par sa capacité de persuasion, il ne pouvait s'empêcher de douter lui-même de ses propres paroles. Il croyait peu aux délices de l'au-delà et n'était pas pressé de vérifier la réalité de ses allégations.

*

Les premières rafales fracassèrent les caméras de surveillance dont chaque emplacement avait été relevé lors des visites de repérage. La panique déclenchée par les tirs permit à Wahid de se faufiler dans l'épicerie en toute discrétion. Il tenait à être sur place au début de l'action. Il devait s'assurer que les actes planifiés rendaient impossible tout retour en arrière. Les deux assaillants ouvrirent de nouveau le feu et le meurtre immédiat de deux clients scella ce basculement dans une dimension abstraite, au bord de fuite du réel, dans un monde déconstruit, où l'improbable régissait subitement le futur proche de malheureux coincés au mauvais endroit au mauvais moment. L'affichage immédiat de ce désordre et de cet effroi renforça l'assurance de Wahid. Quelques secondes de mal absolu, pour peu qu'elles fussent le fruit d'une machination pensée dans ses moindres détails, dont le sens s'inscrivait dans un futur divin, marquaient plus fortement les esprits et les âmes que des centaines d'années de bonheur authentique. Les mains criminelles de quelques crétins assoiffés de lendemains extatiques dominaient soudain des existences forgées au fil des ans par le sel du savoir et de la civilité. Ces pensées le ravirent. Il aimait disposer de la vie des autres et se réjouissait d'être à l'origine de ce chaos intégral. Rassuré, il jugea qu'il était temps pour lui de se replier et se dirigea sans précipitation vers la sortie principale, encore libre d'accès.

Malgré la discrétion de sa manœuvre, il fut rejoint par un client qui avait échappé à la vigilance de ses cerbères et désireux de se joindre à cette tentative de fuite avant que le piège ne se refermât tout à fait. Wahid ne pouvait faciliter l'évasion d'un otage qui, compte tenu de la proximité, serait capable de l'identifier. Il le repoussa à l'intérieur de l'établissement, saisit le lourd pistolet Colt 45 dissimulé dans le creux de ses reins, le leva à hauteur de poitrine du désespéré. Au moment même où il commençait à presser la détente, le claquement sec d'une courte rafale l'assourdit. Il fut surpris de la rondeur du regard de son vis-à-vis, ses paupières s'écartèrent tandis que ses pupilles se dilataient à l'infini. Quatre impacts rouges maculèrent aussitôt la chemise de cette troisième victime. Wahid remercia du regard son complice, occupé à changer le chargeur de son fusil d'assaut. Il replaça son arme de poing à sa ceinture et sortit de l'épicerie en se dissimulant le visage entre les mains, et en maîtrisant du mieux qu'il put sa claudication, signe distinctif qui pourrait permettre de l'identifier. Déjà, le rideau de fer du magasin s'abaissait derrière lui, notifiant aux désormais otages le début d'une détention à l'issue plus qu'incertaine. Empruntant des chemins détournés, Wahid rejoignit Alouine et Tyna à l'appartement. Comme tous les autres résidents, et malgré les injonctions de la police de s'éloigner des fenêtres, ils demeuraient en observation du haut de leur sixième étage. Il était près de 17 heures et les choses semblèrent bouger.

*

Deux hommes de l'unité d'intervention rejoignaient avec prudence leurs camarades de l'une des colonnes d'assaut prépositionnée à proximité de la seule porte latérale servant d'issue de secours. Wahid se doutait qu'il s'agissait de spécialistes du maniement des explosifs, dont la mission principale consistait à ouvrir des brèches. Il les vit progresser avec précaution sous la protection de l'un des leurs, supportant un lourd bouclier antiballes. Au contact de la porte, ils disposèrent en trois endroits distincts des cubes reliés entre eux par du fil électrique. Les rubans adhésifs nécessaires au placage du dispositif se montrèrent peu efficaces. Cet échec n'émut pas le moins du monde les spécialistes qui, en toute patience, soignèrent leurs préparatifs. L'explosion contraignit la porte et le passage béant désormais ouvert signifia le début de l'assaut. Profitant de cette diversion, la levée du rideau métallique de la porte principale fut effectuée de l'extérieur à l'aide des clés préalablement récupérées auprès du responsable de l'entreprise de nettoyage du magasin. Le mécanisme commandant l'ouverture fonctionna parfaitement, au grand désespoir de la deuxième équipe d'artificiers qui ne put, comme ses collègues, faire la preuve de son talent de spécialiste des matières explosives.

Les colonnes salvatrices pénétrèrent par les deux issues en prenant garde au risque des tirs croisés. Ce long serpent déployé d'un coup se disloquait au passage de la porte en autant de cellules autonomes emplissant les lieux, progressant parmi les rayons et les linéaires, dépassant des otages hagards, récupérés et sécurisés par une deuxième ligne de recueil. Le contact avec les deux agresseurs fut brutal. Acculés au fond du magasin, ils s'abritaient derrière une tête de gondole dont l'empilement de boîtes de conserve en promotion constituait une barricade improbable. À leurs pieds gisait le corps d'un otage, quatrième victime de leur inhumanité, et dernier sacrifié d'un affrontement finissant. La pluie serrée de projectiles terroristes satura l'espace, la partie la plus ajustée des dards mortels se figea dans le revêtement des boucliers de protection. La riposte condamna les assassins et le présentoir protecteur, dont les contenants alimentaires, percés par les impacts, étaient projetés tous azimuts, à la manière d'un chamboule-tout renversé par une force hors de contrôle. La frénésie du feu une fois calmée, les policiers tinrent les positions en totale vigilance, dans l'attente du constat du décès des preneurs d'otages par Servan. Cette constatation faite, l'opération était terminée, et Gaby, après une visite complète des lieux, ordonna le repli de son unité. Les hommes d'intervention furent alors relevés de leurs postes par leurs collègues enquêteurs des services antiterroristes et de l'identité judiciaire.

Les vingt-trois otages exfiltrés de l'antichambre de l'enfer furent confiés aux services de secours, sans possibilité de contact, le temps pour les investigateurs de recueillir des témoignages exempts de toute influence extérieure. Cet isolement nécessaire, forcément mal vécu après un tel cauchemar, fut un peu adouci avec la distribution de boissons fraîches, de victuailles, de vêtements chauds, et grâce au contact des psychologues des équipes municipales.

Wahid et Alouine exultaient. Leurs regards alternaient de la voie publique en contrebas au téléviseur du salon, réglé sur une chaîne d'information en continu. L'opération était un succès, qui allait au-delà de leurs espérances. À aucun moment, ils n'eurent une pensée pour leurs défunts complices. Rassuré et excité à la fois, Wahid rédigea un court et victorieux message à destination de Sabri. Les deux amis prenaient soin depuis longtemps de correspondre avec parcimonie, en utilisant des appareils téléphoniques dédiés à ce type d'échanges, des « tocs » selon le vocable usuel des voyous, des policiers et des espions. Les informations étaient transmises par l'intermédiaire d'une messagerie en libre accès, dont l'entreprise russe qui l'avait mise au point, au grand désespoir des spécialistes du renseignement, garantissait la confidentialité des discussions par un cryptage digne de ceux que l'on utilisait lors de la guerre froide.

Présent sur le théâtre d'affrontements en Syrie, Sabri était chargé de revendiquer l'attentat au nom de l'organisation combattante. Le message fut adapté dans sa forme et dans son vocabulaire pour correspondre aux normes tourmentées et au narratif alambiqué qui, autant que la signature, avaient valeur d'authentification. Le communiqué fut analysé par les services de renseignement, qui, sans remettre en doute son authenticité, décelèrent des particularités de rédaction et des tournures scripturales nouvelles. Ils n'en furent pour autant ni inquiets ni étonnés et interprétèrent ce détail comme une résultante de l'instabilité structurelle des groupuscules terroristes en activité au Levant, où il n'était pas rare, dans des délais assez courts, que certaines organisations disparaissent au profit d'autres forces émergentes. L'état de guerre et de chaos favorisait ces arrangements sanglants entre pseudo-alliés.

Wahid avait lui aussi remarqué ces changements de style et en nourrissait une inquiétude spontanée. Depuis son retour de Turquie, et à l'occasion de quelques échanges téléphoniques, Sabri lui avait passé l'interlocuteur de Gaziantep, qui s'était enquis, à chaque fois, de l'évolution du projet d'attentat. Les conversations en arabe, complétées par un peu d'anglais, rassuraient Wahid quant à l'opiniâtre détermination de son correspondant. Mais depuis plus d'un mois il n'avait pu entendre sa voix. Questionné sur cette absence, Sabri s'était montré fuyant, peu convaincant, prétextant des vicissitudes de terrain nécessitant des réaffectations. À cette époque, accaparé par son projet majeur, Wahid n'avait accordé que peu d'importance à ces évolutions, qui le percutaient de plein fouet maintenant. Il tenta de se rassurer en pensant au succès de sa terrifiante entreprise. Dans les jours qui suivirent, plusieurs contacts avec un Sabri jovial et dithyrambique contribuèrent au retour de sa sérénité.

7.

Rendre les armes

École de police d'Oissel, juin 2005

Le goudron de la place d'armes de l'école de police de la banlieue de Rouen fondait et collait aux semelles. En ce début d'été 2005, l'offensive parfaitement coordonnée d'un soleil sans partage et d'un vent chaud inhabituel pour la région rendait la respiration pénible et les efforts vite insupportables. Rick se maudissait d'avoir revêtu son uniforme de parade, dont le poids et la chaleur de la vareuse s'ajoutaient au supplice ambiant. La plupart des invités à la célébration de la sortie de promotion des élèves policiers étaient légèrement habillés. Chemisiers pour les dames et chemisettes pour les messieurs avaient été autorisés par une administration de l'école pour une fois compréhensive et en phase avec la météo du jour. L'uniforme du commandant attirait l'attention, et ce n'était que justice eu égard au tourment climatique que subissait son porteur. Les regards accrochés par l'insigne de poitrine aux flammes de l'unité d'intervention se teintaient de respect. La présence en ces lieux d'un tel baroudeur surprenait l'assistance et chacun se sentait flatté de le côtoyer quelques instants. En ce milieu d'après-midi, la cérémonie officielle venait de se terminer. Les élèves étaient retournés une dernière fois dans l'amphithéâtre, accompagnés de leur famille, pour la traditionnelle signature de leur arrêté d'affectation qui officialisait leur premier poste dans le service actif. Libéré de cette formalité parmi les premiers, l'élève officier Sohan se précipita hors du bâtiment et s'approcha de Rick d'un pas rapide. Il s'arrêta à deux pas de lui et le salua tandis qu'un large sourire égayait sa face de jeune homme à peine pubère. Il accompagna son geste martial d'un tonitruant « Mes respects mon commandant ! » qui capta l'attention de toute l'assistance.

— N'en fais pas trop le premier jour, tu as le temps, ta carrière sera longue, répondit Rick en lui rendant son salut. Et sache que dans la police, à l'inverse de nos collègues militaires, on ne dit pas « mon » commandant, mais seulement « commandant ». Qu'est-ce qu'ils t'ont appris dans cette école pendant dix-huit mois ?

Les deux policiers prirent le soin d'ôter leur casquette avant de s'embrasser.

— Merci d'être venu, parrain, c'est important pour moi, et en plus je peux frimer devant tous mes potes de promo. Le commandant de l'unité d'élite de la police, tu ne te rends pas compte, tu n'imagines même pas…

— Reprends ton souffle, calme-toi et dis-moi comment ça s'est passé. Où es-tu affecté ?

— Préfecture de police, service départemental de la police judiciaire de Seine-Saint-Denis.

— Non, pas possible ! Mais il y a très peu d'affectation en police judiciaire en sortie d'école. Comment est-ce possible ? C'est génial pour toi !

— C'est simple : il suffit d'être major de promotion.

La bouche de Rick s'arrondit plus que de raison.

— Major de promo ? Mon filleul est major de promo !

S'adressant aux parents de Sohan qui s'étaient rapprochés avec une lenteur calculée pour préserver l'intimité des échanges entre professionnels, Rick insista :

— Il est major de promo. Vous avez fait un génie, je vous embrasse…

Samir ne s'offusquait pas des effusions de Rick, ni à son égard ni à celui de Nabila, son épouse, qui prit soin de réajuster son foulard après ce geste d'affection. Pratiquants assidus, ils cultivaient tous deux une dévotion basée sur la tolérance et la convivialité. En même temps que leur foi, ils avaient transmis ces qualités à leur fils unique.

— Si je me doutais, il y a combien… ? vingt, vingt-cinq ans, quand vous êtes devenus mes voisins, que le petit Sohan de l'époque, qui avait la fâcheuse habitude de lancer des cailloux sur ma porte, deviendrait policier… et major de sa promotion.

— Comment pouvait-il en être autrement ? répliqua Nabila de sa voix douce. Quand on a un grand guerrier comme voisin, il ne faut pas s'étonner que son enfant suive son exemple.

— Nous sommes contents et très fiers, ajouta Samir. Mais pour tout te dire, on est un peu inquiets. C'est un métier dangereux, ça nous fait peur.

— Rassurez-vous, je serai prudent. Et puis, vous m'avez choisi un bon parrain, il veillera sur moi, affirma Sohan.

— Je n'oublie pas que ta maman et ton papa m'ont chargé de cette lourde tâche lors de ton baptême. C'était d'ailleurs une drôle d'idée. Ça n'est pas trop musulman, le baptême, non ?

— On a eu cinquante fois cette discussion, Rick, sembla s'énerver Samir. Ça n'a rien de religieux, le petit a eu un baptême civil, sa mère et moi y tenions. C'est un engagement moral dans le respect des valeurs républicaines. Mon fils cumule les convictions religieuses et républicaines, elles ne s'opposent pas, elles se complètent en une double assurance d'une vie d'honnête homme. Mais ça, les mécréants comme toi ne peuvent pas le comprendre. Je me demande encore pourquoi nous t'avons choisi !

— Peut-être parce que c'est le meilleur exemple de vertu, temporisa Nabila.

Cet exemple de vertu, Rick s'astreignit à le maintenir au plus haut niveau. Rassuré par les performances professionnelles de son protégé, il veillait sur lui sans concession, cultivant l'exigence exagérée que l'on ne dicte qu'à ceux qu'on aime. Quand, courant 2011, Sohan postula aux tests de sélection de l'unité d'intervention, son parrain se retira du jury afin de ne pas influencer par sa présence les autres examinateurs. Il suivit cependant, l'estomac noué et les mains crispées, les performances de son champion. Les informations rassurantes que lui distillaient des collègues goguenards ne l'apaisèrent qu'au moment de la proclamation des résultats. Sohan, fidèle à son habitude, terminait premier de la sélection. Rick, supposant un excès de bienveillance du jury, tenta de s'opposer à ce résultat. Il lui fut imposé par principe de justice. Cette tête de classement parfaitement méritée permit au jeune policier d'intervention de choisir son affectation au sein de l'unité. Désormais, il serait tireur d'élite.

Il prit ses nouvelles fonctions sous le commandement de Lacar, qui veillait à rabaisser le jeune policier au rang de pistonné, ce qui faisait plus enrager le parrain que le filleul. Fidèle à son image, l'acariâtre ne cessait de fulminer contre sa jeune recrue, prenant cependant un soin particulier à peaufiner sa formation, si bien qu'en l'espace de deux ans le nouvel officier devint l'un des cadres indispensables du fameux groupe des Omega. À l'heure où ses pairs plus anciens dans le service en étaient encore à accomplir des tâches subalternes, Sohan avait déjà eu le privilège de commander plusieurs missions, toujours avec succès. Ses protecteurs, Rick et Lacar en tête, en tiraient plus de fierté que l'intéressé. Le garçon était prometteur et la suite de sa carrière semblait assurée. C'était oublier que le destin, fantasque, confronte toujours la volonté et le talent aux incertitudes de la vie. La merveilleuse trajectoire du policier s'interrompit un soir d'automne 2015, à l'intérieur d'une salle de spectacle. La réussite d'un deuxième tir incertain et la neutralisation d'une caméra de surveillance sonnèrent comme un ultime succès, avant que le colossal coup de bélier des balles ennemies ne couchât Sohan au cœur du charnier qu'il surplombait un instant auparavant. Avant de rejoindre ses compagnons d'infortune dans les ténèbres, il se sentit tiré et aspiré au loin, puis il crut discerner la voix de Servan, le toubib. Il se laissa porter un moment par les mots apaisants du médecin, avant de rendre les armes et de se laisser glisser vers le néant, l'esprit en paix.

8.

L'aurore se lèvera-t-elle ?

Siège de l'unité d'intervention,
banlieue parisienne,
20 novembre 2015 au matin

Comme à son habitude, Gaby franchit aux aurores le robuste portail du domaine boisé dissimulant le casernement de l'unité d'intervention. Il n'avait aucun mal à s'extraire des bras de sa compagne ces derniers temps et nourrissait peu de regrets en quittant, à l'aube, la douceur d'un lit conjugal qui lui servit tant de fois de refuge aux heures les plus sombres de sa carrière mouvementée. La cassure s'était produite quelques jours auparavant, de retour de cette nuit de cauchemar. À l'heure où tant de travailleurs rejoignaient leur travail, il s'était glissé dans les draps, hoquetant de rage et de tristesse. Flora, encore tout ensommeillée, l'avait entourée de la chaleur de ses bras. Elle se couchait tôt, préférant, lorsque son homme était en mission, s'endormir en feuilletant des revues plutôt que de s'inquiéter devant les habituelles chaînes d'information. Elle complétait son dispositif de tranquillité par la mise en mode « avion » de son téléphone cellulaire ; il n'y avait ainsi aucune raison qu'elle fût informée des attentats nocturnes. Mais cette nuit-là, elle n'eut besoin d'aucune alerte extérieure pour ressentir le désarroi inhabituel de son compagnon. Elle entendit ses sanglots étouffés et perçut les tressaillements de son corps. Elle s'inquiéta à voix douce et la réponse, à peine audible, la glaça d'effroi. Les bribes de phrases suggéraient une réalité apocalyptique : « pieds en enfer… », « centaine de morts… », « torrent de sang… ». Face à un tel désespoir, elle se sentit impuissante et ne trouva comme seule réponse que le resserrement de son étreinte et le contact de ses baisers sur la peau de son compagnon. Cette expression de tendresse produisit un effet apaisant. Gaby se calmait peu à peu, semblant oublier pour un temps la rudesse des scènes gravées dans sa mémoire.

En dépit du contexte, le contact amoureux distillait son nectar, les caresses des deux partenaires se firent plus appuyées et plus précises, les mains et les bouches s'attardèrent sur les endroits les plus intimes, les seins de Flora se durcirent et son bas-ventre se tendit vers son partenaire. Le plaisir apprivoisait lentement les corps et repoussait les mauvaises sensations, à la manière du calme plat qui réchauffe et rassure le marin après une tempête. Les doigts experts de Flora guidèrent le sexe de son homme jusqu'au seuil de sa propre intimité, l'accompagnant de mouvements délicats et réguliers.

Leurs souffles courts et saccadés rythmaient à l'unisson la chorégraphie amoureuse, les perles de transpiration huilaient les deux corps qui glissaient l'un sur l'autre dans une harmonie quasi céleste. Assaillie par tant de volupté, Flora poussa un cri de contentement qui surprit son partenaire et le replongea aussitôt dans le scénario maudit. Il tenta de passer outre et de ne pas s'échapper de l'instant présent, compensant son excitation perdue par une concentration accrue. Mais le diable avait déjà repris possession de son esprit quand il pénétra sa partenaire. Il ne se rendit compte de sa bestialité que lorsque sa compagne, hurlant de douleur, le repoussa d'un coup, s'extirpant en pleurs de son étreinte. Au-delà des formules habituelles, des regrets exprimés, Gaby ne sut pas trouver les mots qui apaisent dans les heures qui suivirent. Il ne fit d'ailleurs pas d'effort pour cela, estimant qu'après ce qu'il venait de vivre c'était à son entourage de comprendre sa détresse, qu'il était d'ailleurs le seul en droit de commenter. Pendant près d'une semaine, les tentatives de réconciliation entreprises par la belle Flora se heurtèrent à ces positions intransigeantes, ponctuées du mantra « Tu ne peux pas comprendre… Personne ne peut comprendre », qu'il répétait à l'envi. Ne sachant que faire, elle se résigna à attendre un retour à la normale, blessée de voir l'homme de sa vie changer à ce point en si peu de temps. La sensation de n'avoir plus de prise sur lui et le sentiment de glisser sans fin sur une carapace lisse l'effrayaient. Cette situation les désespérait l'un et l'autre.

Gaby ne trouvait plus le repos en dehors du cadre rassurant de son unité. Il appréciait ce moment où, après avoir parcouru les trente-trois kilomètres séparant son domicile de son lieu de travail en un temps répréhensible, il engageait, sous les yeux ensommeillés des fonctionnaires assurant la permanence au poste de garde, sa lourde berline de fonction dans les allées arborées de la vaste propriété du ministère de l'Intérieur. Il adaptait alors son allure aux sautillements désordonnés du troupeau de daims qui, tantôt curieux, tantôt apeurés, se croisaient, hypnotisés par le trait lumineux des phares du véhicule. Les cervidés avaient pris possession du parc depuis plus d'un siècle et y prospéraient en se reproduisant à l'abri des prédateurs dans une enceinte protégée du monde extérieur, sous la bienveillance des occupants successifs des lieux. Les prêtres et séminaristes de la société catholique des Missions étrangères de Paris furent leurs premiers protecteurs. Contemplatifs et recueillis, ils profitaient un temps d'une villégiature consacrée au repos et à la formation, entre deux périlleux voyages d'évangélisation des peuples des colonies du Sud-Est asiatique. Les presque quarante hectares d'étendue boisée de chênes, de châtaigniers et de tilleuls alternant avec des promenades herbeuses, défendues en leur pourtour de ceintures de ronciers infranchissables, appelaient autant à la méditation les vicaires d'autrefois que les policiers d'aujourd'hui.

Le bâti imposant témoignait de l'évolution historique de l'architecture de cette banlieue cossue, posée à une encablure de la capitale. Les sentiments de Louis XIV pour sa favorite présidèrent à l'édification d'un nid douillet, château d'un étage percé de toutes parts d'immenses fenêtres laissant passer les rayons du soleil, complété par deux perrons majestueux, en deux faces opposées, qui accueillaient en toute discrétion le monarque. Au début de la troisième République, les dévots prirent possession des lieux et enchâssèrent la demeure royale dans les mâchoires d'un séminaire dont les bâtiments de roches siliceuses et de pierres meulières surplombaient l'horizon de leurs quatre étages menaçants. La solennité de l'ensemble s'accordait un peu de fantaisie avec la présence d'une chapelle sur l'un de ses flancs. Sans rompre tout à fait la symétrie de l'architecture monacale, elle semblait apporter une garantie de repos, qui ne se démentit jamais, même quand les lieux furent transformés en salle de boxe et d'entraînement sportif par les policiers d'élite.

C'est d'ailleurs le premier endroit où Gaby se précipitait. L'heure matinale lui permettait de profiter sans partage de cette salle de sport atypique, encore baignée de la ferveur séminariste. Cette heure solitaire quotidienne passée dans un recueillement alternant avec des exercices physiques était d'un grand bienfait sur sa santé.

Mais cette thérapie toute personnelle ne fonctionnait plus très bien. Depuis le massacre du théâtre parisien, la sérénité habituelle avait cédé la place à des doutes qui ébranlaient ses convictions les plus profondes. Il distillait une humeur maussade qui l'éloignait peu à peu de ses plus intimes certitudes, et son mutisme imposait à tous une distance respectueuse, que son épouse comme ses amis n'osaient transgresser. S'il ne devenait pas fou, il s'enfonçait certainement dans une sorte d'obsession faite de froideur et de cynisme. Quelques rites magiques le ramenaient à la réalité du moment et à la chaleur de son entourage. La douche relaxante était toujours suivie d'un café allongé accompagné d'un carré de chocolat noir et amer. Il était souvent le maître de ce cérémonial qui se déroulait dans le secrétariat attenant à son bureau. L'endroit était particulier : principauté indépendante au sein de l'unité, la neutralité des lieux était garantie par Mumu et Christy, les deux secrétaires de direction. Dévouées au chef et à ses adjoints directs, elles étaient censées travailler en alternance, mais leur présence bienveillante était en fait continue.

Aux jours mauvais des interventions les plus dangereuses, elles installaient leurs quartiers dans la salle de permanence du service d'où elles suivaient le déroulement des opérations la peur au ventre, rassurant dans le même temps avec un incroyable sang-froid les familles des opérateurs qui ne cessaient de les solliciter par téléphone. Leurs yeux rougis témoignaient au retour des affrontements de leur niveau d'inquiétude, mais les tourments se dissipaient bien vite autour d'un buffet qu'elles avaient pris soin de dresser, comptant et recomptant le nombre de couverts et d'assiettes, comme si c'était une garantie du retour de tous au bercail. Ce dévouement, proche de l'apostolat, leur valait la reconnaissance de tous et leur octroyait l'étrange pouvoir d'intercéder auprès des uns et pour les autres sans souci de la hiérarchie ou du grade. Les requêtes se formulaient pour la plupart à l'heure du café matinal, dans un secrétariat ouvert à tous. Les lieux semblaient sacralisés, comme couverts par une immunité semblable à celle des locaux diplomatiques, dont le statut garantit le secret des échanges.

Rapidement, l'odeur du nectar attirait les plus matinaux. Le premier à rappliquer était Servan. Le chef des docteurs de l'unité, à ses moments perdus, faisait quelques piges au service d'urgence de nuit d'un hôpital voisin. Il maintenait ainsi son niveau de pratique médicale et demeurait au sommet de son art, à la plus grande satisfaction de ses collègues. Ce jour-là, il ne semblait pas plus en forme que son chef.

— Tu es prêt pour la cérémonie ? demanda-t-il en se saisissant d'un mug décoré du blason de l'unité que lui tendait Gaby.

— Est-il possible d'être prêt pour ce type de cérémonie ? Non, je ne suis pas prêt… Mais tu ne m'as pas l'air très en forme, toi non plus…

Pour toute réponse, les deux hommes se glissèrent dans deux des fauteuils fatigués qui meublaient la pièce et s'abîmèrent dans le silence. Gaby, en ce jour particulier, ne doutait pas de la convergence de leurs pensées. Il se revoyait une semaine plus tôt, assis sur le trottoir d'un boulevard parisien tournant le dos au théâtre maudit. Servan l'avait rejoint, la gorge sèche et les yeux rougis, incapable de prononcer le moindre mot, tandis que défilait devant eux une longue colonne de bus à l'intérieur desquels les rescapés des limbes avaient pris place. Les compères dévisageaient chaque malheureux ridiculement emmailloté dans sa couverture de survie aux éclats d'aluminium. De cette longue troupe au regard tantôt hagard, tantôt affolé, surgissait de temps en temps un éclair de reconnaissance ponctué par un signe amical en direction des deux hommes en noir, mais chaque démonstration tintait dans leur tête comme le glas d'une culpabilité dont ils ne pourraient se défaire.

— Regarde, Servan, le jour se lève, comme tous les jours, comme s'il ne s'était rien passé. Tu crois que la vie va continuer comme avant ?

— Je ne sais pas, Gab, je le souhaite, mais la seule certitude que j'ai en ce moment, c'est que les cieux se sont définitivement obscurcis pour des centaines de familles… et pour nous aussi.

— Je suis d'accord… Nous n'aurons pas assez de notre fin de vie pour oublier ça.

Gaby désigna de son pouce le théâtre derrière lui.

— Patron… Je ne te parle pas que de ça… Je te parle de Sohan.

— Je sais… Il est mort… J'ai lutté contre cette évidence, mais je le savais au fond de moi dès que je l'ai vu tomber. J'ai su que c'était lui ! Comment pouvait-il en être autrement ? Il était de tous les combats, tout le temps en première ligne.

Gaby murmurait à peine. Il fit un effort surhumain pour pouvoir ajouter :

— Rick et Lacar sont prévenus ?

— Oui, ils ont suivi l'ambulance jusqu'à l'hosto, ils veulent rester un peu près de lui.

— Il faut avertir ses parents… C'est un cauchemar.

— Rick s'en charge, il m'a dit que c'était à lui de le faire.

— O.K., acquiesça Gaby, soulagé d'être déchargé de cette sale besogne.

— Tu as été avec lui jusqu'au bout, toubib, c'est bien… C'est bien pour lui d'avoir été accompagné par un ami. Tu as vécu sans doute la pire journée de ta vie, comme nous tous. Tu n'as rien à te reprocher, tu as sauvé des vies aujourd'hui, tu as permis à des familles d'éviter le pire…

— Je n'en ai pas fait assez. On aurait pu mieux faire, si seulement on était arrivés plus tôt… Mais comment savoir, comment revenir en arrière ?

— Arrête, Serv, toi et ton équipe de médecins avez fait le maximum, vous avez fait tout ce qui était en votre pouvoir, personne n'est responsable de la folie des hommes... et en particulier de celle-là. Tu sais aussi que je ne pouvais pas vous permettre de risquer votre vie dès le départ. Il fallait qu'on sécurise un minimum les lieux avant.

— Oui, je sais, on ne peut pas soigner un blessé alors qu'un tireur est susceptible de nous prendre pour cible. Sur des scènes de ce type, on bascule vite dans la médecine de guerre et on doit avoir l'intelligence de s'adapter à l'intervention... Mais putain, qu'est-ce que ça fait mal de ne pas pouvoir se précipiter au chevet de blessés qui nous supplient de les aider et de les voir mourir ensuite.

Servan tentait de faire appel à sa raison, mais son cerveau lui distribuait des images culpabilisantes. Face à l'horreur, les docteurs sous ses ordres avaient appliqué les consignes et les gestes répétés dix mille fois lors de drills, ces exercices rejoués à longueur d'entraînement. Un triage tactique des victimes avait permis à certains d'être secourus au détriment de malheureux jugés perdus à courte échéance. Vivant, pas vivant, sur le terrain, le choix basique s'appréciait sous la forme de terribles sentences. Les valides sortaient par leurs propres moyens tandis que les blessés plus sérieux étaient agrippés et transportés, dans des hurlements de douleur, à l'entrée du théâtre jusqu'au point de regroupement baptisé « nid de victimes ». Le danger existant ne permettait pas aux « brancardiers » le luxe de l'attention particulière que nécessitait l'état de santé des infortunés. En ce moment précis, la rapidité était la seule option qui garantissait une protection minimale contre les périls alentour.

« Nid de victimes » : même le vocabulaire professionnel portait sa part d'inhumanité. Le nid n'avait rien de douillet ni de rassurant. À l'abri d'éventuels tirs hostiles, les praticiens s'en tenaient à des gestes rapides – garrots, clamps, compressions – et à des examens sommaires sur la coloration du visage, la quantité de sang perdu, l'écoute de la respiration et la façon dont bougeait le thorax. Servan revivait en boucle la scène où un secouriste venu leur prêter main-forte tentait d'évacuer une jeune fille inconsciente, blessée au niveau de la tempe. Le docteur lui avait intimé l'ordre de s'occuper d'une autre victime et de laisser la malheureuse partir en paix. Face à l'incompréhension de son interlocuteur, il avait dû élever la voix pour obtenir gain de cause mais s'en était aussitôt voulu de rudoyer ce garçon. Comment en était-il venu, lui qui avait fait serment de servir et de préserver la santé de tous, à choisir en quelques secondes entre ceux qui devaient mourir et ceux qui devaient vivre ? Il lui était bien sûr arrivé dans son travail d'hospitalier d'être confronté à la mort de ses patients, mais cette issue s'imposait d'elle-même, comme une réponse à une fin de trajectoire accompagnée par la médecine palliative et avec la présence des familles. Les seuls choix à faire étaient médicaux, répondaient à une logique d'accompagnement quand le sauvetage devenait impossible et que les organes dysfonctionnaient les uns après les autres. Mais cette nuit-là, dans la géhenne du théâtre, il avait trié, sélectionné, choisi. Désormais, l'alibi de l'action laissait place aux remords et aux regrets. Assis au côté de son chef, sur ce trottoir humide, un mot obscurcissait ses pensées : « condamné ». Il avait condamné à mort certains et gracié d'autres, et le souvenir de ces pouvoirs exorbitants torturait sa conscience.

Percevant son désespoir, Gaby posa sa main sur l'épaule de son ami :

— Regarde, toubib, « la nuit est à l'heure indécise de sa lutte avec le matin ». Comme les Macbeth, ne sommes-nous pas tous prêts à basculer tout entier du côté de l'obscurité ? Ni toi ni moi ne portons la responsabilité des morts, mais nous en porterons le poids pour l'éternité, et notre futur en sera assombri à jamais.

— Je ne sais pas. Je ne suis pas certain qu'en ce jour-là la lumière n'ait pas définitivement perdu la partie. L'aurore se lèvera-t-elle ?

« Il n'était si longue nuit que n'atteignit l'aurore. » La nature ne validait pas le doute des hommes. Imperturbable à leur folie, le soleil s'était levé les six derniers jours, comme à l'accoutumée. Les rituels rassurants se perpétuaient et les autres membres de l'équipe rejoignaient petit à petit le chef et le docteur, toujours muets et calés dans leurs fauteuils, le nez dans leur café, l'esprit ailleurs. Roman fut le premier à faire une entrée discrète. Il prit soin de respecter le recueillement ambiant. Son mutisme dura le temps de se servir une tasse de café, de souffler dessus, de l'ingurgiter d'un trait et de jeter un œil sur la une des journaux qui traînaient sur la table basse. Depuis près d'une semaine, la même photographie s'affichait sans cesse dans les quotidiens, celle de Gaby, seul, debout au centre de la rue adjacente au théâtre, illuminée par les étincelles des projectiles ennemis ricochant sur le sol, revolver chromé en main, écharpe blanche sur tenue noire. Les chroniqueurs et commentateurs s'étaient surpassés. Le chef de l'unité incarnait le courage et la résistance. Les louanges étaient unanimes mais non exclusives. Gaby partageait la vedette avec un autre protagoniste blessé lors du drame, un acteur de l'ombre qui avait sauvé plusieurs dizaines d'otages au péril de sa vie. À l'inverse du policier, seule une mauvaise photographie, en contre-jour, volée sur un lit d'hôpital, illustrait des témoignages pas tous concordants mais plus dithyrambiques les uns que les autres. Peu importe la réalité, les légendes s'arrangent toujours avec la vérité et c'est bien de cela qu'il s'agissait. Gaby l'éclatant et Camil le discret incarnaient désormais les héros modernes dont la République avait besoin.

Roman, sourire aux lèvres, posa les revues. Il s'en voulut de briser le silence, mais les mots sortirent de sa bouche comme par réflexe. S'adressant à son chef, il répéta les récentes paroles du toubib.

— Tu es prêt pour la cérémonie ?

Gaby s'arracha à regret de ses pensées et se leva d'un bond.

— On a répété toute la journée d'hier, la famille du défunt et les invités arrivent à 11 h 30, le ministre à 12 heures, on a le temps de réviser une dernière fois les préparatifs. Je te propose une mise en place dans une demi-heure, et on revoit tout le dispositif. Il faut que ce soit impeccable en l'honneur de Sohan. Je pense qu'on est tous d'accord là-dessus.

La dernière répétition ne fut pas un luxe. Pétri d'émotion et de peine, chaque protagoniste s'empêtra à tour de rôle dans le déroulement d'un protocole mal maîtrisé. Le scénario s'annonçait laborieux, mais la solennité de l'instant et l'extrême concentration de tous agirent au moment opportun. Une heure plus tôt, Samir et Nabila avaient été accueillis par Rick et installés comme les autres invités sous un barnum. Le ministre arriva à l'heure prévue et présida la cérémonie funèbre sous une pluie battante. Le cercueil, calé sur les épaules de huit policiers de l'unité, fut emporté au pas cadencé par la *Marche funèbre* interprétée par l'orchestre de la préfecture de Police. Il fut posé sur deux tréteaux au centre de la place d'armes et recouvert du drapeau tricolore.

Gaby dirigea le ministre vers le drapeau de l'unité pour un moment de recueillement, suivi d'une revue des effectifs rythmée par la *Marche des Soldats* de Robert Bruce.

Dans le carré des troupes alignées au cordeau, les camarades de Sohan avaient revêtu leur plus belle tenue noire. Ils tiraient dessus pour veiller à ce qu'aucun pli malencontreux nuisît à l'esthétisme d'un tissu qu'ils désiraient lissé à la perfection ; leurs chaussures d'intervention brillaient d'un lustre entretenu pour l'occasion. Ces détails vestimentaires manifestaient le respect et la dévotion portés au défunt, et l'éclat des yeux témoignait de l'immensité de la peine. Chez les combattants de l'extrême, les peines les plus lancinantes ne se déversaient jamais, elles se retenaient, elles se contenaient, et seuls les regards capables de scruter les âmes savaient les deviner.

Le défunt fut décoré de la Légion d'honneur à titre posthume, et quand bien même les circonstances de remise de cette récompense, en général enviée, n'attisaient ce jour-là aucune jalousie, tous les regards convergeaient comme par réflexe vers le ruban dont l'éclat rouge vif semblait s'incruster dans le velours bleu du coussin récipiendaire, déposé sur le cercueil. L'éloge funèbre prononcé par un ministre digne et austère fut émouvant, et la posture auguste tout autant que le sens des mots ne purent dissimuler combien cet homme de pouvoir ressentait, à cet instant précis, le poids d'un fardeau qu'il avait pourtant, bien au-delà du raisonnable et une bonne partie de sa vie, appelé de ses vœux. Le drame le rendait friable, la mort lui restituait son humanité, et, contre toute attente, l'émotion creva la carapace de ses convictions les plus intimes quand, s'affranchissant de la réserve imposée aux personnalités de son rang, il acheva son panégyrique d'une envolée émouvante :

— Sohan, tu as franchi le seuil du paradis des hommes en noir, tu as retrouvé les camarades qui t'ont précédé. Garde-nous une place, ce sera un honneur d'y être accueilli à côté de toi…

À la fin du discours officiel, la *Marche funèbre* retentit une seconde fois et le cercueil fut de nouveau transporté par huit policiers en direction du fourgon mortuaire. La famille et les intimes salués par le ministre et le chef d'unité formèrent un convoi dont la file des véhicules sombres s'effilocha au pas vers la sortie du domaine, dans le silence respectueux de la troupe au garde-à-vous. La cérémonie s'acheva comme elle avait commencé, par un salut au drapeau. La pluie était tombée sans interruption, comme si le ciel joignait ses pleurs à la douleur des hommes. L'ensemble des effectifs s'empressa de se mettre à l'abri des intempéries, dans la salle commune où un buffet avait été dressé.

Gaby accompagna le ministre dans son bureau et le laissa seul quelques instants pour lui permettre de revêtir un costume de rechange que ses officiers de sécurité avaient pris la précaution d'apporter. Ce changement effectué, les deux hommes se rejoignirent et s'installèrent autour d'une table de réunion. À son arrivée au service, le ministre avait prévenu le chef d'unité qu'il avait à lui parler. Il s'était montré énigmatique, assez pour aiguillonner l'attention de son interlocuteur. Il maîtrisait à la perfection cette technique qui consistait à distiller une information sans en révéler le contenu total, laissant son vis-à-vis en position de doute et de dépendance. Peu perméable à ce chantage émotionnel, Gaby se garda de réagir et demeura impassible, bien qu'intrigué par la nature du message.

— Mon cher Gaby, ce que vous avez réalisé avec votre unité est incroyable. Je ne crois pas que par le passé aucun autre service de police ait pris autant de risques. À titre personnel, je vous en suis infiniment reconnaissant et je sais que nos concitoyens le sont aussi.

Le chef de l'unité d'intervention fut rassuré par ce début de discours et se détendit tout à fait.

— De telles attitudes sont exceptionnelles et méritent une récompense...

— Monsieur le ministre, nous n'avons fait que notre devoir, rétorqua Gaby, qui, imaginant une promotion personnelle, avait du mal à dissimuler son excitation.

— Non, vous êtes tous allés au-delà de ce qui vous était demandé, avec courage et abnégation. La République doit vous en être reconnaissante, et elle le sera. J'ai décidé de vous proposer au niveau le plus haut dans l'ordre des décorations nationales. Vos adjoints seront eux aussi récompensés, au même niveau des médailles du ministère de l'Intérieur.

— Merci, monsieur le ministre, répondit poliment Gaby dans l'attente de l'inéluctable annonce d'une nomination au grade supérieur.

— Et ça n'est pas tout. (À ces mots, le rythme cardiaque du policier s'accéléra.) Vous savez que le poste de chef du service antiterroriste de la police judiciaire est désormais vacant, et j'ai décidé de nommer dans ces fonctions… (le temps d'arrêt était cruel.) Roman, votre adjoint. Il le mérite et ce sera un formidable signe de reconnaissance envers votre unité.

Les espoirs et les rêves secrets de Gaby se brisèrent instantanément. Le choc était brutal : il perdait d'un seul coup sa promotion et son adjoint. Sa déception et l'atteinte à sa fierté obscurcissaient son sens de l'amitié. Il ne ressentait au fond de lui que l'injustice de voir un autre lui être préféré. Imperméable ou, peut-être, insensible à ce drame intérieur, le ministre remua un peu plus le couteau dans la plaie :

Mes conseillers m'avaient suggéré votre nom pour cette affectation, mais le niveau de vos responsabilités actuelles rendait cette décision inconcevable. Il n'était pas question de vous changer de poste : vous êtes le meilleur à la tête de cette unité d'intervention et je n'ai pas l'impression que nos ennuis soient terminés. J'ai besoin de vous là où vous êtes. Par ailleurs, cette mutation aurait sonné comme une sanction auprès des médias, dont vous êtes le nouveau chouchou.

Cette tirade ministérielle éclaira Gaby sur les motifs de la décision d'un chef qui ne supportait pas les contre-jours. Il était conscient que son exposition médiatique personnelle pouvait susciter des jalousies. Conscient que la lumière des *spotlights* avait produit des effets secondaires destructeurs, il tenta de s'attaquer au problème par des voies détournées :

— Monsieur le ministre, vous avez raison, nous allons sans doute subir d'autres attaques terroristes. J'ai toute confiance en mon équipe de commandement. Roman joue un rôle essentiel dans mon dispositif, sa perte va nous fragiliser. J'ai besoin de lui, le moment de son départ n'est pas opportun.

— Nous en sommes tous là. Moi aussi, j'ai besoin de son talent et également confiance en lui. Deux raisons suffisantes à sa nouvelle nomination. Enfin, quoi, Gaby, c'est votre ami, vous devriez vous réjouir de sa promotion ! Je vous laisse le plaisir de la lui annoncer, ajouta le ministre dans un souffle de contentement pernicieux. Bon, je crois que nous sommes d'accord, il est temps de rejoindre tout le monde, le buffet nous attend.

Le départ rapide des autorités n'empêcha pas la réunion post-cérémonie de s'éterniser. L'entre-soi était propice aux souvenirs émus et à la célébration de la mémoire de Sohan. En fin d'après-midi, Gaby réunit ses cadres dans son bureau pour partager un dernier verre entre fidèles, ou plutôt le verre de l'amitié et du souvenir. Profitant de cette intimité, il se fit l'écho des félicitations du ministre et annonça le lot de décorations à venir. Cette nouvelle fut arrosée comme il se doit. Quand l'émotion, alcoolisée, en fut digérée, le chef de l'unité d'intervention révéla la promotion de son adjoint. La raison avait calmé la blessure de l'injustice, et au moment de cette révélation, Gaby semblait partager le bonheur de tous. Roman, qui ne s'attendait pas à cette annonce, eut du mal à prendre la mesure de cette nouvelle. Le premier choc passé, il remercia chaleureusement son chef, qui se garda bien de partager la totalité de la teneur de sa conversation avec le ministre et accepta les compliments, endossant ainsi abusivement la paternité de la décision, fidèle en cela à l'adage de Jean Cocteau : « Puisque ces mystères me dépassent, feignons d'en être l'organisateur. »

C'est tard dans la soirée, après le départ de ses amis, que Gaby comprit combien son attitude se révélait équivoque. Un dernier verre à la main, le regard fixé sur le monument aux morts qui se dessinait dans l'encadrement de la fenêtre de son bureau, il repensait aux sinistres événements de ces derniers jours et à cette journée de cérémonie qui résonnait pour lui comme la fin d'un cycle. Son ressenti ambigu provenait de l'impression de n'être plus à la bonne place pour influer efficacement sur les événements. C'est à ce moment précis qu'il prit conscience que les dangers et les massacres qui couvaient devaient être affrontés au plus haut niveau. C'est la tête toujours tournée vers le monument dédié aux policiers tombés en opération qu'il décida de donner une nouvelle direction à sa vie et de poursuivre son combat par d'autres moyens.

9.

Les loups entre eux

Syrie, France, 2014

En cette fin d'année 2014, Adrien, alias Sabri al-Faransi, vivait un cauchemar. Depuis la fin de l'été, la Syrie, où il officiait désormais, craquait de toutes parts et plus rien ne semblait sous contrôle de qui que ce soit. Les troupes loyales au gouvernement, d'abord défaites, avaient stabilisé leurs positions dans l'est et le sud du pays et tentaient quelques contre-offensives, de-ci de-là, dont les résultats timides sur le terrain se montraient inversement proportionnels aux pertes enregistrées par les belligérants, et par une population civile qui avait pris la mauvaise habitude, ici comme ailleurs, de payer un lourd tribut à cette folie guerrière. Le camp adverse s'unissait et se délitait en fonction des intérêts du moment, ou des ambitions démesurées de chefs aux stratégies aléatoires. Au sein de cette coalition hétéroclite et fluctuante, les groupes religieux s'opposaient avec la détermination et l'intolérance que seuls les fanatiques savent cultiver à l'égard de leurs rivaux.

Le nord du pays et la lisière de la frontière turque avaient été confisqués pour y établir un territoire où les djihadistes de tous bords rivalisaient de haine et de cruauté. Le Jabhat al-Nusra, premier groupe des combattants de Dieu affilié à une mouvance terroriste internationale active depuis près de deux décennies, cédait peu à peu du terrain et de l'influence face à l'État islamique (EI), une organisation plus déterminée et plus radicalisée qui entendait ne plus partager ces nouvelles colonisations érigées en califat.

Le souci majeur de Sabri était qu'il s'était retrouvé dans le camp des proscrits. Le contact de Gaziantep avait été pour lui l'occasion de s'investir plus sur le terrain des affrontements nord-syriens et de mettre à disposition de l'organisation son réseau international, dont la pièce maîtresse demeurait Wahid. Mais il avait parié sur un groupe dont la perte d'influence fut à l'origine de quelques déboires desquels il ne s'extirpa qu'en reniant ses anciennes amitiés. Un temps incarcéré, un peu torturé, il assista pour finir au supplice de ses compagnons, qui eux aussi se soumirent, à l'exception de trois leaders exposés en cage de fer avant d'être brûlés vifs en public. Les hurlements des suppliciés et l'odeur de chair carbonisée rendirent caduc le contrat de Gaziantep.

Cette adversité contraignit Sabri à déployer mille trésors de diplomatie pour convaincre ses nouveaux interlocuteurs de l'EI de l'intérêt du projet d'attentat parisien. Cette perspective lui permit de gagner leur confiance et de consolider une position que son statut de combattant français et la richesse de ses relations internationales avaient déjà contribué à stabiliser. Au lendemain de l'attentat de la porte de Vincennes, les responsables du califat se félicitèrent de la confiance accordée à Sabri. L'investissement n'était pas vain et permettait de signer une belle victoire dans un pays majeur où le combat était prescrit. Mais les dignitaires n'étaient pas totalement satisfaits. Le djihad ne devait pas se limiter aux cibles traditionnelles de la communauté juive ; il devait être total et viser la population française dans son ensemble et sans distinction de religion, de sexe ou d'âge. La terreur se répandrait dans tout le pays, dans tous les esprits, personne ne se sentirait plus en sécurité, nulle part. La main de Dieu s'abattrait partout. Sabri fut chargé d'organiser sur-le-champ cette apocalypse future. Il tenta vainement d'orienter ses interlocuteurs vers son contact parisien, mais ceux-ci ne voulurent pas entendre parler de Wahid ou de tout autre intervenant extérieur. Cette mission divine lui était notifiée personnellement. Il ne pouvait s'en décharger.

Sabri était un prédicateur efficace. Son talent se nichait dans son pouvoir de persuasion : il tordait les âmes faibles et transformait les plus timorés en bombes humaines et serviteurs du désespoir. À la trente-sixième année de sa vie, cette force dont il était si fier se retournait contre lui et le projetait en première ligne. La guerre, le front, l'organisation d'attentats, le sang, les explosions n'étaient pas son domaine. Il se considérait comme un théoricien du djihad, un préparateur de combattants, un peu comme un coach sportif n'ayant jamais disputé de compétition mais qui distille avec un certain succès les conseils vendangés dans des recueils spécialisés. Ce changement de statut lui pesait, mais l'image des corps calcinés dans leurs cages lui rappelait que sa liberté de choix était limitée.

En débarquant à l'aéroport de Roissy en ce milieu du mois de janvier 2015, il comprit combien le pays était traumatisé. Des militaires et des policiers en armes patrouillaient partout, les contrôles aléatoires se multipliaient sans que les divers défenseurs des libertés publiques, d'ordinaire si prolixes, n'exprimassent la moindre émotion. Rasé, habillé à l'européenne, Sabri se fondit dans la foule des passagers en provenance d'Ankara. Seul son teint anormalement bronzé pour la saison aurait pu retenir l'attention. Le contrôle de son passeport, vierge de tout visa suspect, permit son entrée sur le territoire. Wahid l'attendait à la sortie de la zone de récupération des bagages. Il accueillit son ami avec un sourire et, sitôt les embrassades d'usage effectuées, il ne put s'empêcher de fanfaronner :

— Regarde-les, ces kouffars, dit-il en désignant les nombreux représentants de la loi. Ils ne savent pas que c'est à cause de moi qu'ils sont là… Viens, on prend une photo, viens, viens…

Entraînant son copain, il sortit son portable et prit un selfie sur lequel apparaissait, en arrière-plan, une patrouille en armes se découpant nettement sur les panneaux électroniques annonçant les arrivées et les départs des avions.

— Voilà, c'est dans la boîte ! On pourra le montrer à nos petits-enfants quand ce pays sera définitivement le nôtre.

— À la grâce de Dieu, lui répondit Sabri. Mais nous n'en sommes pas encore là. Les choses se compliquent, il faut que je t'explique tout cela. Viens, on va boire un thé.

Le trajet en avion avait permis à Sabri de peaufiner sa stratégie. Il se doutait que son compère n'accepterait pas facilement le revers imposé par les responsables de la nouvelle organisation. Il en avait déduit que la meilleure tactique d'adhésion à ce projet résidait dans la narration de la vérité et la description des événements de ces derniers mois, en insistant sur les détails les plus horribles. La terreur que lui inspiraient ses maîtres lui semblait être un argument à partager. Il n'avait pas droit à l'erreur, car la collaboration de Wahid et de son réseau lui était indispensable.

Comme prévu, la tractation fut rude. Wahid, auréolé de sa gloire récente, ne s'attendait pas à une telle remise en cause. Il n'acceptait pas de partager un leadership si durement conquis. Pendant près de deux heures, attablé devant son thé, Sabri déploya tous ses talents de négociateur et parvint à un accord en proposant une direction commune des opérations, le contact international demeurant de sa compétence exclusive. Sur cette base fragile, Wahid consentit quelques jours plus tard à présenter Sabri aux membres de son groupe, mettant ainsi à la disposition de son ami l'infrastructure qui lui était nécessaire.

La personnalité et le rigorisme religieux de Sabri séduisirent immédiatement Alouine et l'ensemble de la bande, à l'exception notable de Tyna, qui refusait de se soumettre à sa férule. Elle appréciait Wahid et ne comprenait pas qu'il se délestât d'une partie de ses pouvoirs au profit d'un parfait inconnu. Son intuition était la bonne, et elle assista au changement de situation qu'elle redoutait dans un délai très court. Avec la complicité objective d'Alouine, dont le discernement se diluait au fil des diatribes et des sermons du nouveau prédicateur, le pouvoir fut transféré et Wahid perdit son ascendant dans un mouvement continu. L'absence de heurt dans le processus l'empêcha de comprendre à temps la funeste destitution à l'œuvre. Au début du printemps, l'affaire était entendue : la bande du Luzard avait changé officieusement de responsable et les projets d'avenir, tant dans le domaine des trafics illicites que des intentions terroristes, se décidaient lors de réunions organisées hors la présence du chef historique. Pour autant, Sabri ne se satisfaisait pas de cette évolution, trop lente à son goût. Ses commanditaires du Levant accentuaient leur pression et exigeaient une action d'éclat avant la fin de l'année. Il se devait d'avoir les mains libres et ne pouvait continuer de ménager son rival dans un double jeu, dont la nécessité ne lui semblait plus utile compte tenu de l'emprise qu'il exerçait désormais sur la plupart des membres de l'équipe. Il était temps de clarifier tout cela.

Wahid, de son côté, sentait que les choses lui échappaient, mais dans un réflexe profondément humain, il refusait d'analyser objectivement les faits, s'en remettant au profond sentiment d'amitié qui le liait à Sabri. Au plus fort de ses doutes, il convoquait les souvenirs agréables des moments partagés à l'étranger, et ces images le rassuraient pour un temps. Mais elles lui renvoyaient aussi la formidable faculté de son ami à retourner les consciences et à embobiner les esprits. Dans ce domaine, Wahid, en fin connaisseur, admettait bien volontiers qu'il était dépassé. N'y tenant plus, il décida donc qu'une mise au point s'imposait.

Début mai, Alouine organisa la réunion souhaitée par les deux parties, porte de Vincennes. Arrivé en avance, Wahid fut accueilli froidement par le maître des lieux. Tyna, elle, fut plus chaleureuse, mais une fois les rafraîchissements servis, elle se retira dans la pièce adjacente. Cette attitude n'était pas habituelle. Le mutisme d'Alouine et la disparition de sa compagne n'auguraient rien de bon. L'arrivée tardive de Sabri, escorté par deux costauds de la bande du Luzard, acheva de plomber l'atmosphère. Avant même le début des échanges, Wahid avait saisi l'évolution de la situation et, en homme de décision, il imagina un plan pour sortir indemne de ce qui ressemblait fort à un traquenard. Il lui sembla que la meilleure tactique consistait à écouter, à protester sans braquer ses vis-à-vis au-delà du raisonnable, puis à feindre une attitude de compréhension crédible, quitte à revenir ensuite sur ses promesses obtenues par la contrainte.

Cette préparation instantanée ne fut pas suffisante pour absorber le choc des trahisons exposées désormais en pleine lumière. Sabri exigeait une abdication totale, sans autre contrepartie qu'un pécule généreux constitué de nombreuses liasses de billets entassées dans un sac de voyage. En dépit de la tension, Wahid ne put s'empêcher de sourire à l'idée que ses rivaux le soudoyaient avec l'argent que rapportait son propre commerce de drogue. Il s'autorisa à le faire remarquer, c'était plus fort que lui, et reçut en guise de réponse un coup de crosse qui lui fendit l'arcade sourcilière. Son regard voilé de sang interrogea Alouine, mais cette demande d'aide implicite se heurta à un rictus inquiétant de l'intéressé. Le lieutenant s'était choisi un nouveau chef et le fit savoir ostensiblement en se saisissant de son pistolet glissé à sa ceinture et en le déposant avec fracas sur la table basse devant lui. L'intervention de Tyna, sortant de son réduit et appliquant un mouchoir sur la blessure de Wahid, contribua à calmer la situation. La trêve inattendue fut rompue par Alouine, intimant l'ordre à sa compagne de disparaître sur un ton d'une dureté nouvelle. Le mouchoir de Tyna à la main, Wahid exerça une pression continue sur son arcade fendue. Après avoir dévisagé les uns et les autres, il s'avança vers le bagage, souleva les liasses pour vérifier l'ensemble du contenu, fit coulisser la fermeture Éclair et, sac en main, se dirigea vers la porte, sans se précipiter.

— On ne veut plus te voir, ni ici, ni dans la cité, ni ailleurs, lui signifia Sabri.

— J'avais cru comprendre, fanfaronna Wahid en désignant sa blessure.

— Pour nous, tu n'es plus qu'un sale bâtard d'infidèle. Si on te revoit, tu subiras le sort des kouffars.

Wahid parti, Alouine s'approcha de la fenêtre et attendit quelques instants avant de distinguer la silhouette de son ancien chef traverser le pont surplombant le périphérique à hauteur de la porte de Vincennes. La démarche lente et le dos voûté dénonçaient un accablement profond. La vision de ce désespoir fit apparaître un rictus dédaigneux sur les lèvres du Franco-Camerounais. Cela en disait long sur le mépris qu'il portait désormais à son ancien mentor. Aucune affection ne résistant aux promesses de gloire, la ferveur des jours d'amitié avait cédé devant les assauts perfides d'un dessein neuf, vendu par un bonimenteur de génie.

Alors qu'il s'apprêtait à quitter son poste d'observation, Alouine se figea : Wahid s'était retourné, il réajustait le sac sur son épaule en se redressant de toute sa taille. Marquant un temps d'arrêt, il esquissa un sourire de défi avant de disparaître sans précipitation au coin de la rue.

À l'intérieur de l'appartement, Sabri et ses sbires se congratulaient de la tournure des événements. Aussi Alouine préféra-t-il taire ses préoccupations, mais il se promit de redoubler de vigilance. Les esprits se calmèrent et se préparèrent pour la prière du soir sous la bienveillante autorité de leur champion. Le pressentiment d'Alouine était le bon : le statu quo ne dura que l'espace de quelques jours. La bande du Luzard se réunit de nouveau en urgence pour faire face à une évolution imprévue de la situation. Wahid était réapparu dans les dédales de la cité et avait réussi à rallier quelques anciens complices, pour la plupart largement rémunérés. Son idée consistait tout simplement à reprendre par la force le terrain commercial et l'influence religieuse. En réaction, Sabri et Alouine décidèrent de frapper fort : chacun avait été sommé de choisir son camp ; leurs acolytes eurent carte blanche pour ramener tout le monde dans le droit chemin, y compris en utilisant la violence ultime. Le sort de Wahid fut scellé en séance plénière ; sa disparition fut votée à l'unanimité moins la voix de Tyna, de plus en plus effrayée par la tournure des événements.

Le retour à la normale ne prit pas plus d'une semaine. Les réfractaires au nouvel ordre établi subirent des destins divers en fonction de leur niveau d'implication dans la révolte. Certains furent physiquement châtiés, d'autres mis à l'amende, mais le pardon des fautes des uns et des autres fut accordé par la grâce personnelle de Sabri, en échange d'une dévotion sans faille. Deux des révoltés les plus virulents subirent un sort identique à celui des prisonniers du califat syrien : ils furent décapités et enterrés au fond d'une forêt de Seine-et-Marne sous les acclamations hystériques de leurs anciens camarades remerciant Dieu et louant la grandeur de son prophète. Malgré des recherches opiniâtres et des surveillances ininterrompues devant le domicile de sa mère et de sa tante, Wahid demeura introuvable. Avant le début des représailles, il avait été prévenu par Tyna de l'imminence du danger. La jeune fille restait fidèle à son ancien chef et ne parvenait pas à accepter l'autorité de Sabri. Elle supportait encore moins l'ascendant que celui-ci avait pris sur son compagnon et l'état de dépendance psychologique dans lequel il l'avait précipité. Sous couvert de religion, Alouine devenait de plus en plus extrémiste dans ses propos et ses pensées, et de plus en plus violent dans ses actes, également à son encontre. Il avait tenté de réduire sa volonté et son identité de femme libre en lui imposant un accoutrement vestimentaire qu'il prétendait plus respectueux des textes sacrés. Elle avait résisté à cette offensive, avec calme mais détermination, en lui précisant qu'elle ne se sentait pas la vocation d'un objet attifé façon Belphégor, uniquement pour mettre en valeur la pseudo-piété de son homme et lui permettre d'instrumentaliser la Terre entière : « Je suis croyant, je suis un saint, voyez comme j'ai empaqueté ma femme. »

— Mets-toi le voile si ça te plaît tant que ça ! Jusqu'à présent, tu m'as aimée comme ça, il n'y a aucune raison de changer, avait-elle tranché.

Il avait insisté, elle s'était rebellée. Il l'avait giflée, avant de s'excuser mollement. C'était la première fois qu'il portait la main sur elle, mais elle savait que sa radicalisation rimait avec la fin d'une liberté à laquelle elle n'était pas disposée à renoncer. Marocaine d'origine, élevée en banlieue de Meknès, fière d'une berbérité qu'elle brandissait comme une ultime défense face aux occupants arabes, elle se revendiquait volontiers d'une alchimie culturelle de peuples anciens et conquérants, et d'une aristocratie recueillie en succession de ses lointains aïeux grecs ou phéniciens. Sa fierté et son port altier venaient sans doute d'une princesse égyptienne ; l'aristocratie de ses postures ne pouvait mentir : cette fille miel et cannelle entretenait un tempérament en fusion perpétuelle. De grands yeux marron éclairaient une face tannée d'un agréable brun lissé, contrastée par une longue et opulente chevelure de jais. Le visage d'un ovale espiègle s'équilibrait divinement de part et d'autre d'un nez droit limité par des pommettes saillantes dont la partie inférieure s'estompait à l'approche de l'extrémité de lèvres pulpeuses. Le sourire blanc lumineux embrasait d'un éclat de bienveillance l'ensemble d'une silhouette élancée, aux formes sportives et agréables, dont les courbes avantageuses retenaient le regard. Cette beauté avenante tempérait un caractère bien trempé par une douceur cultivée dans une démarche de quête de vérité divine. Son amour de Dieu s'accomplissait par la voix intérieure, la contemplation et la sagesse, dans la pure tradition des soufis. La profonde sincérité de ses croyances n'avait d'égale que sa pudeur. Elle mettait un point d'honneur à n'emmerder personne avec ses convictions.

Cette bonté intérieure avait été mise à rude épreuve avec l'attentat de la porte de Vincennes. Elle s'était sentie piégée entre l'amour incandescent qu'elle éprouvait pour Alouine et l'admiration qu'elle vouait à Wahid. Elle s'en était échappée, pensait-elle, en ne prenant aucune part active à cette folie. Mais, avec le temps, elle réalisait combien son inaction la rendait coupable, et ses remords la dévoraient parfois. Elle s'était enrôlée deux ans plus tôt dans la bande du Luzard à la demande de son compagnon. Il avait décelé en elle un potentiel intéressant pour transformer l'importante masse d'argent liquide générée par le trafic de stupéfiants en flux financiers légaux. Le casier judiciaire d'Alouine et la discrétion volontaire de Wahid, tout à ses affaires religieuses, permirent à la jeune femme de s'investir par délégation dans une activité de blanchiment qui prit vite de l'ampleur. Dans un délai court, elle fut propriétaire d'une trentaine de petits commerces, bars à ongles, salons de massage et autres centres d'esthétique en région parisienne, dont les prestations de services à bas prix fournissaient le moyen d'injecter dans la comptabilité une bonne partie de l'argent sale généré par le trafic de drogue. La surprise fut que les magasins rentabilisèrent bientôt leurs propres activités commerciales, les livres de compte ne pouvant plus absorber les liquidités venimeuses, si bien que la belle Berbère se retrouva à la tête à la fois d'une vaste entreprise de prospérité légale et d'un pactole constitué d'un stock de billets de banque chaque jour plus imposant, cachés dans des endroits aussi improbables les uns que les autres.

Le fourvoiement de Vincennes l'engageait à l'insoumission. Face à la brutalité, il n'était plus question désormais de se taire, et c'est pourquoi elle avait décidé d'apporter son aide à son ancien chef. Elle ne supportait pas l'idée qu'on s'en prît à lui, et elle allait tout faire pour éviter que cela se produisît. Ils se rencontrèrent dans un café d'une place parisienne. Méfiant, Wahid arriva en avance sur l'horaire prévu, repéra à plusieurs reprises les environs avant de se positionner en observation à l'abri d'une porte cochère. Il put ainsi assister à l'arrivée de Tyna, qui, à l'évidence, n'était ni accompagnée ni suivie. Après quelques instants d'attente supplémentaire, il la rejoignit et s'assit en face d'elle, dos au mur et regard tourné vers la porte d'entrée, la main serrée sur la crosse de son Colt 45. Chacun ressentait une gêne, mâtinée de méfiance, mais les mots échangés furent courtois et respectueux, et, peu à peu, un dialogue soutenu remplaça les silences embarrassés. Ces deux-là s'appréciaient sincèrement. Tyna décrivit la dégradation de sa relation avec Alouine depuis la prise de pouvoir de Sabri. Elle ne put s'empêcher, au passage, de vitupérer contre l'action psychologique des pseudo-imams autoproclamés, ravageurs d'esprits faibles. Wahid comprit que le reproche lui était aussi adressé. Elle le mit en garde contre les funestes projets nourris à son encontre et lui confirma que ses ennemis le recherchaient activement pour lui régler son compte.

La prudence s'affirmant d'évidence comme la meilleure solution, Wahid convint de la nécessité de se cacher, tandis que Tyna, quoi qu'il lui en coûtât, s'engagea à rester dans la bande pour un temps afin de collecter des renseignements et de les lui communiquer. Ils convinrent de contacts réguliers en utilisant des puces téléphoniques dédiées à ce seul usage. À la fin de la conversation, les deux amis s'enlacèrent avec beaucoup plus de chaleur que la situation ne l'imposait. Ils savourèrent tous les deux ce contact charnel rassurant. Wahid sortit le premier, en scrutant de nouveau son environnement, et disparut à pas pressés au détour de la première rue. Une fois hors de vue, il fit demi-tour, observa à la dérobée la sortie de Tyna et la suivit à distance. Au bout d'une quarantaine de minutes, il lâcha sa surveillance, rassuré, mais déçu par le lèche-vitrines intensif auquel la jeune femme, complètement occidentalisée, s'était abandonnée. Cette observation lui laissa cependant le loisir d'admirer à distance les formes gracieuses de la belle Berbère, de jauger la manière distinguée qu'elle avait de se mouvoir. Cette aisance naturelle le charmait. Cette pureté des formes attirait depuis longtemps son attention, mais l'intérêt qu'il y avait porté auparavant était contrarié par l'amitié qu'il entretenait avec Alouine, autant que par son rôle de leader religieux. Ses revers actuels le poussaient à moins de complaisance pour le nouvel ennemi et à plus de concessions dans le regard posé sur son alliée, fût-ce au prix d'une révision des principes fondamentaux de son dogme.

C'est agréablement perturbé, et requinqué par ces nouvelles sensations, que Wahid réintégra l'appartement de Sayyid. Son mentor, avec lequel il n'avait jamais perdu le contact, l'hébergeait depuis le début de sa périlleuse brouille avec la bande du Luzard. Le professeur d'arts martiaux exultait, car la situation lui donnait raison. Il ne s'était pas retenu d'en faire la remarque à son élève, lui rappelant que la prise de pouvoir dans ce pays de mécréance ne pouvait s'accomplir par la violence généralisée prônée par les salafs, même si le combat armé n'était pas exclu en cas de nécessité incontournable. Il condamna fermement l'attentat de l'épicerie kasher, non par compassion envers les victimes, mais par calcul stratégique. Les Ikhwan préféraient la ruse et l'infiltration à la confrontation directe, sans lendemain. Ils pariaient sur le long terme, et sur la pénétration à l'intérieur même du système d'État, pour mieux le terrasser. Mais cela demandait un investissement à bas bruit, et une armée de fidèles d'une grande retenue et d'une haute compétence intellectuelle.

Wahid aurait pu jouer ce rôle, mais dans l'immédiat son actualité commandait la prudence et la discrétion. La fin de sa dernière année d'études lui permettait de se consacrer à distance à des travaux de recherche qu'il avait déjà quasiment achevés. Il put ainsi limiter ses déplacements extérieurs tout en validant ses acquis universitaires avec brio, comme il en avait l'habitude. Il entretenait des contacts téléphoniques réguliers avec Tyna et la vit deux fois, lors de rendez-vous rapides et secrets, où elle se présenta affublée d'une tenue traditionnelle et d'un hijab cachant ses cheveux et une partie de son visage.

— C'est quoi ce délire ? s'inquiéta Wahid.

— C'est la tenue que tu conseillais aux femmes de porter il y a peu, répondit-elle avec provocation, en ôtant son foulard. Je ne peux plus faire autrement. Ils sont tous fanatisés, ce sont des fous, Alouine le premier. Il exige que je porte ça à longueur de journée, il est de plus en plus violent. Sabri et lui préparent un gros coup. Ils sont obnubilés, ils parlent de mourir en chahid dans un déluge de feu.

— Bonne idée, et le plus tôt sera le mieux, on en sera enfin débarrassés.

En distribuant, comme par automatisme, ces mots vengeurs, Wahid ne pouvait s'empêcher de ressentir une sensation de regret d'être écarté de cette action d'éclat et de ce sacrifice suprême.

— Je crains malheureusement que ça ne prenne un peu de temps. En attendant, ils font tout pour te retrouver et ils vont y arriver. Ils veulent te tuer, il ne faut pas que tu restes ici, il faut que tu partes.

Préoccupé par cet avertissement, Wahid partagea ses doutes le soir même avec son hôte, reprenant la mise en garde à son compte pour protéger l'anonymat de Tyna. Sayyid, après un moment de réflexion, se déclara favorable à une mise au vert à condition qu'elle fût préparée dans les moindres détails. Les deux compères s'y consacrèrent alors. Les réseaux fréristes installés à l'étranger furent sollicités, plusieurs hypothèses furent envisagées, mais Wahid s'y montrait réticent. Petit à petit, l'idée de retrouver ses racines et de rejoindre sa famille en Algérie germait dans son esprit. Sayyid se rangea sans difficulté à cette idée et contacta son réseau de connaissances locales afin d'organiser l'accueil sur place mais aussi, moyennant rétribution, le transfert massif par des voies occultes des substantielles liquidités dont disposait le futur voyageur. À la fin du mois de juin, Wahid s'envola vers sa nouvelle vie. Il n'eut pas la possibilité de revoir Tyna, qui était de moins en moins libre de ses mouvements, mais ils se téléphonèrent à plusieurs reprises et décidèrent de rester en contact.

Le plan fomenté avait pris de l'ampleur et exigeait la garantie du secret de sa destination finale, y compris vis-à-vis de la jeune femme. Plus qu'une mise au vert, il était maintenant question d'un nouveau départ, et cette perspective exigeait quelques changements radicaux, dont l'un nécessitait à terme une visite dans l'une des meilleures cliniques tunisiennes de chirurgie plastique. À l'atterrissage à Alger, le jeune homme se sentit libéré, débarrassé de la menace qui l'avait obligé à vivre terré ces dernières semaines. Délesté pour un temps de son lourd manteau de mensonge, il claudiqua vers sa famille retrouvée et embrassa son futur.

10.

Le nouveau monde

Assemblée nationale, Paris, juin 2017

Le temps était orageux en cette matinée de la mi-juin, mais la pluie intermittente ne suffisait pas à dispenser un peu de fraîcheur à la capitale. Attablé à la terrasse de la brasserie Le Bourbon, devant un café serré, Gaby admirait l'entrée majestueuse de la cour principale de l'édifice historique obstruant l'horizon immédiat. La voûte sommitale supportait en guise d'enseigne l'inscription « Assemblée nationale » sculptée en lettres d'or et surmontée d'une horloge que cerclaient des mêmes dorures.

Le regard entraîné du policier avait déjà repéré un certain nombre de personnages politiques familiers, mais aussi des inconnus attablés comme lui à la terrasse du bistrot, ou déambulant le portable vissé à l'oreille autour de la sculpture allégorique de Jean-Jacques Feuchère, statue imposante armée d'un sceptre et de tables de la loi, trônant au centre de la place trapézoïdale fort logiquement baptisée « place du Palais-Bourbon ». Gaby honorait une convocation tant désirée et ô combien méritée, apothéose d'une élection victorieuse. Il était désormais un député de la nation et attendait que les portes de son nouveau palais s'ouvrissent afin de prendre possession des lieux. Parmi les entrants présents ce mardi à Paris, l'ancien chef de l'unité d'élite ne passait pas inaperçu, ce qui ne lui déplaisait pas. Il avait répondu d'un signe de main ou de la tête à plusieurs saluts discrets et échangea des banalités avec quelques collègues venus lui témoigner leur sympathie. Bien qu'honoré, Gaby ne s'illusionnait guère sur la sincérité de la plupart de ses thuriféraires et s'amusait de se trouver à l'épicentre d'un ballet de courtisans dont l'empressement à la flatterie le laissait perplexe sur la nature des rapports à venir avec ses collègues parlementaires.

Il se doutait que ses états de service dans la police nationale et sa lutte acharnée contre les terroristes n'étaient pas la seule raison de l'attrait produit sur ses pairs. Ses rapports étroits avec le jeune président nouvellement élu décuplaient l'intérêt d'un entourage investissant ainsi dans d'éventuelles opportunités futures. Ces intrigants ignoraient dans quelles conditions cette relation avait été forgée. Au milieu de l'année 2016, Gaby avait quitté la police, persuadé que l'action contre les désordres de toutes sortes ne pouvait plus être menée dans le seul cadre de l'engagement policier. L'occasion d'une mission de conseil au sein d'une entreprise de sécurité de renommée mondiale lui avait été offerte par l'un de ses hauts managers, supporter inconditionnel ; elle lui assura le confort matériel indispensable à ses nouvelles prétentions. La date de sa liberté retrouvée ne devait rien au hasard. La France avançait avec passion dans une campagne présidentielle dans laquelle les observateurs informés ne parvenaient pas à distinguer un champion potentiel. Le tenant du titre, pâtissant d'une image d'impuissance face aux attentats, peinait à s'imposer dans une compétition qui lui échappait chaque jour un peu plus. Le thème de la sécurité devint le leitmotiv de la campagne et emporta tout sur son passage. Chaque candidat dut revoir son programme à l'aune de cet ultimatum populaire. Spécialiste reconnu en ce domaine, Gaby profita de sa liberté de parole pour honorer quelques rendez-vous médiatiques à des heures de grande écoute. Bénéficiant de la crédibilité généralement accordée aux hommes d'action, il se forgea ainsi une image d'expert incontournable.

Cette notoriété renforcée n'échappa à aucune écurie en lice dans la course à l'élection, de sorte qu'il reçut plusieurs demandes de contact. Si les orientations politiques des parties en présence l'intéressaient peu, il était en revanche très regardant sur le chapitre du programme traitant de la sécurité, ce qui l'amena à rejeter les prétendants les plus utopistes et ceux en opposition flagrante avec les principes républicains. Son dévolu se jeta sur un candidat maîtrisant les arcanes de la vie politique depuis près de vingt ans. Son profil était sérieux, son projet ambitieux. Plusieurs rendez-vous, confidentiels, complétés par la rédaction de quelques fiches de travail, permirent de peaufiner et de renforcer le versant « sécurité » de son programme. L'affaire s'annonçait sous les meilleurs auspices, mais la première étape du long parcours électif lui fut fatale. Son parti organisa une primaire interne, à l'issue de laquelle le champion de Gaby fut éliminé. L'ancien policier se ressaisit : la discrétion des contacts précédents lui permit d'honorer l'invitation d'une autre équipe soutenant un jeune candidat au profil atypique, qui évoluait en marge des partis politiques traditionnels.

Le rendez-vous entre le futur président de la République et Gaby eut lieu en fin d'année 2016, dans les locaux de campagne du candidat. La rencontre fut chaleureuse, chacun des deux protagonistes admirant le parcours de l'autre. Gaby fut conquis par la prestance de son vis-à-vis, âgé de trente-huit ans à peine, qui affichait une détermination sans faille et ne doutait pas de sa victoire. Quelques mois auparavant, il avait démissionné de l'un des postes ministériels les plus en vue pour se consacrer à son projet, qu'il concevait total, nouveau et régénérateur pour le monde politique. Cette foi l'animait et le poussait, autant par nécessité que par conviction, à tourner le dos à ses anciens compagnons du gouvernement ou du Parlement, acteurs d'une représentation politique d'un monde révolu. Ce nouveau souffle correspondait exactement à la quête de Gaby. Il avait souvent ressenti dans son travail cette envie de bousculer le train-train des administrations et les habitudes des fonctionnaires. Le massacre du théâtre parisien l'avait convaincu de la nécessité de changer vite et fort les organisations et leur fonctionnement – elles avaient hélas prouvé leur inefficacité, le résultat le plus visible ayant été cette catastrophe. L'occasion était inespérée : il s'engagea sans réserve auprès de son champion. Sa stature lui valut un positionnement de choix dans l'équipe de campagne ainsi que le respect de tous. La presse se montra sarcastique en qualifiant ce ralliement de « prise de guerre » mais s'empressa de recueillir déclarations et interviews du nouvel arrivant. L'accueil chaleureux des uns, et intéressé des autres, lui permit de peaufiner son style et le transforma en un temps record en homme public.

Il accompagna le candidat à toutes les réunions et à tous les meetings, savourant la ferveur populaire, se délectant de l'enthousiasme général qui ne cessait d'enfler au fur et à mesure que la date de l'élection approchait. L'engouement pour le jeune présidentiable rejaillissait sur son entourage. Au sein de cette cohorte, Gaby jouissait d'un positionnement exceptionnel. Il était à la fois admiré pour ses actes de bravoure et félicité pour son courageux choix politique. Fidèle à son habitude, le policier ne ménageait ni son temps ni son énergie au service de ce qu'il considérait comme sa nouvelle mission. À vrai dire, la charge de travail au bénéfice de son patron (comme il avait coutume de le désigner) ne le changeait guère de ses anciens horaires. Il était disponible vingt-quatre heures sur vingt-quatre, apportant les réponses qu'exigeait l'actualité du moment, sur les faits divers criminels ou terroristes nécessitant une réaction politique immédiate du candidat, organisant la médiatisation de rencontres pseudo-impromptues avec des policiers de terrain et des rapprochements cruciaux avec les représentants des syndicats des forces de sécurité.

Gaby se saoulait d'activité dans des journées bien remplies dont le programme contrastait dramatiquement avec le vide de sa vie privée. Flora, de guerre lasse, s'était éloignée de son homme… Pour un temps, avait-elle précisé, mais rien n'était moins sûr. Malgré tout son amour, elle n'avait pas réussi à le ramener dans ses filets, la situation ayant même empiré. Autrefois si doux et prévenant, il s'était mué, depuis le drame du théâtre, en un inconnu irritable, à la limite de la violence, méconnaissable dans l'intimité du couple. Plusieurs mises au point douloureuses n'avaient pas suffi, le temps calme cédait rapidement la place aux tempêtes les plus imprévisibles. Un matin, puisant son courage dans le sel de ses sanglots, la belle Flora décida d'interrompre cette chute vertigineuse et se sépara de Gaby avec douceur, pleurant un amour devenu impossible et enjoignant à son compagnon de chasser enfin ses démons. Il implora, supplia, l'esprit en naufrage, avant de finir par se résigner.

Le candidat entraînait son équipe dans une dynamique enthousiasmante qui emporta tout sur son passage. Au début du mois de mai 2017, il fut élu président de la République. Quelque temps auparavant, lors d'une émission politique télévisée très regardée, il avait dévoilé le nom d'une quinzaine de postulants à l'élection législative. Gaby faisait partie de cet assemblage hétéroclite, ces représentants de la société civile que les journalistes se plurent immédiatement à railler. Pour l'équipe de campagne, leurs candidatures à la députation semblaient s'inscrire dans une logique indiscutable. Chaque membre lorgnait un fief bien précis et ils invitèrent Gaby à en faire de même. Si le policier affichait quelques réticences à l'idée de devenir l'un des représentants les plus en vue de la nation, il ressentait que le pouvoir résidait dans cette agora politique et qu'il fallait en être pour influer sur la destinée du pays.

La décision qui l'amena sur un plateau télé au côté de ses camarades novices fut prise un dimanche soir, à une heure tardive, alors qu'il courait dans les rues de Paris. Au bas des Champs-Élysées, face à l'obélisque de la Concorde, il tourna sur la place empruntant le pont du même nom. Au fur et à mesure de sa progression, la voussure de la chaussée libérait l'horizon, dévoilant le péristyle de l'entrée principale d'une Assemblée nationale illuminée de bleu, de blanc et de rouge. Le souffle coupé par le spectacle grandiose autant que par l'effort fourni, il s'arrêta les mains sur les hanches, les coudes en arrière, forçant sa respiration pour récupérer un rythme cardiaque moins précipité. La solennité de ce sanctuaire de la République, revêtu des couleurs du drapeau, fut vécue par Gaby comme un signe apaisant et contribua à calmer ses dernières appréhensions. La campagne électorale fut l'occasion de constater sur le terrain la sympathie que sa candidature atypique suscitait auprès des habitants de sa circonscription. Jour après jour, il drainait dans son sillage de plus en plus de volontaires, qui l'aidaient dans sa distribution de tracts au seuil des gares routières et ferroviaires, dans les boîtes aux lettres ou lors des porte-à-porte. Ses réunions publiques étaient bondées, et ses adversaires politiques, y compris les plus radicaux, semblaient éteints par cette ferveur collective. Remportant plus des deux tiers des suffrages exprimés, il fut élu député sans coup férir.

Cette victoire fut célébrée en grande pompe, au domicile de Rick. Pour l'occasion, tous ses amis de l'unité d'intervention s'étaient regroupés, d'autant plus volontiers que le maître des lieux s'affairait sur sa terrasse autour d'un brûleur à gaz et d'une poêle géante, prélude à la préparation d'une énorme paella. Depuis la disparition de Sohan, Rick n'était plus le même. L'image du jeune officier atteint par les projectiles ennemis et baignant dans son sang continuait de le persécuter. Il se reprochait de ne pas avoir su respecter le pacte de protection scellé avec ses parents, Samir et Nabila, et cette culpabilité l'avait conduit à rompre tout contact avec eux. S'estimant indigne de reprendre son commandement, il avait fait valoir ses droits à la retraite et s'était réfugié dans une solitude alcoolisée. Son air de jeune premier en avait pâti, mais depuis quelques semaines la perspective de missions ponctuelles de protection d'un ponte du CAC 40 en zone à risques l'avait obligé à se reprendre en main et à diminuer sa consommation. L'objectif de recouvrer toutes ses aptitudes n'était pas mû uniquement par les exigences de son nouvel emploi ; il avait en tête de venger la mort de son filleul, et cette soif particulière ne pouvait être étanchée dans les vapeurs d'alcool. Avant de passer à table, les convives levèrent leurs verres à l'élection de Gaby, et, comme il se doit, la conversation s'orienta sur les temps anciens.

— Il y a peu, nos compagnes, pour ceux qui sont en couple, assistaient à ce genre de festivité. Là, ça manque de femmes, ça fait un peu anciens combattants, limite vieux cons, s'émut Lacar.

— Roman est un célibataire endurci, Rick et moi-même sommes séparés de nos conjointes. À part le toubib et toi, plus personne n'est en couple. Difficile dans ces conditions de maintenir la parité, rétorqua Gaby.

Pour dissiper le malaise qu'il venait de créer, Lacar changea de conversation. Avisant une décoration particulière au-dessus de la cheminée, qui l'intriguait depuis le début de la soirée, il interpella son hôte :

— Rick, c'est quoi ce truc ? Ça ressemble à l'ancêtre d'un fusil, mais ça n'était pas là avant, si ?

Tous les convives portèrent leur attention sur l'objet en question.

— C'est effectivement une arme de précision datant de la Seconde Guerre mondiale, plus précisément un fusil Mosin-Nagant, version sniper. Les tireurs de précision soviétiques s'en servaient lors de la bataille de Stalingrad, durant laquelle ils ont été particulièrement efficaces. Je l'ai fait restaurer par l'un des armuriers de notre unité. C'est un objet de collection.

Peu impressionné par cette leçon de choses digne de l'école d'armurerie de Liège, Servan se saisit de l'arme, et, l'air taquin, enchaîna :

— Et, bien sûr, il est démilitarisé, comme toute arme de collection ?

— Écoute, toubib, ta spécialité à toi, c'est l'aspirine. Reste dans ton domaine, bougonna Rick, ajoutant néanmoins, en toute mauvaise foi :

— Bien sûr qu'il est neutralisé.

Lacar se saisit du fusil et manipula le levier d'armement :

— Il est bien huilé, comme s'il était neuf. (Le levant à la lumière, il inspecta le canon.) Elle est discrète, la démilitarisation, le canon n'a pas l'air obturé...

— Trafiquer cette arme d'époque équivaut à effacer tous ses atouts, un peu comme si on rajoutait des bras en résine à la *Vénus de Milo*. Ce que vous voyez, ce n'est pas un bout de bois avec du fer fixé dessus, c'est une œuvre d'art. Mais, dis-moi, Lacar, monsieur le-commandant-je-sais-tout, il y a peu tu m'as montré une arme de collection que tu détiens, un pistolet Luger P-08, une arme magnifique, et il ne m'a pas semblé que tu m'aies parlé d'une déclaration ou d'un enregistrement !

Visiblement énervé, Rick conclut :

— Bon, maintenant, vous me reposez cet objet où vous l'avez trouvé et vous passez à table, sinon ça va être froid.

*

En fin de soirée, les invités se regroupèrent au salon autour d'une bouteille de whiskey irlandais Green Spot dont le goût de pomme relevé d'une pointe de clou de girofle soulignait à merveille les saveurs d'amande grillée et de sous-bois des puros nicaraguayens Carlito.

Quand les cigares furent à moitié consumés et la bouteille aux trois quarts vide, Lacar plaça devant chaque convive un écrin. Chacun ouvrit son cadeau et découvrit une chaîne en or de petite maille supportant une médaille ronde représentant la panthère noire, symbole de l'unité d'intervention. Les regards interrogatifs se tournèrent vers le commandant de police, qui prit le temps de jouir de ce moment en ménageant ses effets :

— Les amis, nous sommes définitivement unis par ce que nous avons vécu ensemble, par les combats que nous avons menés, mais j'ai pensé qu'il nous fallait matérialiser tout ça par un emblème qui n'appartiendrait qu'à nous. J'ai fait fabriquer ce bijou, qui est l'exacte réplique de l'écusson de notre unité.

Ce fut Roman qui mit un terme à ce grand moment d'émotion :

— Mais ça a dû te coûter une fortune !

— Pas du tout ! J'ai eu des prix intéressants, car j'ai soumis l'idée à l'association de l'unité, qui a passé commande de plusieurs centaines d'exemplaires pour les vendre à tous ses membres.

— Du coup, ça n'est plus un emblème qui n'appartient qu'à nous, souligna le toubib.

— Eh si ! Parce que les nôtres sont en or et ceux de l'association ne sont que plaqués. Mais aussi parce que nous sommes les seuls à avoir un signe distinctif secret. Sur la tranche de la médaille, vous pouvez sentir des étoiles gravées discrètement. Une étoile pour Gaby, normal c'est le chef, le numéro un ; deux étoiles pour Roman, le numéro deux ; et ainsi de suite : trois pour Rick, quatre pour moi et cinq pour Servan.

11.

Infiltré

Assemblée nationale, Paris, 2017

En franchissant les tourniquets d'entrée du palais Bourbon, l'ancien policier se surprit à manipuler son fétiche plus que de coutume. Il prit quelques instants pour se calmer, fit disparaître son porte-bonheur dans son col de chemise et se dirigea vers la cour d'honneur. Laissant à sa gauche les deux niveaux de l'hôtel de Lassay, résidence du président de l'Assemblée, qui n'était pas encore élu, il s'engouffra dans les locaux du palais pour se diriger vers les bureaux administratifs, dont il ne pouvait ignorer la direction compte tenu de la présence de nombreux huissiers et du personnel administratif. Comme tous ses nouveaux collègues, il procéda aux formalités d'intendance, récupéra son badge professionnel et une mallette de cuir contenant tous les attributs de sa nouvelle fonction, en particulier une écharpe tricolore qui se différenciait, par ses franges brodées de fil d'or, de celle des commissaires de police.

Sitôt ces démarches effectuées, il se rendit au café des parlementaires, non sans avoir marqué un arrêt prolongé et émerveillé à la bibliothèque, sanctuaire d'une quarantaine de mètres de longueur, dont la majesté des cinq grandes nefs décorées par Eugène Delacroix surplombait les boiseries des rayonnages, où les collections d'ouvrages finement reliés recelaient en leur sein la richesse inestimable du manuscrit original des *Confessions* de Jean-Jacques Rousseau.

Quelques dizaines de mètres plus loin, il poussa la porte de la buvette. En ce jour de rentrée, la clientèle était clairsemée, essentiellement des députés réélus qui connaissaient les lieux. Ignorant l'impressionnante salle de restauration, dont le charme dépouillé des guéridons anciens et de l'imposant bar acajou contrastait avec les larges sculptures murales mélangeant le baroque et le rococo, il franchit le mur de la verrière donnant sur le jardin. Il s'installa en terrasse, face au portant de fer soutenant les trois cloches provenant de l'ancien campanile du palais Bourbon, destinées pendant la Révolution à marquer le temps civil officiel de leur tintement régulier et perçant. Un serveur vint prendre sa commande après lui avoir souhaité la bienvenue en l'appelant par son nom. Intrigué par cette précision, Gaby lui fit remarquer que cette connaissance de l'identité du client était inhabituelle dans les établissements de la capitale. Il lui fut répondu que le personnel de la buvette parlementaire devait connaître les députés par leur nom, mais que cette obligation était facilitée quand les élus s'étaient illustrés avec héroïsme dans la défense de la nation.

Bien que s'en défendant, Gaby n'aurait pas aimé être plongé dans un anonymat pour lequel il n'avait plus de goût. Rafraîchi par un courant d'air opportun, il ferma les yeux quelques instants, savourant la quiétude des lieux et du moment. Son esprit vagabonda aussitôt, s'affranchissant des barrières du temps et de l'espace. Il se revit dans les bras de son grand-père, tentant de supporter le poids d'un fusil de chasse à la taille démesurée pour un enfant de son âge. Les yeux de l'isard blessé semblaient le fixer. Résigné, l'animal attendait avec un air de défi que le feu mortel abrégeât ses souffrances. La déflagration projeta le petit chasseur contre la poitrine de son aïeul, et le bruit de tonnerre du fusil remplit son crâne d'un sifflement persistant. La balle alla se ficher dans la terre, deux mètres devant l'animal. Ni le chamois, qui n'avait esquissé aucun mouvement, ni le grand-père ne furent surpris par ce tir trop court.

Le gamin n'avait pu se résigner à achever cette majestueuse bête qui, en l'espace d'un regard croisé, l'avait convaincu de renoncer à l'abattre. Il avait volontairement déporté sa visée, sans aucun regret. L'isard fut transporté et soigné dans la ferme familiale. Peu à peu, il s'habitua à la présence de l'enfant, qui vint le nourrir chaque jour. Cette relation dura, y compris quand le quadrupède recouvra la liberté. Gaby se revoyait les jours de vacances l'appeler, et lui apporter un peu de nourriture quand il daignait s'approcher des habitations.

Ce moment de quiétude fut interrompu par le son d'une voix :

— Bonjour monsieur le député, excusez-moi de vous déranger…

— Bonjour, vous ne me dérangez pas, je me ressourçais dans cet endroit agréable. Que puis-je pour vous ?

Son interlocuteur se tenait face à lui. Le jeune homme solide d'une trentaine d'années affichait un sourire éclatant et une expression engageante sur un visage dont les traits disaient vaguement quelque chose à l'ancien policier. Le port de tête et la posture générale révélaient sans conteste une attitude déterminée. Gaby, qui s'y connaissait en morphopsychologie, crut même déceler une volonté farouche doublée d'une ambition évidente. Le costume impeccablement cintré, et porté avec élégance, ne pouvait dissimuler à un œil avisé un physique entretenu avec soin.

— Monsieur le député, je fais partie du cabinet de monsieur le ministre de l'Intérieur, je suis son conseiller diplomatique. Mon rôle est de favoriser les échanges entre le ministre et les parlementaires de la majorité.

— Parfait… Assieds-toi, je t'en prie. Tu veux boire quelque chose ?

Le jeune homme était avenant, ce qui avait déclenché un tutoiement instantané. Répondant à un signal de la main, le serveur s'approcha.

— Un thé à la menthe, s'il vous plaît, commanda le conseiller, qui ajouta : Monsieur le député, compte tenu de votre rôle au côté du président lors de la campagne électorale, et surtout de votre expérience de policier et de votre notoriété acquise à la tête de l'unité d'élite de la police nationale, je ne vous cacherai pas que vous êtes un atout majeur pour le ministre. Je tiens d'ailleurs à ajouter, en mon nom personnel, que je me réjouis de travailler avec vous. C'est un immense honneur !

— Merci pour tous ces compliments, que j'apprécie, mais si tu veux bien, commençons par le commencement. Si nous devons travailler ensemble, n'hésite pas à me tutoyer, et laisse tomber le « monsieur le député ». Je te propose de m'appeler Gaby, et en échange j'ai besoin moi aussi de connaître ton prénom.

— Pour le tutoiement, je vais essayer, mais je ne vous promets rien. Effectivement, j'aurai dû commencer par me présenter. Je me prénomme Camil.

— Mais oui… J'avais l'impression de te connaître ! Le héros du théâtre. Quelle coïncidence !

— Pas tout à fait une coïncidence, plutôt un gros coup de com à venir pour le ministre. Il n'a pas encore dévoilé à la presse le nom de tous ses futurs collaborateurs. Le mien va faire l'objet d'une annonce individualisée dans les prochains jours.

Ces informations n'étonnèrent pas le député ; le nouveau ministre de l'Intérieur était familier de cette façon de faire. Homme politique à l'ancienne, et maire depuis une vingtaine d'années d'une grande métropole de province, l'ex-sénateur avait fait ses classes au sein d'un parti désormais atomisé. Dans un élan tenant à la fois du flair et de la finesse d'analyse, il avait apporté très tôt un soutien de poids au futur président, ce qui avait eu pour effet immédiat de crédibiliser sa candidature et de le faire décoller dans les sondages. En témoignage de sa reconnaissance, le nouveau chef de l'État lui avait accordé ce que les responsables de son ancien camp lui refusaient : un poste envié au gouvernement. Dès le lendemain de la proclamation des résultats de l'élection présidentielle, sa nomination au poste de ministre de l'Intérieur, en tant que numéro deux du gouvernement, fut annoncée à la presse. Déjouant les pronostics des spécialistes en communication, les journalistes prirent le parti de tempérer le professionnalisme politique du nouveau ministre et exagérèrent leur questionnement sur son inexpérience du monde de la sécurité, et sur la dureté physique et psychologique d'un poste exposé au quotidien pour un titulaire âgé de plus de soixante-dix ans. La critique fut si vive que le porte-parole du gouvernement fut contraint d'annoncer l'arrivée, « dans les mois qui viennent », d'un adjoint au profil plus technique, et le nom de Gaby circula alors dans le microcosme journalistique.

— Le ministre de l'Intérieur est un politicien pur jus. Recruter un conseiller aussi célèbre, c'est plutôt bien joué en matière d'affichage. Ce sera tout bénéfice pour lui. Mais je me trompe où tu n'as pas l'air d'apprécier ? demanda Gaby.

— Gaby, je vais être d'une franchise absolue avec vous : j'aurais aimé être recruté pour mes compétences et mon cursus universitaire. J'ai un peu de mal à admettre que je vais servir de faire-valoir à un politicien madré. Ça ne correspond pas à mon sens de l'engagement au côté de notre jeune président.

— Puisqu'on est dans le registre de la franchise, j'ai moi-même une admiration modérée pour un ministre peu intéressé par le domaine de la sécurité, mais, parfois, il faut savoir faire des concessions. Quoi qu'il en soit, tu es dans le cœur de la structure. C'est plutôt un beau positionnement, profites-en.

— L'idée, c'est d'y être avec vous. Le ministre m'a chargé de vous transmettre sa proposition : en même temps que ma nomination, il aimerait pouvoir annoncer à la presse votre collaboration au titre de conseiller spécial. Il capitaliserait ainsi sur l'image des deux héros – ce sont ses propres termes – du théâtre parisien. Si vous m'y autorisez, je lui confirme votre accord et vous discuterez des modalités de ce deal ensemble.

— Ce type d'entente doit être très étroitement cadré pour ne pas se transformer en marché de dupe. Camil, toi et moi avons acquis une crédibilité qui dépasse la sphère du monde politique, on ne doit pas gâcher cet énorme crédit... D'un autre côté, cette proposition peut être un tremplin pour l'avenir.

— Gaby, je ne vous cache pas que j'adorerais travailler avec vous. Je n'ai d'ailleurs pas compris pourquoi vous n'avez pas été nommé ministre délégué ou secrétaire d'État ; c'est une injustice ou un oubli qu'il nous faudra réparer. Le meilleur endroit pour y travailler, c'est à l'intérieur du système.

L'un et l'autre se turent et saisirent leur boisson, qu'ils sirotèrent en se projetant dans leurs ambitions respectives. Le nouveau député rompit le silence :

— Cette proposition me semble intéressante, mais on va avoir besoin l'un de l'autre. Si tu acceptes qu'on se serre les coudes et qu'on le fasse dans la discrétion, alors c'est O.K. pour moi.

— Bien sûr, je suis d'accord sur tout, je vais transmettre votre réponse au ministre. Je suis très heureux de cette décision.

Jetant un œil sur l'écran de son téléphone, il enchaîna : Il faut que j'y aille, je vous laisse mon numéro, appelez-moi quand vous voulez. À très bientôt, Gaby.

Le jeune homme se leva avec beaucoup de difficultés. L'air interrogatif de Gaby l'obligea à lui fournir quelques explications :

— Je ne suis pas sorti indemne de l'attentat, une balle m'a fracassé la tête fémorale du côté gauche, et j'ai un peu de mal à me lever et à marcher correctement, surtout après une position de repos. Mais cela ne m'empêche pas de pratiquer toutes sortes d'activités sportives et de me maintenir en forme.

— Je n'en doute pas, répondit Gaby, jaugeant de nouveau la carrure avantageuse de son interlocuteur.

12.

Vertige du pouvoir

2018

Le ministre de l'Intérieur et Gaby s'étaient rencontrés et avaient scellé leur affaire à la lumière d'une mise au point précise. Le politicien mettait à son profit sa célébrité, et par la même occasion, conformément aux déclarations du porte-parole du gouvernement, s'adjoignait les services d'un conseiller dont la tâche dévorante de député l'inclinait à penser qu'il serait finalement peu encombrant. L'ancien policier, quant à lui, exigea d'être associé à toutes les décisions prises dans le domaine de la lutte contre le terrorisme et s'engagea à réunir autour de lui un groupe influent de collègues de la majorité afin de soutenir et de promouvoir l'action du ministère de l'Intérieur dans ce domaine.

Ce marché de dupe tourna à l'avantage de Gaby. En moins d'une année, il devint une sorte de ministre bis, dont le portrait exagérément flatteur était souvent utilisé par les journalistes pour ternir l'image du ministre. La vie publique de Gaby alternait entre la place Beauvau, siège du ministère, et les plateaux de télévision. Mais les instants les plus intenses étaient vécus dans la salle des séances, cœur battant de l'Assemblée nationale et par conséquent de la République. Cet écrin tant apprécié des députés, terrain de joutes oratoires de qualité inégale, n'était pas occupé constamment par la grande majorité des titulaires des sièges. Un agenda surchargé absorbait la majeure partie du temps des représentants de la nation. Cette suractivité invisible se traduisait paradoxalement par des images télévisées désastreuses d'une salle des séances trop souvent désertée, et des lois votées en catimini par des majorités étriquées, entretenant l'injuste sentiment chez le commun des mortels d'un absentéisme à grande échelle.

Par bonheur, certains rendez-vous traditionnels ou incontournables fournissaient l'occasion de remplir l'hémicycle, dont le rouge éclatant des sièges en velours disparaissait en un temps record sous les séants des représentants du peuple. Gaby aimait cette ambiance. Il manquait rarement la traditionnelle séance de questions au gouvernement, durant laquelle la majorité flagorneuse encensait sans retenue, tandis que les oppositions, acerbes, critiquaient sans mesure. Les plus belles envolées avaient lieu au début des échanges, lors de la présentation des textes de loi, dont l'importance se jaugeait à la liste d'orateurs inscrits, et au nombre d'amendements déposés. À l'occasion des prises de parole préliminaires, appelées « discussions générales », chacun y allait de ses sorties dans un concours d'éloquence débordant largement le sujet présenté. Les extrémités droite et gauche de l'hémicycle se rejoignaient dans leur manière de blâmer les membres du gouvernement et la majorité parlementaire.

Par-delà cette connivence, les détails révélaient des colorations nuancées dans la façon qu'avait chacun de présenter un propos analogue. Le vieux leader de gauche extrême, débatteur hors norme, s'enflammait du haut de la tribune à grand renfort d'effets de manche, puisant ses références dans l'histoire des civilisations qu'il triturait à outrance, empruntant ses citations aux poètes déchus des révolutions prolétariennes, balayant d'un revers de main et d'une lippe dédaigneuse les excitations bruyantes d'un auditoire qu'il ne réussissait plus à dompter par le charme des mots. Sa concurrente de l'autre bord, sourire carnassier aux lèvres, voix de basse éraillée, ressassait, quel que fût le sujet abordé, un discours accusateur, convoquant l'esprit et les valeurs traditionnelles d'une nation dont chacun attendait, en vain, qu'elle y apportât un début de définition. La même morgue marquait leur démarche, révélant sans doute le fruit de dizaines d'années de professionnalisme politique aigri par le fait qu'ils n'eussent point été appelés à des destins plus en grâce.

Cette ambiance ne troublait pas Gaby, il avait été habitué à des situations plus tendues et savait par expérience que ces rapports déplorables s'amélioreraient au fil du temps et des relations nouées au comptoir de la buvette des députés. Il ne faisait d'ailleurs pas les frais de ce procès en noviciat et jouissait d'une sympathie spontanée accordée par la quasi-totalité de ses collègues. Son duo avec Camil fonctionnait à merveille. Les parlementaires reconnaissaient à ce jeune fonctionnaire un talent certain, et une disponibilité sans faille. Il était apprécié pour ses qualités professionnelles et respecté pour un acte héroïque difficile à ignorer après le tapage médiatique organisé par le ministère lors de son recrutement. Il tirait de cette notoriété un statut privilégié qu'aucun autre collaborateur ministériel de son rang ne pouvait revendiquer au même âge et à un poste habituellement si précaire. Il manœuvrait d'ailleurs d'une manière si fine dans le pilotage de sa fonction que la plupart des élus de tous bords, y compris les plus anciens et les plus avisés, ne purent bientôt plus se passer de son entregent pour régler quelques litiges locaux ou trancher diverses bisbilles avec les administrations déconcentrées. En ces domaines, l'efficacité de Camil était redoutable. Il avait apprivoisé l'oreille du vieux ministre et obtenait souvent gain de cause, assurant ainsi en retour à son patron la bienveillance des opposants et le soutien de la majorité.

Le positionnement incontournable de ce conseiller de l'ombre se conjuguait parfaitement avec le pouvoir de plus en plus visible de l'ancien chef de l'unité d'intervention. Pour eux, chaque occasion était bonne pour renforcer un duo chaque jour plus solide, dont le but était de fournir au député une aura de futur membre du gouvernement. Son statut de spécialiste de la sécurité et de conseiller particulier permit à Gaby de donner des avis personnels et de prendre des positions peu en rapport avec les desiderata du vieux politicien. Courroucé d'être mis devant le fait accompli, celui-ci se calmait avec une rapidité déconcertante grâce aux interventions apaisantes d'un Camil fin diplomate, dont aucun membre du cabinet ministériel ne soupçonnait le double jeu. Ce changement perpétuel d'opinion par un alignement systématique sur les avis du député fit que membres du gouvernement, parlementaires et médias participèrent plus ou moins volontairement au dénigrement et à la mise à l'écart du détenteur officiel du poste ministériel, préférant se tourner vers le vrai décideur.

À l'apogée de cette trajectoire, l'ancien policier se posait peu de questions. Rien ne pouvait modérer ses appétits et ses ambitions politiques. Les avis modérateurs de ses amis de l'unité d'intervention, qu'il fréquentait régulièrement, les craintes de Flora, qui avait consenti à le revoir de manière sage et épisodique, n'entamaient jamais ses certitudes du moment. Aveuglé par les lumières embrasant sa nouvelle vie, il ne prenait plus le temps de se retourner pour contempler l'envers du décor. À cet instant précis de son existence, il avait oublié le sens de son engagement et la promesse qu'il s'était faite dans l'encadrement de la fenêtre de son ancien bureau de perpétuer le combat qu'il avait toujours porté.

La destinée, semblant elle-même impressionnée par l'ascension remarquable de cet élément de valeur qu'elle couvait de sa bienveillance depuis sa sortie de l'école de police, décida, au milieu de l'année 2019, d'interférer dans une situation qui semblait marquer le pas. Berth fut le messager du hasard. L'ancien policier d'élite n'avait pas supporté le départ de son patron et avait obtenu, sans grande difficulté compte tenu de ses états de service, une mutation au service de renseignement de la capitale régionale, fief politique de l'actuel ministre de l'Intérieur. Comme la plupart de ses collègues policiers, il n'avait pas digéré la nomination d'un politique pur à la tête d'un ministère qu'il estimait revenir de droit à son ex-chef. Imprégné de cette certitude, il prit contact avec Gaby pour lui délivrer une information de la plus haute importance. Les renseignements étaient couchés par procès-verbaux dans une procédure judiciaire impliquant le ministre de l'Intérieur pour une affaire de pseudo-abus de biens sociaux datant d'avant sa nomination au gouvernement. Les pratiques de financement occulte, qui restaient encore à démontrer, étaient assez courantes lors des décennies précédentes mais insupportaient désormais l'opinion publique autant que les magistrats et faisaient l'objet de dénonciations de presse ravageuses.

À la lecture des photocopies fournies sous le manteau par son ancien chauffeur, Gaby pressentait une affaire d'un intérêt banal, mal ficelée sur le plan juridique et pénal. L'un de ces dossiers, dont l'épaisseur du papier demeurait inversement proportionnelle à celle des preuves produites, connaîtrait un sort oscillant, au gré de l'intime conviction du procureur de la République, entre un classement sans suite immédiat et une demande d'enquête supplémentaire par un juge d'instruction. L'ancien policier voulut confronter son avis avec celui d'un spécialiste. Quelques jours plus tard, il était attablé au Bourbon en compagnie de Roman et Camil. Le jeune conseiller était dans un état d'excitation extrême. Il avait pris connaissance des renseignements fournis par Berth et y voyait l'opportunité de déstabiliser son patron et de propulser Gaby à la tête du ministère. Roman prit un long moment pour lire l'ensemble du dossier. À plusieurs reprises, il opéra des retours en arrière pour s'imprégner de tous les détails. Ses moues appuyées et ses expressions dubitatives ne laissèrent que peu de doute sur son analyse de l'affaire.

— Il n'y a pas grand-chose dans cette procédure. Rien n'est établi réellement ou étayé par des éléments probants. C'est creux, finit-il par dire, au grand désespoir de Camil, qui ne put cacher sa déception.

— Vous êtes sûr de ça ? Tout ce gros dossier pour rien, ça n'est pas bien logique !

Roman se redressa sur son siège. Sa chevelure rouge coupée en brosse domina tout d'un coup son interlocuteur, qui regretta sa dernière phrase. Il fixa son vis-à-vis de ses yeux perçants et répliqua de manière cinglante :

— Vous êtes sans doute un spécialiste de la procédure pénale. À quand remontent vos études en ce domaine, Monsieur ? Monsieur comment déjà ?

Gaby, hilare, répondit :

— C'est Camil. Désolé, je ne vous ai pas présentés, mais j'ai pensé que tu le connaissais. C'est le jeune qui était au théâtre. Les journaux en ont parlé, tu te souviens ? Il est conseiller du ministre et on travaille ensemble.

— Ah, parfait ! Désolé de vous avoir brusqué, Camil, mais éclairez-moi sur un point : vous semblez déçu que cette procédure soit bancale. Vous devriez au contraire en être ravi, c'est plutôt une bonne nouvelle pour votre patron, non ?

— Je ne le considère pas vraiment comme mon patron. Je pense, comme vous sans doute, qu'il n'est pas à la hauteur et que Gaby serait un bien meilleur ministre… Avec ces renseignements, nous avions une opportunité en or de l'éloigner, mais vous dites que c'est foutu.

— Ce n'est pas exactement ce que j'ai dit. Je vous ai juste donné mon avis sur le contenu de cette enquête. Selon mon analyse, il y a beaucoup d'accusations et peu de preuves. Par conséquent, le procureur devrait abandonner les poursuites. Il a quand même la possibilité de demander un complément d'enquête en passant l'affaire à un juge d'instruction. Il y a donc deux possibilités.

Camil reprit subitement des couleurs :

— Vous voulez dire que l'enquête pourrait être poursuivie à un autre niveau, même s'il n'y a pas beaucoup d'éléments à ce stade ?

— Cette affaire est éminemment politique. Pour l'instant, elle n'a pas été ébruitée, mais si les médias s'en emparent, aucun magistrat ne prendra le risque de la classer sans suite et une information judiciaire sera probablement ouverte. Votre ministre sera dans une posture délicate le temps de cette nouvelle enquête. Vous savez, certains journalistes et magistrats se voient en justiciers, et les hommes et femmes de pouvoir sont leurs cibles privilégiées. Cela pose peu de problèmes quand il y a des comportements de voyou avérés, mais les réputations et les dignités peuvent être à jamais détruites par des soupçons injustifiés. Cette affaire n'est encore connue de personne, c'est une chance pour le ministre. Encore faut-il que les choses demeurent en l'état.

— Tu as raison, Roman, interrompit Gaby, mais tu sais comme moi que ce ministère est une maison de verre et que rien n'y reste secret très longtemps. Il n'y a pas un flic, un gendarme, un membre de cabinet ou de préfecture qui n'ait des contacts avec des journalistes.

Je souhaite que tout ça demeure confidentiel, mais j'en doute…

Absorbé dans ses pensées, il libéra son médaillon et commença à le triturer.

— J'ai le même, s'enthousiasma Camil, ôtant une chaînette autour de son cou et la déposant sur le bureau. Je l'ai achetée à l'association de votre ancienne unité.

Gaby ramassa le bijou et le fit rouler entre ses doigts, en palpant la tranche en toute discrétion. Il fut rassuré de n'y sentir aucune aspérité ni aucun signe de reconnaissance, puis il le passa à Roman, qui procéda à son tour à la même vérification. Lacar n'avait pas menti sur la discrète personnalisation de leurs médailles.

— Quand j'ai acheté ce souvenir, vos anciens collègues m'ont demandé pourquoi vous n'étiez pas ministre. Je les ai rassurés en leur affirmant que ça viendrait. Nous tenons là une occasion unique. Je vous laisse réfléchir, il faut que j'y aille.

— Nous verrons bien. Moi aussi, je dois y aller.

Sur ces mots, Gaby embrassa son ami et se dirigea vers l'Assemblée nationale en compagnie de Camil. Roman demeura seul, songeur. Il nourrissait un sentiment mitigé quant à l'attitude de son ancien patron, dont l'ambition nouvelle transpirait par tous les pores de sa peau. Il ne lui reprochait pas cette ambition légitime mais craignait qu'il se perdît dans des compagnonnages hasardeux et qu'il adoptât des comportements indignes de sa réputation.

*

De retour à son bureau, un réduit de moins de dix mètres carrés dans les sous-pentes du palais Bourbon, Gaby se lova dans son fauteuil, l'air songeur. Avant de prendre congé, Camil, visiblement très agité, avait tenté de le convaincre de saisir une opportunité qui ne demandait qu'un petit coup de pouce de sa part pour éclater au grand jour et remodeler la destinée de son mentor. L'intention profonde du député l'inclinait à révéler l'information et ainsi à précipiter la chute du détenteur d'un poste qu'il convoitait. Il s'arrangerait avec sa conscience en se persuadant, en toute mauvaise foi, qu'en l'absence de délit avéré l'intention valait faute, et que le comportement valait abus. Mais la faiblesse théorique de ce compromis troublait encore son jugement. L'ancien policier tenta de se projeter dans un avenir hypothétique, mais chaque scénario que son esprit bâtissait vacillait sous le poids de sa forfaiture. Tourmenté par ses pensées, il décida de s'en remettre à un avis qui lui était cher.

Flora se libéra d'un rendez-vous professionnel, pourtant fixé de longue date, pour déjeuner avec lui. Elle ne se décidait ni à une rupture franche, préambule indispensable à toute nouvelle aventure, ni à un retour à la vie commune. Elle attendait des signes de rédemption qui n'apparaissaient que trop rarement et de manière fugace. Prisonnier de son orgueil, l'esprit tourné vers le mirage d'un avenir prometteur, Gaby la trimbalait de désillusions en faux espoirs. Elle le savait, mais elle vint quand même au rendez-vous, maudissant une fois encore cette flamme incontrôlable qui consumait sa volonté. Il lui fit part des éléments incriminant le ministre et de ses propres hésitations sur la conduite à tenir. Tandis qu'il devisait, elle fut surprise par son regard brillant autant que par le débit rapide et déterminé de sa voix. Elle sut instantanément que sa décision était déjà prise et qu'il ne recherchait que son approbation. Le désarroi la terrassa, et elle se contint pour s'exprimer sans émotion apparente :

— Gaby, tu ne vas pas dénoncer cet homme, ce serait indigne. Tu dis toi-même qu'il n'y a pas de preuves…

— Même s'il n'y a pas de preuves, pour l'instant, cette manière de faire est insupportable. On ne peut plus admettre ça et le laisser impuni !

— Peut-être, mais qui es-tu, toi, pour agir de la sorte ? Cela ne ressemble pas au Gaby que j'aime et que j'ai toujours admiré. Ne fais pas ça, je t'en prie, ne perds pas ta dignité.

N'y tenant plus, Flora repoussa son assiette, qu'elle avait à peine touchée, et se leva.

— Où vas-tu ? s'inquiéta Gaby, on vient à peine de commencer notre déjeuner. Reste, je t'en prie.

— Non, je ne peux pas. Je ne te reconnais plus, Gaby. Ressaisis-toi, prends la bonne décision, ne rajoute pas cette indignité à tout le reste.

Gaby retourna à son bureau après une fin de repas solitaire. L'attitude courroucée de son ex-compagne avait résonné comme un défi et contribué, étrange paradoxe, à chasser ses derniers doutes. Il appela Berth et lui demanda de distiller en toute discrétion quelques informations de nature à attirer la curiosité de chroniqueurs identifiés au préalable pour leur goût des affaires à grand spectacle.

13.

Au cœur de la traque

Roman, Paris, 2016

Au début de l'année 2016, Roman rejoignit sa nouvelle affectation et prit le commandement de la direction antiterroriste de la police judiciaire. Il devenait patron à son tour, chef de l'antiterro, l'un des commandements les plus prestigieux de la police nationale. Ses nouveaux collègues et collaborateurs ne cachaient pas leur fierté d'avoir désormais à leur tête l'un des anciens éléments de la prestigieuse unité d'intervention. Cette caractéristique, ajoutée à la carrure hors norme de leur nouveau leader, contribua au respect immédiat de chacun. Pour l'occasion, tous ses anciens collègues vinrent assister à la cérémonie d'intronisation, présidée par un ministre de l'Intérieur en verve et exceptionnellement élogieux. Gaby, qui souhaitait déjà quitter l'institution, s'était défait de sa rancœur et participait sans arrière-pensée à ce moment de fête qui se prolongea, comme il se doit, jusqu'au petit matin.

Dans les semaines qui suivirent, Roman se plongea dans les enquêtes en cours et accorda une attention particulière aux attentats sur lesquels il était intervenu lors de l'année écoulée. Il s'imprégna du détail des épais dossiers des attaques de l'épicerie kasher et du théâtre parisien. Au fur et à mesure qu'il progressait dans la lecture des nombreux feuillets numérotés, cotés et paraphés, il découvrait un envers du décor qu'il aurait eu du mal à imaginer quelques mois plus tôt. Les enquêtes révélaient des plans astucieux et des logiques criminelles froides, préparés en amont, dont il ne soupçonnait jusqu'alors pas la finesse de construction. Cette intelligence mise au service d'actes atroces contribua à renforcer sa détermination à aller au fond des choses et à éradiquer cette monstruosité en s'attaquant à ses racines. L'expérience acquise lors de ses confrontations avec les terroristes lui avait donné le pouvoir de pressentir avant les autres la survenue d'aléas. C'est en s'appuyant sur cette faculté qu'il s'absorba dans les procédures judiciaires, reflet du professionnalisme et de la patience d'une cinquantaine d'enquêteurs unis dans une recherche méticuleuse de la vérité.

Pour la énième fois, il étala sur la table de réunion de son bureau la trentaine de photographies des protagonistes des deux attentats majeurs qui accaparaient son esprit. Les témoins et pseudo-complices en haut, les terroristes, tous décédés, en bas, ceux de l'épicerie à droite, ceux du théâtre à gauche, laissant sur le côté les trop nombreuses images des victimes. À la manière d'un joueur de bonneteau, il changea les clichés de place, se familiarisant ainsi avec les visages. Il interrompit ce long exercice quand il fut en capacité de reconnaître chacun, de mettre un nom sur chaque visage et, pour certains, de retracer les liens qui les unissaient. Dans ce « jeu » à part, plusieurs cartes maîtresses réapparaissaient comme autant d'atouts majeurs. Deux des terroristes partis en fumée dans l'attentat du théâtre accrochèrent son regard. Il ressentait, en fixant leur portrait, la détermination de ces illuminés. Les fiches de renseignement confirmèrent cette perception intuitive. Adrien, alias Sabri al-Faransi, était connu de plusieurs services de renseignement européens, mais aussi de pays du Proche et du Moyen-Orient, comme recruteur et pourvoyeur de combattants de l'extrême. De retour en France peu après l'attaque de l'épicerie kasher, il s'était radicalisé et avait converti une bande de trafiquants de stupéfiants de la banlieue parisienne. Son bras droit, un dénommé Alouine, Franco-Camerounais, l'avait suivi dans son djihad. Le jour du massacre du théâtre, il fut le premier à tomber, tué par l'explosion de son gilet piégé.

Ces deux-là venaient du même endroit, la cité du Luzard, à Noisiel. Le troisième kamikaze n'était toujours pas identifié ; son ADN, prélevé sur des fragments de son corps, ne *matchait* dans aucun des fichiers spécialisés, les recherches se poursuivaient. Les corps des deux terroristes de l'épicerie kasher, bien que truffés de projectiles, avaient été retrouvés en meilleur état que ceux de leurs compères kamikazes. L'identification se fit d'autant plus aisément qu'ils étaient déjà connus pour des faits criminels, et grâce à la mention de leur radicalisation par les services de renseignement. Une lecture rapide de leurs fiches signalétiques valida la première impression que Roman avait eue en observant leur portrait : des petits truands sans envergure réfugiés dans des croyances extrêmes, qui trompaient ainsi leur existence insignifiante, gâchis de vie dérisoire et de mort sans honneur. L'enquête avait prouvé avec certitude un point commun entre les deux attaques majeures : tous les protagonistes venaient du même quartier de l'Est parisien, où ils se livraient à des activités liées au trafic de stupéfiants.

Les policiers de l'antiterro n'avaient pas ignoré ces rapprochements. Très tôt, ils avaient procédé aux enquêtes de proximité dans la cité, interrogé voisins et commerçants, perquisitionné les domiciles, caves et garages des familles et des proches des assassins. Quand l'écume fut retombée et que les eaux redevinrent calmes, ils poursuivirent leurs recherches en toute discrétion, en multipliant les écoutes téléphoniques, les surveillances et les filatures, en exploitant le contenu des téléphones et des ordinateurs saisis, tentant de relier les protagonistes entre eux à l'aide d'Anacrim, un logiciel expert d'analyse criminelle. Jusqu'à présent, les résultats n'étaient pas à la hauteur de leurs espérances et tout semblait les orienter vers l'hypothèse d'une action autonome limitée au périmètre de la bande du Luzard, en dépit des revendications de l'organisation terroriste internationale État islamique depuis le Moyen-Orient.

Les investigations marquaient le pas, mais les dossiers n'étaient pas clos pour autant. Des affaires de ce type étaient en général résolues après plusieurs années de labeur et de recherches, une fois toutes les pistes explorées, toutes les portes fermées, selon une expression volontiers usitée dans la police et la magistrature.

« C'est loin d'être terminé, le temps joue pour nous, pensa Roman. Ce qu'il nous faut, c'est un regard neuf. » Joignant le geste à la pensée, il mélangea de nouveau les clichés et les disposa encore une fois sur la table sans ordre précis. Dans ce méli-mélo de visages, son attention fut alors attirée par le portrait d'une belle jeune femme au sourire radieux, et il s'étonna de ne pas l'avoir remarquée plus tôt. Cette apparition contrastait avec les mines patibulaires de la galerie de portrait du petit musée des horreurs. La luminosité du visage captiva le policier ; il ne pouvait détacher son regard des grands yeux bruns qui semblaient le fixer avec une infinie douceur. Ce sublime envoûtement enchanta son âme de flic et adoucit l'espace d'un instant la tristesse du contexte. Sur les épreuves des services de l'identité judiciaire, Tyna apparaissait à visage découvert, mais sur d'autres photographies, ses cheveux et le bas de son visage étaient couverts d'un foulard et d'un voile.

Un cliché saisi lors d'une perquisition à son domicile la représentait sur la voie publique au côté d'Alouine, revêtue d'une tenue intégrale cachant toutes les parties de son corps, et il eût été impossible de l'identifier sans la légende en bas du document. Le regard incrédule de Roman circulait du sourire magnétique de la belle à la dégaine momifiée de cette jeune femme privée de tous les symboles de sa féminité.

Il se plongea dans la retranscription de ses interrogatoires, ceux qui furent recueillis durant sa période de mise en garde à vue, peu après le massacre du théâtre, et ceux qui eurent lieu plus tard, lors de ses convocations multiples destinées à confirmer ou à infirmer des éléments de procédure. Plusieurs détails d'importance contribuèrent à rassurer le nouveau chef de l'antiterro tout en renforçant son intérêt pour la personnalité de ce témoin si particulier. Il prit connaissance de sa liaison avec Alouine, et découvrit à la lecture des procès-verbaux la dégradation de leur relation et l'irruption de la violence dans les derniers temps de leur vie de couple. La jeune femme avait découvert, par médias interposés, la barbarie de son concubin. La culpabilité de n'avoir pas su anticiper ses actes et dénoncer son comportement, doublée de la délivrance à l'annonce de sa mort, poussa Tyna à coopérer librement avec les policiers. Cette attitude positive, son absence d'antécédents judiciaires, son approche éclairée de la religion, le retour à son libre arbitre attesté lors du suivi des services de renseignement, sa situation avérée de chef d'entreprises florissantes, la reprise en main de son élégance furent autant de signes apaisants pour les enquêteurs et les juges.

Elle passa du statut de suspecte à celui de témoin. Cette évolution du dossier était de nature à satisfaire Roman, mais cette belle unanimité troublait son flair, le seul de ses organes à ne pas être tombé sous le charme. Il décida de prendre un premier contact, informel, dans un endroit neutre, pour ne pas effrayer l'intéressée et ne pas vexer ses nouveaux collaborateurs par une initiative pouvant leur faire penser à une espèce de contrôle a posteriori du travail déjà fait. Le moteur essentiel de son action résidait dans son intuition ; il ne pouvait décemment commencer sa démarche sans quelques éléments d'ambiance. Un premier contact avec le chef du service des renseignements du district de Noisiel lui permit de compléter sa vision des lieux fréquentés par les acteurs des tueries. Traumatisé par les attentats et soumis à la pression de l'enquête, le quartier du Luzard s'était pacifié. Les membres du gang des vendeurs de drogue encore vivants s'étaient dispersés sous la contrainte de patrouilles de police désormais plus présentes et d'une population ulcérée par la réputation imméritée de leur cité.

Roman déambula dans le secteur, discuta avec des commerçants, échangea avec des habitants, jeunes et moins jeunes. Le contact fut facilité par un éducateur local qui accompagna le policier tout au long de son périple. Installé sur place depuis longtemps, il connaissait tout et tout le monde. Il entraîna son invité sur les lieux où se déroulait naguère le deal de rue, lui détailla les modes opératoires et lui narra la rapide dérive de l'équipe vers une radicalisation inquiétante, décrivant chacun des acteurs de cette pathétique aventure. C'est au cours de cette présentation détaillée que Roman apprit l'existence de Wahid, personnage nouveau, inconnu des enquêteurs, d'une discrétion telle qu'il fut difficile à l'interlocuteur du policier de préciser son rôle exact. Demeurant autrefois dans la cité, il avait disparu depuis l'été 2015. Profitant de la faconde de son guide, Roman orienta la conversation sur Tyna. À la lumière des précisions apportées, elle apparut comme une victime malmenée par Alouine, avec qui elle avait eu la mauvaise idée de s'acoquiner. Le policier apprécia cette réponse apaisante et nota, à la chaleur de la réplique, que la jeune femme ne laissait personne indifférent. Il en eut la preuve singulière quand son vis-à-vis, décidément bien informé, précisa le lien d'amitié qu'elle avait entretenu avec Wahid.

Quelques jours plus tard, le responsable du renseignement de Noisiel conseilla à Roman de prendre contact avec l'un de ses anciens officiers, désormais à la retraite, connaissant parfaitement le secteur du Luzard pour l'avoir arpenté durant vingt-cinq ans. Comme à son habitude, le patron de l'antiterro organisa un rendez-vous extérieur à son service, dans un café parisien, où le retraité avait ses habitudes. L'entrée en matière fut sympathique, l'ancien flic semblait heureux d'échapper à son quotidien invariablement morose et de reprendre du service l'instant d'une conversation. Il n'apporta que peu d'éléments nouveaux sur la bande de la cité mais se montra intéressant quand il fut interrogé sur Wahid. Et pour cause :

— C'est moi qui avais été chargé du suivi de sa famille nouvellement arrivée en France, dans le courant de l'année 1993. Wahid et sa maman étaient hébergés par leur belle-famille. À leur installation, une surveillance discrète avait été organisée, car le père du bébé était un terroriste du GIA sévissant en Algérie. Cette mise en attention a duré un peu plus de dix ans, jusqu'à la neutralisation de l'individu par les services spécialisés algériens. Durant cette période, cette famille n'a jamais posé le moindre problème, à tel point que je suis intervenu auprès de la préfecture pour soutenir son dossier de naturalisation. Nous entretenions à l'époque des liens étroits et amicaux.

— Wahid était comment ? demanda Roman.

— C'était un préadolescent tourmenté, bien pris en main par le beau-frère. Malheureusement, celui-ci est décédé trop tôt et le petit a manqué assez rapidement d'une autorité masculine. La tante et la mère ont essayé de le canaliser, mais c'est difficile de grandir avec l'image d'un père terroriste. Le comportement du garçon a changé, d'humeur inconstante, quelquefois agressif, quelquefois adorable. Je me suis souvent demandé si cette instabilité n'était pas due à des problèmes psy. Il a fini par se réfugier dans une pratique religieuse stricte. Mais il était très intelligent et brillant dans ses études. Mi-2015, il a disparu, d'un coup. Le bruit courait qu'il était reparti dans sa famille de l'autre côté de la Méditerranée. Milla a tenté d'avoir de ses nouvelles, mais je ne sais pas si elle y est parvenue. J'ai raccroché à cette époque.

— Milla ?

— La maman.

— Celle avec qui vous aviez des liens étroits et amicaux ? plaisanta Roman.

— Exactement, je suis tombé amoureux d'une femme que je devais surveiller. J'ai mélangé vie professionnelle et sentiments, c'était intenable comme situation.

Pensant à Tyna, Roman se sentit oppressé.

— Mais nous avons vécu des moments de bonheur infini, ajouta l'ancien policier.

Roman se détendit tout à coup. Il enchaîna :

— Milla et sa belle-sœur habitent toujours sur place ?

— Oui, nous avons gardé le contact.

— Dans ce cas, j'ai besoin d'une faveur.

L'ancien policier du renseignement, comme il s'y était engagé, avait répondu du mieux possible à la demande de Roman. Il avait organisé une rencontre avec Zelda et Milla, à leur domicile, au cœur du Luzard.

Pour l'occasion, les deux femmes avaient mis les petits plats dans les grands et disposé autour de la théière un assortiment complet de pâtisseries orientales. Elles semblaient impressionnées et un peu craintives à l'égard du chef de l'antiterrorisme mais se montrèrent avenantes et coopératives. Après les civilités d'usage, la discussion s'orienta sur la participation des jeunes de la cité aux deux attentats. Milla n'eut aucune difficulté à reconnaître que Wahid, son fils, avait entretenu des rapports de camaraderie avec certains d'entre eux, et plus particulièrement avec Alouine, et ajouta qu'elle avait veillé, avec l'aide de sa belle-sœur, à maintenir son enfant hors de l'influence néfaste de cette bande. Elle affichait une grande fierté à détailler tous ses diplômes universitaires, qui représentaient pour elle autant de certificats de moralité. Elle répondit sans détour au policier à l'évocation de la rigueur religieuse de Wahid, estimant qu'il s'agissait d'un refuge salutaire, nécessaire après plusieurs épreuves de la vie, mais qu'en aucun cas son enfant n'avait endossé les postures les plus extrêmes de son djihadiste de père.

Le rappel du départ inexpliqué du jeune homme fut douloureux. La maman confirma que depuis la fin juin 2015 elle ne l'avait plus revu. Roman sentit que la soudaineté de cet événement avait marqué du sceau de l'incompréhension les deux belles-sœurs, et que la crainte d'une disparition violente et définitive hantait leur esprit. Cette sensation relativisait les certitudes exprimées par Milla quant à l'attitude honorable de son fils dans la conduite de ses relations amicales, et l'aspect anodin de son engagement religieux. Pour alléger une ambiance qui s'alourdissait et se donner bonne contenance, le policier piocha dans le plateau de confiseries et engloutit makrouds et cornes de gazelle en exprimant ostensiblement son plaisir, à la grande satisfaction de ses hôtesses. En fin diplomate, Roman poussa son avantage en combinant remerciements sur la qualité de l'accueil et compliments sur les sucreries, ce qui eut pour effet de séduire des interlocutrices qui n'eurent ni le courage ni la volonté de lui refuser une visite de la chambre de Wahid. Une demi-heure plus tard, il ressortit de l'appartement avec une photo du jeune disparu dans la poche et son ordinateur portable sous le bras. Le Mac était stocké en l'état depuis son départ sur le bureau d'une chambre devenue un mausolée. Les maîtresses de maison ne virent aucun inconvénient à cet emprunt temporaire pour nécessité d'enquête. L'attitude volontaire et déterminée de ce colosse aux cheveux de feu ravivait leur espoir d'une explication future sur la disparition brutale de leur enfant et neveu.

Roman partagea l'ensemble des nouvelles informations recueillies avec les enquêteurs de son service. Il avait pris mille précautions oratoires pour ne pas heurter leur susceptibilité, justifiant comme il put l'efficacité d'un regard nouveau pour exploiter des détails dont l'évidence s'estompait au fil du temps. L'intérêt de ces nouvelles pistes et l'humilité du chef emportèrent l'adhésion du groupe. Déstabilisé par ses propres découvertes, Roman ressentit la nécessité de retarder sa prise de contact avec Tyna. Il éprouva le besoin de mieux connaître son sujet et de préparer cette future rencontre dans les moindres détails. À cette fin, il chargea une équipe de procéder à une surveillance discrète de la jeune femme. Quelques semaines plus tard, le dossier de Tyna et les clichés provenant de l'ordinateur de Wahid recouvrirent sa table de réunion. Au centre de celle-ci trônait une photographie de feu Sabri, le terroriste parti en fumée dans le théâtre parisien, bras dessus bras dessous avec un Wahid hilare. À l'arrière-plan, une patrouille de militaires en armes jetait un regard suspicieux sur les deux individus. Sur le même cliché, un tableau numérique détaillait les arrivées et les départs des vols de l'aéroport de Roissy, indiquant la date et l'heure précise de ce jour du mois de janvier 2015.

Le jeune disparu de la cité du Luzard était donc en relation avec les terroristes. Il restait maintenant à déterminer son niveau d'implication. Roman, à l'unisson avec ses hommes, était troublé par le comportement de ce nouveau suspect. Sa disparition antérieure à l'attentat du théâtre plaidait pour une entrée en clandestinité avant un passage à l'acte décisif. Cette attitude avait déjà été observée dans le cas d'autres candidats au djihad. Son arrivée en Algérie à la fin juin 2015 avait été attestée par les services de renseignement locaux, mais sa trace avait été définitivement perdue à la fin du mois d'août. Les relevés d'ADN isolés sur le clavier de l'ordinateur portable n'avaient pu être rapprochés de ceux du kamikaze non identifié, dont le dossier signalétique, mal classifié, avait été égaré parmi les fichiers des nombreuses victimes. Les recherches entreprises pour le retrouver demanderaient du temps et de la patience de la part d'un Roman contrarié et à bout de nerfs.

Le dossier de surveillance concernant Tyna, agrémenté de quelques photographies de qualité inégale, n'apporta que peu d'informations. La jeune femme se déplaçait beaucoup en région parisienne pour visiter ses magasins. Tous ses salariés firent l'objet, en vain, d'une interrogation aux fichiers de la police judiciaire. Les clichés ne dévoilèrent aucune mine sinistre ou inquiétante, essentiellement des employés et quelques relations amicales, peu nombreuses. Roman patienta jusqu'à l'aube de l'année 2017 pour établir le contact. En policier compétent, mais suspicieux, il avait ordonné d'autres surveillances aléatoires, toutes aussi inutiles. Il avait même procédé en solitaire à plusieurs filatures qui, à défaut de fournir des éléments probants, lui permirent de se familiariser à distance avec l'environnement de celle qui était devenue sa cible préférée. Versé dans l'habitude, le policier ne s'étonnait pas de son propre comportement. L'excuse d'une enquête en cours lui suffisait à légitimer une vigilance malsaine qu'aucune apparence suspecte ne justifiait. La nécessité d'avancer dans ce dossier, doublée d'une envie impérieuse d'entrer en relation avec la jeune femme, stoppa cette fuite en avant, et il passa enfin à l'acte.

Il se présenta alors qu'elle visitait l'une de ses boutiques dans un centre commercial de la banlieue de Paris. Plutôt que d'exhiber son insigne de police, il eut la délicatesse de tendre à la jeune femme une carte de visite qui ne dissimulait rien de sa qualité de policier. Cette première prise de contact se poursuivit à la terrasse d'un café voisin et permit aux deux interlocuteurs de refaire un point général sur le passé de Tyna et sur sa vie actuelle. La longueur inhabituelle de la conversation témoignait de l'intérêt que chacun accordait au récit de l'autre. Roman, séduit pour de bon, mit fin à regret à l'entretien en n'omettant pas d'insister sur l'utilité de futurs échanges informels. Il fut enchanté de la réponse enthousiaste de Tyna. Les rencontres suivantes s'échelonnèrent selon un calendrier élaboré avec soin par le policier. Suivant une méthode éprouvée dans le milieu judiciaire, Roman orienta les débats du général vers le particulier, et du futile vers l'essentiel. Il s'intéressa d'abord à l'histoire de la jeune Berbère, chronique d'une vie livrée sans retenue et sans malice, dans laquelle il ne décela aucun angle mort suspect. L'intégration de Tyna dans la bande du Luzard se fit dans un mouvement naturel de regroupement de copains habitant le même quartier.

Fut ensuite abordé le sujet délicat du commerce de stupéfiants, la rencontre amoureuse avec Alouine et son rôle dans le blanchiment de l'argent sale. Elle ne cacha rien à Roman de ses errances passées, qui pesaient sur sa conscience. Elle décrivit avec la même sincérité l'évolution de son entourage vers un rigorisme religieux qu'elle ne partageait pas, mais dont elle ne put se libérer, devenant elle-même la victime d'un compagnon de plus en plus violent et exigeant à son égard. Ces rencontres se poursuivirent de longs mois. Leur relation était agréable et aucun des deux ne souhaitait rompre le rythme de ces rendez-vous réguliers, qui se terminaient souvent par des discussions plus personnelles, entre deux personnes qui n'osaient s'avouer leur attirance mutuelle.

Vint alors l'instant du doute, au détour de mauvaises réponses et d'hésitations coupables. La complicité d'Alouine dans l'attaque de l'épicerie kasher était avérée, lui qui habitait avec sa concubine à proximité immédiate des lieux. Roman ne croyait pas au hasard, même en l'absence de preuves. Il aurait souhaité de la part de Tyna une autre version des faits que le récit insipide couché sur les premiers procès-verbaux. Elle réitéra pourtant la fable d'origine, le regard fuyant, la respiration courte, confirmant l'innocence de son ancien compagnon, assurant ne pas connaître l'organisateur de cette odieuse tuerie. Roman ressentit sa gêne. Elle n'avait pourtant aucune raison de craindre un Alouine aujourd'hui disparu. De qui avait-elle peur ? Ou plutôt qui protégeait-elle ainsi ? Le même malaise fut perceptible à l'évocation de la personnalité de Wahid et de sa nébuleuse. Tyna reconnut, d'une voix émue, qu'elle avait nourri à l'égard du jeune homme, et jusqu'à sa disparition, une tendre amitié, modelée par la finesse d'une intelligence mystique et d'un charisme peu habituel. Cet aveu désarmant eut le don d'irriter le policier et de provoquer chez lui une sensation étrange, inconnue jusque-là. Protégé par sa cuirasse de célibataire, il n'avait jamais connu la jalousie, ce mal mystérieux, douloureuse rançon des affections profondes. Il n'apprécia guère ce trouble nouveau et détesta la réponse de la jeune fille. Il eut la sensation que quelque chose d'important lui échappait, une conjecture dont la force contrariait sa quête de vérité. Son attitude se durcit imperceptiblement et ses questions gagnèrent en vigueur. Il devait savoir, comprendre ce comportement ambigu, mais sans compromettre Tyna, du moins pour l'instant.

Pour éviter toute interférence extérieure, il décida d'agir en solo. Il surchargea un agenda déjà bien rempli par des séquences de surveillance ponctuelle. Il suivit Tyna à distance, selon une planification précise. Cette mission s'étala dans le temps, et, à chaque désir de renoncement, Roman confrontait Tyna aux mêmes questionnements et les réponses demeuraient obstinément les mêmes. Vexé et inquiet, le policier repartait de plus belle dans sa quête de vérité, la dizaine de mois écoulés en vaines recherches n'épuisant pas sa détermination. Son obstination fut enfin payante. Un vendredi de grande prière, au sortir d'une mosquée de banlieue où l'avait amené la filature de Tyna, il vola quelques photos lointaines de la jeune femme en conversation avec deux hommes aux visages dissimulés par d'imposants cache-cols. Tassé dans sa voiture, le policier épiait la scène. Quand le groupe se sépara, il suivit des yeux les deux nouveaux protagonistes. L'un d'eux s'éloigna en boitant.

*

La semaine suivante, durant le briefing de l'unité du lundi matin, le point fut fait sur les évolutions de toutes les enquêtes en cours, et, à l'évocation de l'attentat du théâtre, le chef du groupe en charge de cette affaire annonça, un sourire aux lèvres, que les prélèvements ADN du terroriste inconnu avaient été retrouvés.

— Où les as-tu retrouvés ? le coupa Roman.

— On savait qu'ils n'étaient pas perdus, on a vérifié les dossiers de toutes les victimes un par un. Ça nous a pris du temps mais on les a retrouvés.

— Ce qui nous aurait fait gagner du temps, c'est de ne pas les perdre, répliqua le chef de l'antiterro, agacé. Donc, tu vas m'annoncer que vous avez comparé cet

ADN à celui de Wahid, et que ce n'est pas lui notre troisième bombe humaine. J'ai bon ?

— Oui, patron, mais comment le savez-vous ?

— Mon petit doigt... Donc, si je résume, ce jeune Wahid, censé avoir disparu, n'est pas mort dans l'attentat et n'est impliqué dans rien... Tout ça pour ça !

Roman sentit une sourde colère le submerger. Laissant le soin à l'un de ses adjoints de terminer la réunion, il se leva brusquement et se réfugia dans son bureau. Le vendredi suivant, il se posta aux environs de la mosquée et pista Wahid le boiteux et son copain. Ce délicat travail de filature demandait discrétion et savoir-faire. Le policier préféra interrompre sa mission plusieurs fois, pour la reprendre les semaines suivantes au point d'abandon. Ce cheminement progressif lui permit de déterminer, sans prendre le risque d'être découvert, l'emplacement de l'immeuble où les deux jeunes inséparables semblaient vivre. Des surveillances complémentaires de l'habitation révélèrent les visites irrégulières de Tyna, et de brèves conversations sur le seuil du bâtiment. Malgré l'évolution de la situation, Roman maintint le contact avec la jeune femme ; il en avait besoin et espérait au fond de lui-même qu'elle avait de bonnes raisons d'agir de la sorte. Le lourd secret ne sapait pas complètement la magie des moments de rencontre où ils se sentaient de plus en plus proches. Mais le contexte n'était pas sain, et le policier supportait mal une situation inconfortable professionnellement, et ingérable personnellement, qui l'amenait à culpabiliser plus que de raison. Une explication s'imposait. Quand il lui dévoila ses informations, Tyna éclata en sanglots. La sincérité de la jeune femme le déstabilisa et il tenta, sans conviction, de minimiser la portée des événements.

— Calme-toi, s'il te plaît, tu vas éclaircir tout ça, tu dois bien avoir des explications.

— Je n'ai pas d'explication, je n'ai pas été honnête avec toi, c'est tout. Il n'y a rien à ajouter.

— Pourquoi ne m'as-tu rien dit sur Wahid, sur son retour en France ? Qui d'autre est au courant ?

— Personne n'est au courant, pas même sa mère ou sa tante. Je ne t'ai rien dit parce que c'est mon ami et qu'on ne trahit pas ses amis.

— Ça n'est qu'un ami ? interrogea Roman.

Le regard de la jeune femme se perdit au loin, comme si elle convoquait dans sa mémoire des événements douloureux. Elle parla difficilement :

— Nous avons eu une histoire intime quand il est revenu d'Algérie, mais nos relations étaient épisodiques. C'était l'époque où Alouine me surveillait de près, et il était de plus en plus violent. J'ai eu besoin de cette affection pour me sentir encore femme, et non pas un simple objet emballé dans un jilbab. Cette phase a été une erreur, mais je ne regrette rien, ça m'a permis de tenir et de résister dans ces jours de tristesse. Quand Alouine est mort, j'ai tenté de nouer des liens durables, mais je me suis aperçue que Wahid n'était plus dans cet état d'esprit, il était passé à autre chose. Tu l'as suivi, tu as vu qu'il habite avec un mec... C'est Eran, son mec. Il n'était pas amoureux de moi, je me demande s'il l'a jamais été. Il a toujours eu un comportement instable en amour, comme dans tous les autres aspects de sa vie. Je me suis contentée par la suite de son amitié...

Ces réflexions ne furent pas du goût de Roman, qui ressentit de nouveau de la défiance et du dépit. Il n'était pas certain à cet instant que la jeune femme avait bien abandonné tout espoir amoureux. Il décida cependant de ne pas approfondir cet aspect et, pour cacher son trouble, détourna l'attention sur Wahid :

— C'est un peu paradoxal de vivre avec un garçon quand on se prétend fondamentaliste ?

— C'est toute l'ambiguïté de la double personnalité et de la double vie de Wahid. D'un côté, un homme moderne ; de l'autre, un dévot rétrograde.

— Comme beaucoup, il pratique la dissimulation, la fameuse taqîya.

— Peut-être, mais je pense aussi qu'il présente quelques troubles de la personnalité, conclut-elle.

— Mais pourquoi ne pas m'avoir dit tout ça quand je t'ai posé des questions ?

— Parce que tu es un policier, et lui, il est le fils d'un terroriste, ami avec des terroristes. Il pratique une religion rigoriste, donc c'est un suspect par définition. Ne me dis pas le contraire ! Je ne voulais pas qu'il ait des ennuis à cause de moi et je tenais à respecter sa décision de vivre dans la discrétion. Il travaille maintenant, il a un bon job, il n'a jamais rien fait de mal. Je suis heureuse que tu aies découvert tout ça, car en le protégeant, lui, je t'ai trahi, toi, et je n'en pouvais plus de te mentir.

— Il travaille où ? Il fait quoi ?

— Je ne sais pas, il est discret sur sa vie en général.

Le débit, haché par des sanglots, ralentit. La tension retomba un peu, Roman se sentait rassuré, mais le plus brutal restait à venir. Il inspira à fond, prit les deux mains de la jeune fille dans les siennes. Elle le dévisagea avec inquiétude.

— Je ne crois pas que Wahid soit le gentil garçon qu'il prétend être, je pense au contraire qu'il n'hésite pas à trahir ton amitié et qu'il n'est pas digne de toi. L'une des victimes de l'attentat de l'Hyper Cacher a été tuée par une balle de pistolet automatique. Nous avons retrouvé sur place une douille qui portait les mêmes empreintes que celles que nous avons relevées sur son clavier d'ordinateur. Les points de ressemblance établis à partir des deux traces de doigt ne sont pas en nombre suffisant pour constituer une preuve, mais assez pour assurer un élément de suspicion peu discutable. Il était présent ce jour-là et a sans doute tué un otage.

Après son départ précipité de la réunion de travail, le chef de groupe l'avait poursuivi jusque dans son bureau et lui avait livré cette information capitale. Tyna cessa instantanément de pleurer, la sidération prenant la place de la culpabilité. Elle fixa son interlocuteur et comprit qu'il ne bluffait pas. Le souffle coupé, elle mit un certain temps à comprendre la signification d'une telle affirmation. Elle eut peur des mots qu'elle prononça :

— Tu veux dire qu'il était dans l'épicerie, qu'il a tué une personne et que c'est un terroriste ?

— Oui.

La jeune femme se souvint alors qu'à la mort d'Alouine les enquêteurs avaient noté la coïncidence de proximité entre son adresse et l'épicerie kasher, théâtre d'un premier attentat. Durant ses interrogatoires, elle avait confirmé sa présence et celle de son compagnon à l'intérieur de l'appartement ce jour-là. Les policiers ne l'interrogèrent pas sur Wahid, et elle garda le silence à ce sujet. En se remémorant le scénario de ce triste après-midi, elle le revit rejoindre l'appartement plusieurs minutes après le début de la fusillade. Elle en fut atterrée et ne put que se rendre à l'évidence : celui en qui elle avait placé son amour puis son amitié s'était servi d'elle pour couvrir ses atrocités. Elle partagea ses souvenirs et ses amertumes avec son protecteur, que cette franchise retrouvée contribua à rassurer. Si la confiance était en bonne voie de restauration, la situation générale demandait à être finement analysée. Roman s'y employa. Son défi consistait à neutraliser les potentielles actions d'un terroriste en liberté contre lequel il ne possédait qu'une preuve fragmentaire, une empreinte de doigt incomplète et le témoignage de la femme qu'il aimait, complice malgré elle par abus d'amitié. Il accentua la pression sur les mains de Tyna, comme pour solliciter toute son attention, plongea ses yeux dans les siens et lui fit part de ses craintes avant de lui soumettre une proposition :

— Tyna, ton témoignage est le seul élément probant contre ce type. Mais je ne crois pas que cela soit une bonne idée de révéler tout ça, pour au moins deux raisons. La première, c'est que tu serais inquiétée car tu l'as couvert par de fausses déclarations. La seconde, le seul fait qu'il se soit absenté un moment de l'appartement n'est pas suffisant pour l'impliquer dans un meurtre d'otage. Il pourrait raconter qu'il est allé prendre l'air. Il faut abandonner cette idée. Le seul moyen de l'arrêter est de trouver des preuves supplémentaires et, surtout, de rester à ses côtés au cas où il voudrait de nouveau passer à l'action.

— Tu veux que je continue de le fréquenter, pour savoir ce qu'il envisage de faire, puis t'avertir ?

— Oui, mais sans prendre de risque. Il suffit de continuer ce que tu faisais jusque-là : ouvrir les yeux et les oreilles. Si tu ne veux pas, je comprendrai, bien sûr, et je…

— Je le veux… Je te le dois, et si je peux contribuer à éviter une nouvelle horreur… Ça rachètera un peu mes erreurs passées.

— Ton action sera à la fois officielle et anonyme. Je vais t'inscrire au fichier des informateurs de la section d'assistance technique de la police judiciaire. Tu vas avoir une existence légale, et un numéro de matricule. Je serai ton officier traitant et le seul à connaître ton identité. Mais je te demande de bien y réfléchir avant d'accepter…

— C'est tout réfléchi. Tu es mon officier… quoi ?

— Traitant, ton officier traitant. Les informateurs n'ont de rapport qu'avec leur officier traitant et personne d'autre.

— Donc, je ne peux avoir des contacts qu'avec toi. Ça me va parfaitement.

Pour la première fois, d'un geste vif, Tyna approcha son visage de celui du policier et emprisonna sa bouche avec ses lèvres tandis que la figure de Roman se pigmentait d'un ensemble monochrome en parfaite harmonie avec sa chevelure de feu.

14.

« Je t'aime »

Berth se montra très efficace dans le choix de ses correspondants, qui firent bon usage de ces rumeurs fleurant bon le scandale. En moins de quinze jours, l'ensemble des quotidiens abreuvaient leurs lecteurs d'informations plus ou moins exactes, distillées et ressassées selon la technique du feuilleton maintes fois éprouvée. Le ministre de l'Intérieur fut condamné sans appel par tout ce que le pays comptait de faiseurs d'opinion et de sermonneurs, qui, pour l'occasion, mirent peu de soin à modérer leurs propos accusatoires. De tels comportements ne se concevaient plus, affirmaient-ils, le mal était profond, il convenait de l'éradiquer sans complaisance. Les tentatives de défense de l'intéressé, inaudibles sur le fond, apparurent indécentes sur la forme. Les hobereaux de la pensée exigeaient un départ tête basse en signe de soumission, le dos voûté en gage de pénitence.

Ce ne fut pas le cas. La blessure d'honneur du vieux politicien raviva son goût du combat, trop longtemps bâillonné dans le confort de batailles électorales aisément remportées. Il plaida sa cause le glaive entre les dents, la rage aux tripes, et obtint l'appui du jeune président. Il ne démissionna pas du gouvernement mais s'en mit en retrait, pour se consacrer à l'élaboration de sa défense. La gestion des affaires courantes revint à Gaby, nommé secrétaire d'État pour l'occasion. L'ancien député fut déçu ; il espérait un rang protocolaire plus élevé dans la hiérarchie gouvernementale. Camil, enchanté de ces évolutions, contribua à le rassurer : à défaut de titre, il détenait le pouvoir. Le reste viendrait en son temps. Pour les deux compères, le dernier semestre de l'année 2019 s'annonçait sous les meilleurs auspices.

La mise à l'écart volontaire du ministre eut pour effet de désamorcer l'intérêt des journalistes pour ses déboires. Ils changèrent de cible et reportèrent alors leur attention sur le nouveau patron du ministère de l'Intérieur et sur Camil, nommé officiellement directeur adjoint de cabinet en charge de la communication. En devenant chef à la place du chef, Gaby perdit la protection que lui assurait auparavant son statut d'*outsider*. Il se tenait maintenant en première ligne, le ton se durcissait, les rapports se raidissaient, l'heure n'était plus à la bienveillance. Cette crispation se ressentit d'ailleurs dans toutes ses strates relationnelles. Les parlementaires des oppositions nourrirent une critique automatique, oublieuse des amitiés et des bonnes relations passées ; certains collègues de la majorité, envieux ou dépités, distillèrent quelques sentences assassines reprises à la cantonade, tandis que les représentants des forces de sécurité s'étonnèrent que leur situation professionnelle, dégradée depuis des décennies, ne fût restaurée à l'instant par la magie de la nomination de l'un des leurs aux affaires de l'État.

L'exercice du pouvoir plaça Gaby dans un carcan de contraintes peu imaginables pour des observateurs extérieurs. Du poste où il était, il comprit combien l'énergie incessante déployée par les responsables politiques se traduisait par de maigres résultats sur le terrain. Une conjonction de forces contraires, ou d'inerties, gênait les mouvements les plus simples. Les administrations, rétives par nature au changement, freinaient toutes les avancées et continuaient de gérer le quotidien en attendant que le nouvel arrivant passât son chemin, comme l'avait fait son prédécesseur, et tous ceux avant lui. Les représentations du personnel et les syndicats prenaient leur part dans cette léthargie en captant le vent de la réforme au bénéfice unique de revendications matérielles et catégorielles, rendant vaines et inopérantes les visions d'avenir. Ces oppositions internes produisaient, tel un précipité chimique, une asthénie dangereusement évolutive dès qu'il s'agissait de s'intéresser au domaine de l'insécurité et aux manières de la combattre.

Gaby s'engagea à son tour sur ce parcours du combattant lorsqu'il présenta son premier projet de loi visant à renforcer la lutte contre l'insécurité et le fléau du terrorisme. Avant d'être discuté à l'Assemblée nationale, ce texte subit une attaque en règle dans la rue de la part d'une poignée de manifestants habitués de l'exercice, particulièrement bien relayés par les réseaux sociaux. Dans le même temps, une première cour administrative suprême exprima quelques avis de sagesse auxquels il fallut se conformer au détriment de l'efficacité de la future loi. Afin de ne pas être en reste, une commission spécialisée dans la protection des données numériques émit un certain nombre d'ultimatums qui rendirent inopérant le recours pour les forces de sécurité aux outils technologiques pourtant utilisés par le grand public. Après une navette agitée entre les deux chambres, ce qui restait du texte fut voté après discussions, amendements, suppressions, rajouts. L'accord final des députés et des sénateurs fut soumis à l'examen des juges constitutionnels, qui ne manquèrent pas d'affirmer leur contrôle sur les représentants élus et leurs collègues administratifs en détricotant un certain nombre d'articles rescapés jusque-là.

Ce chamboule-tout démocratique insupportait Gaby. Il ne comprenait pas comment, dans les décennies passées, les élus de la nation avaient pu volontairement se séparer d'autant de pouvoirs et promouvoir les compétences de juges de cours suprêmes et d'autorités indépendantes. Il lui semblait pourtant que le critère supérieur d'une démocratie résidait dans la représentativité élective. Ces abandons de souveraineté au fil du temps participaient, se disait-il, à la faiblesse d'un système empêché de toutes parts. Ce n'était pas l'avis de son conseiller en communication. Le très influent Camil n'eut de cesse de plaider pour un respect total de l'appareil juridique et de toutes les institutions qui le composaient. Il était partisan d'un effort sur le temps long, sans brusquer le système ni entrer en conflit avec les personnalités qui l'incarnaient. Il veilla à freiner les ardeurs réformatrices de son chef en les orientant vers des champs où, selon lui, elles seraient le plus efficaces, rencontreraient le moins d'opposition de la part des organisations administratives, légales et étatiques, et ne contribueraient pas à rompre les harmonies précaires de certains territoires. Son aventure personnelle au théâtre parisien ne l'inclinait pas à l'oubli ou au pardon, prétendait-il. Il ne s'opposait pas à une lutte sans merci contre les groupes religieux les plus radicaux et les plus destructeurs, mais il invitait le secrétaire d'État à respecter les équilibres obtenus dans nombre de quartiers de banlieue par un travail de terrain des associations. Il n'ignorait pas la prépondérance théologale frériste dans ce mouvement d'influence, mais à son sens l'urgence résidait dans un combat sans partage contre les salafistes, plus barbares et violents, et cette stratégie n'offrait pas le luxe de l'ouverture d'un deuxième front et d'un éparpillement des forces et des énergies.

Gaby, par nature et par instinct, ne supportait aucune expression d'extrémisme, qu'elle fût religieuse, politique ou autre. Son inclination personnelle le poussait à une opposition généralisée à ces attitudes, mais ses acquis de policier l'appelaient à ne point fragmenter son dynamisme tandis que son expérience politique l'incitait à incarner son action dans une lutte resserrée sur un objectif unique et médiatiquement profitable. Les thèses des deux responsables se rejoignirent : les méchants furent désignés, les autres ignorés, et cette convergence devint le nouveau dogme opérationnel du ministère. Le secrétaire d'État se coula avec aisance dans ses nouveaux habits, et le temps passa au milieu des ors de la République. Gaby aimait accueillir ses visiteurs en haut du grand escalier de son ministère. Depuis le perron de l'étage, l'ancien policier saluait avec condescendance ses hôtes essoufflés par cette ascension et entraînait les visiteurs vers son bureau en prenant soin d'accélérer le pas dans la salle d'attente, ornée de tous les portraits des ministres de l'Intérieur successifs, mais malheureusement dépourvue des photographies des secrétaires d'État.

Il réussit à faire oublier son morne prédécesseur, occupé à se débattre dans un maquis judiciaire s'épaississant au gré d'une procédure à rebondissements. Chaleureux et empathique, il fit taire les critiques sur son inexpérience politique et sa faible production réformatrice par des déplacements systématiques aux quatre coins du territoire, à la rencontre des forces de l'ordre et des citoyens. Aucun incident, aucun fait divers ne le laissait indifférent, et quand il était empêché de se déplacer, il compensait son absence par des commentaires postés sur les réseaux sociaux et les supports d'information en continu. La densité de son activité ne pouvait être ignorée, et sa présence contrastait avec l'atonie de ses prédécesseurs. L'opinion publique approuva l'action de ce responsable politique qui, prétendait-elle, « savait pour une fois de quoi il parlait », tandis qu'une partie du monde politique et médiatique critiquait ouvertement ses discours de matamore apportant peu de réponses de fond aux problématiques du moment. Cette divergence d'opinions dura de longs mois, durant lesquels pros et antis rivalisèrent d'arguments, s'appuyant sur une actualité riche en événements tragiques, dont les conséquences demeuraient heureusement toujours sous contrôle.

*

Au mitan de l'année 2020, toutes ces certitudes volèrent en éclats, et le pays bascula de nouveau dans la folie meurtrière de ses tourmenteurs. D'une superficie recouvrant la moitié de l'Île-de-France, le département de Seine-et-Marne accueillait sur ses routes secondaires des groupes de cyclistes de tous niveaux. Les parcours à l'ombre des forêts domaniales et le long des multiples étangs étaient appréciés de ces sportifs du week-end, au grand dam des automobilistes contraints de patienter derrière ces pelotons absorbés par leurs performances ou leurs discussions sans fin, et peu enclins à se déporter sur le côté pour leur faire de la place.

Agacés par les coups de klaxon de ces conducteurs excédés, la vingtaine de membres d'un club local se lova à la queue leu leu, dans cet exercice consistant à s'imbriquer roues contre roues sans ralentir l'allure. Le premier du peloton, assez fier d'imposer un train soutenu, prenait grand soin d'anticiper la présence de nids-de-poule creusés par les gelées tardives du mois de mai sur cette départementale 21. Venant de Crécy-la-Chapelle, via le carrefour de Villeneuve-le-Comte, les sportifs avalaient les kilomètres sur un rythme de professionnels, et le village de Pontcarré se profilait au bout d'une interminable ligne droite trouant de part en part la forêt de Ferrières. Levant le nez de son guidon, le leader avisa à une centaine de mètres un véhicule quatre-quatre noir, aux angles saillants, renforcé à l'avant d'une protection de type pare-buffle, qui circulait en sens opposé. Le gabarit et l'allure élevée du véhicule l'inquiétèrent. Il se crispa sur son guidon anticipant les turbulences à venir lors du croisement avec le quatre-quatre, et hurla pour prévenir ses amis du danger. Ses mots restèrent coincés dans sa gorge quand il vit la masse sombre se déporter d'un coup sur l'axe central de la chaussée et se précipiter vers lui. Le choc frontal le projeta à plusieurs mètres de haut, et il retomba désarticulé sur le bitume. Les autres vélos, percutés avec la même violence, s'envolèrent de droite et de gauche comme des quilles brutalement heurtées par un énorme bélier. Les collisions incrustèrent les corps dans la ferraille des cycles et beaucoup moururent dans un embrochement de douleur et d'incompréhension.

À peine freinée dans son élan, la voiture stoppa en bout de file, le moteur gronda à plusieurs reprises comme pour signifier que la colère ne retombait pas. Elle fit demi-tour, s'immobilisa quelques secondes face au carnage, puis redémarra dans un emballement qui fit crisser les pneus et hurler la mécanique. Les corps et les bicyclettes furent de nouveau broyés sous le poids des pneumatiques qui se soulevaient et retombaient lourdement au gré des creux et des bosses de cette montagne russe de chair et de métal.

Le chauffeur, le visage dissimulé sous une cagoule, les mains protégées par des gants, descendit du véhicule volé. Il ne parvenait pas à se calmer, vociférant des propos incohérents entrecoupés d'incantations religieuses. Il vida le chargeur de son pistolet en direction des corps et des témoins sortis de leurs véhicules, dont les conducteurs s'étaient prudemment arrêtés au loin. Cette transe cessa quand l'arme fut déchargée. Le terroriste posa un regard froid sur l'ensemble de la scène, célébra la grandeur de son dieu en criant une dernière fois, traversa le charnier, piétinant sans compassion les victimes et disparut dans les bois. Une centaine de mètres plus loin, il rejoignit un chemin forestier à l'orée duquel un complice l'attendait au volant d'une berline au moteur en marche. Le véhicule regagna la départementale 10 en direction de Jossigny et s'éloigna aussitôt.

L'attaque sanglante fit la une de l'actualité, reprise sans interruption par tout ce que le pays comptait de chaînes de télévision, de stations de radio et de réseaux sociaux. Les images des couvertures de survie recouvrant les corps des sportifs, les flaques de sang et les structures tordues des bicyclettes s'invitèrent à l'infini dans les foyers, y distillant la peur et la sidération. La vision du paysage provincial et forestier, d'ordinaire si reposant, et devenu un champ de bataille, amplifia l'angoisse et scella la certitude qu'aucun sanctuaire n'était en mesure de protéger le monde civilisé de cette ignominie.

La chasse à l'homme se poursuivait, mais les équipes de Roman se heurtaient à l'absence de renseignements précis, hormis une vague description d'un zombie encagoulé et vociférant. Leurs recherches piétinaient. Cette incapacité à agir vite, à identifier et à neutraliser l'agresseur, ajouta à l'hystérie ambiante, et la colère se retourna contre les forces de l'ordre et leurs responsables, incapables d'assurer la sécurité du pays et de ses citoyens. Gaby devint la cible privilégiée des médias et de l'opinion publique, sa stature de héros national étant retenue comme une circonstance aggravante. Plus que chez tout autre, on estimait que son expérience dans la lutte contre le terrorisme aurait dû protéger la nation d'un tel chaos. Les journalistes ne manquèrent pas de souligner l'indigence des mesures préventives prises sous son magistère et lui firent grief d'une inaction devenue soudain aveuglante. L'ancien policier fut maudit autant qu'il avait été adulé. La focalisation des colères sur le secrétaire d'État assura une protection inespérée aux autres responsables gouvernementaux. Les déboires du ministre de l'Intérieur quittèrent les pages des journaux et le vieux politicien reprit en urgence les commandes de son ministère, assisté d'un Camil plus courtisan que jamais. Pour son retour en grâce, retour d'autant plus aisé que son rôle dans la débâcle n'apparaissait pas au grand jour, le jeune intrigant déploya des trésors d'habileté.

Acculé de toutes parts, abandonné de tous, Gaby préféra démissionner plutôt que de subir l'affront ultime d'être remercié. Il s'éloigna de la vie publique et pendant quelque temps se détacha de tout, vivant en ermite dans la maison familiale pyrénéenne. Après quelques mois de déprime, il se reprit en main, rejoignit la région parisienne et renoua le contact avec ses amis de l'unité d'intervention. Inquiète de sa dérive, Flora réapparut dans sa vie, avec discrétion au début, puis d'une manière de plus en plus passionnée. Brisé et honteux, le guerrier lui revenait. Le destin s'était chargé de lui ôter la parure d'un pouvoir éphémère dans lequel il s'était perdu et qui l'avait rendu nu comme un ver à sa dulcinée. Sa vanité et ses ambitions démesurées l'avaient détourné du serment d'un soir de funérailles. Il avait failli, et cette tâche sur son honneur le rongeait de l'intérieur plus qu'aucun autre tourment. Il tenta de réapprendre à vivre auprès de celle qui croyait encore en lui, mais l'amour qu'ils se vouaient de nouveau ne dispensait plus le baume ensorcelant des années heureuses. Il baissa les bras.

Quand le danger surgit le 13 novembre 2020, en ce triste jour anniversaire, il décida de ne pas fuir et de ne point combattre. Flora le découvrit baignant dans son sang, allongé devant la maison au pied du banc de bois où il aimait observer les passants en sirotant un thé au miel. Malgré l'hémorragie provoquée par les coups de couteau qu'on lui avait portés à la gorge, le valeureux combattant résistait avec l'énergie du désespoir. Flora fut bientôt rejointe à l'hôpital par Lacar et Rick tandis que Servan avait réussi à s'imposer en salle d'opération. Après un détour sur les lieux de l'agression, Roman rallia à son tour le reste de la bande. Il embrassa ses copains et serra Flora dans ses bras.

— Roman, que s'est-il passé ? Pourquoi lui ? Pourquoi maintenant ? s'effondra-t-elle en pleurs.

— Gaby est une cible, comme ancien chef de l'unité d'intervention et comme ancien membre du gouvernement. Mon service est chargé de l'affaire, car il y a eu une vague revendication d'un groupuscule islamiste. Pour l'instant, on interroge le voisinage et on tente de récupérer des traces sur les lieux et sur le couteau qu'on a retrouvé dans une poubelle aux alentours. Je te jure qu'on va faire le maximum, je te le promets. En attendant, concentrons-nous sur lui. Vous avez des nouvelles ? Comment va-t-il ?

— Son état est très grave, et son pronostic vital engagé, lui confia discrètement Rick.

— Rick, l'interrompit Flora, je connais son état, ce n'est pas la peine de parler à voix basse. Arrêtons les secrets entre nous, j'en ai trop souffert pendant toutes ces années, je ne veux plus qu'on me cache des informations, je n'ai plus besoin d'être protégée…

— Excuse-moi, Flora. Le mieux, c'est d'attendre que Servan nous en dise plus quand il sortira du bloc.

Les deux hommes laissèrent Flora aux bons soins de Lacar et se dirigèrent vers la machine à café.

— Tu as des pistes ? demanda Rick.

— Rien de concret, juste un premier indice à la suite d'une rapide enquête auprès de quelques voisins, mais il faut confirmer. Je t'en parlerai bientôt, mais j'ai besoin de vérifications complémentaires, répliqua Roman, visiblement préoccupé.

— D'abord Sohan, ensuite Gaby, il faut qu'on réagisse !

La rage de Rick était palpable.

— Rick, quand j'aurai des informations plus probantes, tu seras le premier au courant, je te le jure… En attendant, la priorité, c'est d'être au côté de Flora.

Le commandant à la retraite acquiesça et s'éloigna café en main. Roman observa un instant son ami, avant de reporter son regard sur un patient en pyjama, déambulant à grand-peine, appuyé sur des béquilles. Il suivit la progression du malheureux dans ce morne couloir d'hôpital, croisant dans son inconscient cette image de claudication, à la fois pénible et ridicule, aux premières déclarations recueillies devant le domicile de Gaby. Il y associa à l'instinct une information récente, d'un témoin tardif de ce que la presse avait baptisé « l'attentat des cyclistes ». L'agresseur de la forêt de Ferrières et celui de l'ancien secrétaire d'État correspondaient au même signalement. De corpulences analogues, ils étaient au moment des faits accoutrés de la même manière, encagoulés et gantés, mais, surtout, ils avaient un autre point commun : ils boitaient. Cette dernière particularité n'était cependant pas une preuve suffisante pour arrêter Wahid et le faire condamner. Roman en était conscient et avait en tête d'autres stratégies qu'il ne pouvait partager dans l'immédiat avec ses amis, ni avec ses collègues.

Après plusieurs heures d'opération, Gaby fut plongé dans un coma profond et placé dans le service de réanimation. Servan informa Flora, vulgarisant avec beaucoup d'attention et de tendresse des termes que seuls les chirurgiens expérimentés peuvent comprendre. Quinze jours plus tard, le patient, toujours inconscient, fut transféré dans une chambre individuelle gardée en permanence par des policiers en armes. L'esprit de Gaby s'évada de cette pièce médicalisée aux murs gris et prit ses quartiers dans une immense salle baignée d'une clarté reposante. L'atmosphère ouatée et évanescente se troublait quelquefois, des personnages aux contours flous pénétraient dans ce gigantesque décor par des entrées discrètes. Il perçut dans l'encadrement de l'une d'elles un homme au sommet du pouvoir, jeune et vigoureux, et ressentit sa tristesse extrême. Puis, des nuées d'âmes viriles et aimantes flottèrent un instant ensemble, unies dans la complicité des aventures passées, troublant de leurs forces l'ambiance de recueillement de cette maison de passage. La belle dame de tendresse et de bonté s'invita, elle aussi, à plusieurs reprises.

Vinrent aussi des moments d'agitation, où tout se bousculait alentour, les claquements secs et les douleurs aiguës, les cris de haine et les hurlements de peur, sous le regard médusé de patriarches barbus tentant de concert de stopper ces folies exercées en leurs noms et qu'ils ne maîtrisaient plus. Ces aurores persistantes s'estompèrent brusquement, les visites s'espacèrent, les entrées s'obstruèrent, non sans permettre la venue d'un ultime visiteur du crépuscule. L'isard s'approcha ; son souffle profond et son regard lumineux invitèrent son ami au départ. Gaby, rassuré par la chaleur de cette présence, retrouva la paix en l'espace d'un instant. Les plus beaux moments de sa vie défilèrent dans la profondeur brune des yeux de l'animal. Tous ses amis l'entouraient, de nombreux visages anonymes mais reconnaissants le remerciaient, il serra la main de son amour de toujours, murmura une parole et franchit le seuil. Flora interpréta son ultime souffle vital en une simple mais sublime déclaration finale : « Je t'aime », entendit-elle en même temps qu'elle sentit la main de son amoureux se crisper. Son visage détendu et son sourire franc lui confirmèrent que, pour la première fois depuis longtemps, il s'endormait en paix au terme d'un mois de lutte. Elle s'en réjouit sincèrement, puis s'écroula en pleurs.

15.

Les paradis des hommes en noir

La mort de Gaby eut pour effet immédiat de lui rendre sa grandeur perdue dans le dédale des ambitions politiques. Son agression sanglante et son agonie furent ressenties par le pays comme une nouvelle et profonde meurtrissure. Tout contribuait à alimenter la psychose généralisée, la mise au sol du héros, l'impunité d'un assassin en fuite, l'attaque des valeurs de la démocratie par des fous se réclamant d'une religion, le maigre résultat des enquêtes sur le précédent attentat. Le peuple grondait ; il devenait nécessaire de canaliser les énergies et de réaffirmer l'unité de la nation. C'est dans ce but que fut décidée l'organisation d'obsèques officielles.

Un grand nombre de personnalités et d'anonymes vinrent se recueillir sur un cercueil veillé nuit et jour par des policiers en grand uniforme. Lors de cette période sacrée, les critiques se turent, les journalistes eux-mêmes se montrèrent attentifs à ne point briser cette ferveur collective un temps retrouvée. Au siège de l'unité d'intervention, Lacar s'activait. Il avait été chargé de la préparation de la cérémonie. Pour l'occasion et bien qu'il ne fût plus en activité, Rick lui prêta main-forte et programma, la veille, la prise en compte des invités et leur positionnement par ordre protocolaire. Servan errait de l'un à l'autre, sans parvenir à s'investir dans une quelconque tâche, complètement décontenancé par la disparition brutale de son ancien mentor. En tant que médecin, il eut le triste privilège de faciliter la récupération du corps après une autopsie de pure forme, et d'aider Flora à apprêter et à veiller le défunt. Chacun des préparatifs fit l'objet d'une attention qui, en d'autres circonstances, aurait semblé exagérément pointilleuse, mais la personnalité et le charisme de la victime ne souffraient pas d'autre choix. Un drame éclata quand Flora s'aperçut que la gorge torturée de Gaby n'était plus décorée de son médaillon fétiche. N'y ayant pas prêté attention auparavant, elle le rechercha en vain parmi les objets restitués lors de la sortie de l'hôpital. Son affliction fut telle que le dévoué Servan dut se renseigner auprès de l'unité médico-légale chargée de l'autopsie et des enquêteurs ayant procédé aux constatations sur les lieux du drame, sans plus de résultats. Ne sachant que faire, le toubib se procura un nouveau bijou et, prétendant l'avoir retrouvé, mentit pour la bonne cause à Flora, qui s'empressa d'en parer le cou du défunt.

En cette fin de matinée d'un mois de décembre jusque-là exceptionnellement ensoleillé, cinq ans et un peu plus d'un mois après l'enterrement de Sohan, le nouveau chef de l'unité d'élite rassembla ses hommes au même endroit et s'apprêta à rendre un hommage solennel à son prédécesseur, dont le fourgon funéraire stationnait à l'écart. Pendant que les effectifs s'alignaient dans la cour, les officiels rejoignirent leur place sous le regard vigilant de Lacar. Rick avait prévenu ses amis qu'il ne viendrait pas. Il avait du mal, avait-il dit, à supporter une cérémonie dont les préparatifs ravivaient tant de souvenirs douloureux. En professionnel, il avait passé ses consignes à Servan et le toubib s'était occupé de positionner la presse dans un premier temps, puis les civils, militaires et divers invités, sans permutation possible, avait précisé l'ancien commandant.

Camil, arrivé de bonne heure, patientait dans la cour de l'unité d'intervention. Il était d'usage que les conseillers du ministre soient les premiers présents à toutes les cérémonies d'importance et préparent ainsi la venue de leur patron. Il ignora les diverses sollicitations de Servan lui enjoignant de regagner sa place. Il n'admettait pas d'être placé en bout de file, à l'écart des autres personnalités, et préférait faire les cent pas en attendant l'arrivée de son nouveau chef. Depuis le retour aux affaires du vieux ministre, il avait l'impression que les amis de Gaby nourrissaient à son égard un sentiment de défiance et de dédain. Roman, lui, paraissait méprisant, entretenant une distance qu'il n'avait pas été possible de combler ces derniers mois. Le conseiller avait mis ça sur le compte de la tristesse du moment. Intérieurement, il n'ignorait pas que son revirement rapide et opportun lui était aussi reproché. Il avait essayé de s'en expliquer, mais à chaque tentative le policier s'était montré fuyant. Le contact était rompu, comme si une réalité plus pesante instaurait un blocage irrémédiable entre eux.

L'annonce de l'arrivée imminente du ministre de l'Intérieur, accompagnant Flora et une partie de la famille, sembla le rasséréner. Roman, sourire triste aux lèvres, fit l'effort de venir le chercher. Il engagea une conversation d'ordre général et sans intérêt, qui eut le mérite de briser la glace. Le jeune conseiller lui fut reconnaissant de cette démarche, qu'il considéra comme un premier geste encourageant pour la restauration de leurs relations dans un avenir qu'il souhaitait proche. En confiance, il suivit le chef de l'antiterro. Ce dernier l'accompagna jusqu'à l'emplacement qui lui était réservé, avant de s'installer à côté de lui, légèrement en retrait. Jugeant la situation conforme à ses préparatifs, Lacar jeta un dernier regard de haine au trublion désormais rentré dans le rang et se prépara à ordonner le garde-à-vous aux troupes alignées.

Son ordre, pourtant exprimé d'une voix de stentor, fut couvert par le claquement sec d'une détonation, et Camil s'effondra, touché à la gorge. Une deuxième déflagration retentit tandis qu'un nouveau projectile arracha le bas de son visage avant de se ficher dans sa mâchoire. La foule, d'abord stupéfaite, cria puis s'agita, s'apprêtant à se disperser en tous sens. Elle n'en eut pas le loisir ; une partie des policiers de la parade, répondant à des ordres brefs, encadrèrent armes au poing les invités et les conduisirent à l'abri des bâtiments proches. Une autre partie des effectifs, sous le commandement de Lacar, se positionna autour de la scène du drame, dressant ainsi un barrage humain qui interdisait tout nouveau coup de feu en direction du blessé. Le reste de la troupe fouilla les abords boisés, avant de grimper sur les toits à la recherche de l'éventuel tireur. En vain. Le convoi du ministre, avisé aussitôt de l'incident, stoppa sa progression, stationnant en bord de route dans l'attente d'informations plus complètes. Servan, muni du matériel médical de secours apporté à la hâte, prit la victime en main. Roman lui prêtait main-forte, en essayant tant bien que mal d'arrêter l'hémorragie sous le regard attentif de Lacar. Camil fut maintenu en vie jusqu'à l'arrivée d'un véhicule médicalisé, qui assura son transport vers l'hôpital le plus proche.

En signe de résistance et de défi, le ministre décida de maintenir la cérémonie funéraire. Rien ne devait empêcher la République d'honorer son serviteur, une fermeté affichée en direction des médias et de l'opinion publique bouleversés par cette attaque à l'encontre du deuxième héros du théâtre parisien. Les lieux de l'agression furent débarrassés de toutes souillures dans les plus brefs délais. Les troupes s'alignèrent en rangs ajourés, car une partie des effectifs fut déployée pour la sécurisation du site et des toits.

Les circonstances exigèrent un hommage rapide, mais bouleversant. Le cercueil de Gaby recouvert du drapeau national, exposé sur des tréteaux au milieu du dispositif, fut décoré à titre posthume de la plus haute distinction. Flora pleura sur l'épaule de Roman, qui l'avait rejointe dans le carré réservé à la famille. Le ministre prononça un discours émouvant, abandonnant de temps en temps la lecture de son texte afin de jeter un regard inquiet en direction des toits et de la lisière de la forêt qui bordait le camp. Ces silences contraints renforçaient l'impression de péril absolu s'installant partout, y compris dans les sanctuaires jadis les plus protégés.

La marche funèbre retentit une fois de plus dans cette enceinte pendant que le cercueil était apporté à épaule d'homme jusque dans le fourgon stationné en limite des clôtures de l'unité. Le ministre de l'Intérieur prit alors congé et s'en fut, l'esprit déjà embarrassé par cette nouvelle crise qui éclaboussait son entourage en touchant directement l'un de ses proches collaborateurs. Les participants à cette journée si particulière se retrouvèrent à l'intérieur des locaux pour la cérémonie des condoléances. Roman abandonna Flora aux bons soins du chef de l'unité d'intervention et se dirigea vers le fourgon funéraire. Avisant le maître de cérémonie des pompes funèbres, il l'attira à l'écart, sortit de sa poche une chaîne en or et une médaille représentant une panthère noire, et, passant ses doigts sur la tranche du bijou, il sentit distinctement une saillie étoilée, une seule et unique étoile.

— La veuve, la famille et les amis du défunt désirent que vous mettiez ce bijou à son cou. La chaîne est cassée, ça n'est pas grave, il suffira de glisser le médaillon sous son col, exigea-t-il.

— Mais… Il faudra ouvrir le cercueil pour ça…

— Le gars qui est à l'intérieur de cette boîte en bois a risqué des dizaines de fois sa vie pour sauver celle des autres. Il faut qu'il soit enterré avec son bijou fétiche, il y tenait, et on vient de le retrouver. Ne me dites pas que c'est impossible, ça fâcherait tous ses frères d'armes, et ils ne sont pas commodes quand ils sont fâchés.

Roman s'approcha et tendit la main. L'employé, après un bref réflexe de recul, serra l'énorme battoir de ce drôle de géant aux cheveux roux, captant au passage trois billets de cent euros coincés entre ses doigts.

— Ce sera fait, monsieur, comptez sur nous.

Trois heures auparavant, agenouillé auprès de Camil, Servan avait été le premier à remarquer le pendentif sur le sol. Le projectile avait dû rompre la chaîne en or et projeter le bijou à proximité. Il saisit la médaille entre son pouce et son index et sentit immédiatement sur la tranche le contact rugueux d'une étoile. Trop concentré par les premiers soins qu'il administrait, il tendit le bijou à Lacar.

— C'est celle de Gaby, révéla-t-il.

— Pas possible, elle est avec lui dans le cercueil, répondit Lacar en palpant à son tour la tranche du médaillon et en le passant à Roman, qui effectua la même vérification.

— Non, celle du cercueil, c'est moi qui me la suis procurée auprès de l'association. Je n'ai pas retrouvé l'originale et, comme Flora y tenait, j'en ai donc acheté une autre. C'est celle que je viens de te passer qui est la bonne. La seule vraie question, c'est de savoir pourquoi c'est celui que je soigne actuellement qui l'avait autour du cou.

Roman et Lacar se regardèrent d'un air entendu.

— Toubib, reprit Roman, ne te prends pas la tête pour le moment, on verra ça après. Concentre-toi sur ton patient, il n'a pas l'air en forme.

Ces mots retentirent bizarrement dans la tête du médecin.

— Cela n'a pas l'air de vous émouvoir que ce pauvre gars se soit pris deux balles ! Je vous rappelle que lui aussi a sauvé des otages. Putain, plus rien ne vous touche ou quoi !

— Ce qui nous touche, c'est la mort de nos amis. Sohan, ça nous touche, notre chef, Gaby, ça nous touche, ces dizaines d'innocents qu'on n'a pas pu sauver, ça nous touche, s'énerva Lacar.

— On est tous à cran, on se calme et on arrête de s'engueuler. Toubib, continue à le soigner, je verrai si je peux faire mettre le bijou autour du cou de Gaby, tempéra Roman.

*

Ce triste après-midi était déjà bien entamé quand Roman prit congé de Flora, la laissant aux bons soins de Servan, de Lacar. Il était pourtant prévu qu'il accompagnât le corbillard et participât à l'inhumation dans un petit cimetière de la banlieue parisienne où reposaient déjà tous les membres de la famille du défunt. Il ne put respecter son engagement, car il avait été appelé pour une nouvelle urgence, un triple assassinat dans une salle de réunion attenante à un gymnase dans le secteur de la tour Eiffel. La personnalité de l'une des victimes, un certain Sayyid, et son allégeance à la mouvance fériste justifiaient le déplacement des enquêteurs antiterroristes et de leur chef.

Sur les lieux gisaient les trois victimes toutes abattues de plusieurs balles d'un même calibre provenant sans doute, selon les spécialistes des scènes de crime, d'une arme unique qui demeurait pour l'heure introuvable, ce qui laissait supposer une unicité d'auteur, en tout cas de tireur. L'assassin avait pris soin de ramasser les étuis en tentant de faire place nette, mais, dans sa précipitation, il en avait oublié un, dissimulé par un pied de chaise.

La table était recouverte de documents épars dont les écritures, essentiellement arabes, étaient ponctuées de projections de sang. Ces pièces furent précautionneusement rassemblées et placées sous scellés, en même temps qu'un ordinateur portable. Les trois individus, extrémistes religieux et activistes, étaient fichés par les services de renseignement, dont les représentants sur place se montraient dubitatifs quant au motif de ce massacre. La confrérie des Ikhwan n'était pas coutumière de la violence et rarement victime de telles exactions. Son mode opératoire consistait en des actions plus souterraines, dans un long travail de sape des institutions et des fondements républicains pour imposer à terme la prééminence d'une loi religieuse d'un rigorisme extrême. Sayyid était l'un des émirs les plus représentatifs de ce mouvement. Son assassinat brutal ne validait aucune menace extérieure particulière relevée par les spécialistes de ce domaine.

Le scepticisme des experts contribuait à épaissir le mystère de cette nouvelle tuerie, mais, étonnamment, celui-ci ne semblait pas préoccuper Roman, comme s'il possédait des réponses que les autres n'avaient pas.

16.

Illusion des destins…

Paris, juillet 2018

Le pragmatisme de Tyna laissait peu de place aux questionnements existentiels, mais pour une fois, elle ne put s'empêcher de s'interroger sur l'étrangeté de sa situation. Le nouvel homme de sa vie, policier de son état, lui demandait officiellement de surveiller son ancien amant, qui était un terroriste présumé. Elle n'en doutait point : cette mission était un prétexte, Roman lui imposait cette épreuve à la seule fin de sonder la profondeur de ses sentiments, et elle comptait bien être à la hauteur du défi lancé. Cette obsession occupa son esprit et occulta la dangerosité de la cible qui lui avait été assignée. Elle perdit de vue le rôle présumé de Wahid lors de l'attentat de la porte de Vincennes et en vint à nourrir des doutes sur sa présence dans l'épicerie ce jour-là. Après tout, pensa-t-elle, si les empreintes retrouvées sur place avaient été les siennes, il aurait été arrêté sur-le-champ.

Elle reconnaissait toutefois la complexité de sa personnalité. Elle savait que ses sautes d'humeur, associées à une pratique religieuse extrémiste, l'entraînaient dans une violence verbale exacerbée, et même si elle n'avait jamais constaté de passages à l'acte répréhensibles, elle admettait la nécessité de surveiller son évolution. Tyna était ainsi ; elle avait du mal à prendre des décisions, une partie de son caractère s'était bâtie sur l'absence de certitudes. Son mysticisme soufiste accentuait sans doute ce tempérament, où seules ses observations emportaient son adhésion. Pour l'heure, malgré sa préférence de cœur, elle n'avait pas tranché entre son nouvel amour et son ancien ami. Elle décida de laisser faire le temps et d'observer les évolutions du destin. Et c'est en dépit de l'incongruité du contexte qu'elle se lança dans son rôle d'indic, motivée par le désir de ne point décevoir son amant. Il ne se passait rien de particulier, rien qui méritât une attention plus soutenue. Tyna entretenait des contacts réguliers avec Wahid. Ils s'appelaient sur un numéro de cellulaire qui faisait l'objet d'une écoute policière attentive, mais infructueuse. De temps en temps, les deux amis se voyaient à la terrasse d'un café, plus rarement lors d'un déjeuner dans un restaurant du quartier. Leurs conversations, parfois écoutées à distance grâce à un micro dissimulé sur Tyna, n'apportaient aucun renseignement quant à une quelconque activité occulte. Les échanges se transformaient souvent en monologues religieux insipides, mais la violence de Wahid demeurait désespérément verbale, au grand découragement de Roman.

La jeune femme, malgré tous ses efforts, ne put se faire inviter dans l'appartement de son ami, qui trouva de multiples prétextes religieux pour justifier cet interdit, lui rappelant par la même occasion qu'il n'était pas seul à occuper les lieux. Cette situation intrigua le chef de l'unité antiterro, qui organisa une visite du domicile à la limite de la légalité. Après un examen minutieux des lieux, l'équipe se retira sans rien avoir noté d'anormal. Des spécialistes en profitèrent pour installer dans les diverses pièces des équipements d'écoute, dont l'exploitation fut tout aussi décevante. Tyna n'obtint pas plus de précisions sur le travail et l'emploi du temps de son ami. Il lui concéda que ses occupations professionnelles dans une grande boîte de haut niveau lui prenaient tout son temps, et qu'il était employé à la hauteur de ses diplômes et de ses études. Ce fut d'ailleurs de sa part une concession surprenante que de rendre justice à un système universitaire que ne supportaient habituellement pas ses inclinations rigoristes.

La jeune Berbère n'eut pas plus de réussite dans la mise en œuvre de l'une des tâches les plus importantes de sa mission. Roman, qui n'avait pas eu jusqu'alors le loisir de contempler le visage de Wahid autrement que sur le portrait dérobé dans l'appartement de la cité du Luzard, avait chargé son informatrice de voler quelques photographies plus nettes. Malgré leurs multiples rencontres, elle n'en eut jamais le loisir tant son interlocuteur se montrait méfiant et rétif, en sa présence, à l'usage de tous les appareils numériques, parmi lesquels, bien sûr, les téléphones cellulaires. Lors de ces rendez-vous, le suspect ne libérait les traits de son visage que lorsqu'il était certain qu'aucun regard indiscret ne pût le dévisager, de près ou de loin. N'y tenant plus, Tyna se permit de le questionner sur cette étrange attitude et, malgré la délicatesse de ses propos, la réponse fut violente :

— Quand j'ai disparu durant l'été 2015, j'ai décidé de changer totalement de vie. J'ai souffert et payé cher dans un établissement spécialisé en Tunisie pour modifier mon visage, tu es l'une des seules qui a eu le privilège de voir le résultat. Je tiens à garder ma nouvelle apparence et ma nouvelle identité secrètes. J'ai trop d'ennemis qui veulent ma peau, les policiers, les anciens djihadistes que j'ai connus, et bien d'autres. Je vais continuer de vivre comme ça, dissimulé, ça ne me dérange pas… C'est la volonté de Dieu et je m'y soumets. Toi aussi, tu dois respecter ça, ne me fais pas regretter notre amitié. Je trouve que tu poses beaucoup de questions depuis quelque temps. Ça n'est jamais bon de poser trop de questions…

Inquiète de cette menace, la jeune femme se rassura le soir même dans les bras de Roman. Ils décidèrent d'un commun accord d'espacer les contacts avec Wahid, le temps que les choses se calment. Le policier ne désarma pas pour autant. S'appuyant sur les descriptions détaillées de sa compagne, il fit exécuter par un portraitiste de ses amis une esquisse du nouveau visage du pseudoterroriste. La jeune femme jugea le croquis ressemblant. Roman ne diffusa pas ce portrait-robot ; aucune raison légale ne l'y obligeait dans l'immédiat. Il fit une fois de plus confiance à son incroyable instinct, mélange de flair policier et de sens remarquable de l'observation. Plusieurs semaines durant, dès que son emploi du temps le lui permettait, il s'enfermait dans son bureau et contemplait le dessin qu'il entourait des photographies de Wahid. Il mélangeait et déplaçait les documents, les scrutant sous des angles et des éclairages nouveaux. Le portrait semblait vouloir lui parler, lui raconter une histoire.

*

Les mois passèrent, diluant pour Tyna l'excitation du début de sa mission dans la routine de l'inaction. Peu encline à la patience, elle ne s'investissait que par respect de la parole donnée, évitant ainsi de chagriner son amant, dont l'opiniâtreté la déroutait. Elle avait bien tenté de le persuader qu'il ne se passait pas grand-chose et que la piste Wahid ne mènerait à rien. Peine perdue : ces échanges-là avaient le don d'irriter le policier. Sa constance était l'un de ses plus forts traits de caractère, et, en ces occasions, il ne comprenait pas que sa compagne, dont il était de plus en plus épris, ne partageât pas son point de vue. Sa jalousie, encore vivace, torturait son cœur et son esprit et altérait son jugement si profondément qu'il en vint à considérer que, sans doute toujours attachée à son ancien amant, Tyna ne lui serait plus d'aucune aide. Dès lors, il s'engagea de nouveau dans un cycle de surveillances personnelles.

De longues soirées sans repos en nuits sans sommeil, il acquit la certitude que sa cible ne s'était pas éloignée de son milieu complotiste. Dans les premiers mois de l'année 2020, il avait établi une proximité coupable entre Wahid et un groupe de prêcheurs, connus pour leur radicalité et leur prosélytisme. Leur responsable, un dénommé Sayyid, inscrit aux fichiers des services de renseignement, réunissait régulièrement ses sbires dans un gymnase proche de la tour Eiffel. Wahid était l'un des participants les plus assidus à ces rencontres. C'est au sortir de l'une de ces réunions conspirationnistes que, du fond du siège de la voiture où il se cachait, Roman aperçut pour la première fois, l'espace d'une seconde, le visage de son plus fidèle ennemi. L'oubli inexplicable mais bienvenu de son cache col se conjugua à merveille avec la clarté agressive d'un candélabre voisin, dont le trait lumineux éclaira la face de l'intrigant en même temps qu'il enflamma l'esprit du policier. Ce dernier ferma les yeux un instant, comme pour graver dans son cerveau tous les éléments de cette vision inattendue et contraindre sa mémoire à enregistrer les moindres détails de cette image fugace. Il déplia la feuille sur laquelle était dessiné le portrait-robot et porta lentement son regard dessus. La ressemblance n'était pas parfaite, mais l'expression générale lui confirma son impression première, et persistante, de déjà-vu. Désormais, il savait exactement pourquoi.

Depuis que Gaby avait été nommé au poste de secrétaire d'État, les rencontres avec son ancien adjoint de l'unité d'intervention s'étaient espacées. Non pas que l'ex-chef ait pris la grosse tête, méprisant ses vieux amis, mais son agenda dévorait sa vie. Roman avait néanmoins insisté pour faire un point sur les enquêtes dont son service était saisi. Les responsables successifs de l'unité antiterroriste jouissaient de ce privilège d'être régulièrement convoqués par le ministre en titre et son conseiller pour évoquer, lors d'un petit déjeuner, les investigations en cours les plus marquantes. Roman mit un point d'honneur à ce que ce protocole fût respecté. Ce matin-là, en l'absence de faits significatifs, cette formalité fut expédiée en quelques minutes. Roman répondit à quelques questions techniques posées par Camil, avant que Gaby n'orientât la conversation sur leurs souvenirs communs. Le petit déjeuner fut agréable mais interrompu par une urgence qui réclamait la présence du secrétaire d'État et de son conseiller. Ils prirent congé et Roman, assis devant son café, les observa tandis qu'ils s'éloignaient, comparant la démarche guerrière de son ami à celle, claudicante, du jeune Camil. Il se retrouva seul, soufflant sur sa boisson trop chaude, et laissa son esprit vagabonder alors que son regard se posait sur les tasses et les couverts demeurés sur la table.

La période de temps calme qui suivit ne fit qu'accroître les inquiétudes de Roman, dont l'esprit n'eut pas le recours de se noyer dans la routine du quotidien. Le policier était préoccupé par sa découverte. Sa mémoire le ramenait sans arrêt au furtif reflet de ce visage entrevu. Il ne cessait de le comparer au portrait-robot, dont l'esquisse s'estompait de son support trop souvent manipulé. Son flegme naturel semblait l'avoir déserté, si bien qu'il ne put se calmer qu'au prix d'efforts inhabituels. Les nouveaux renseignements en sa possession étaient de nature à faire vaciller les instances les plus hautes de l'État, en commençant par Gaby lui-même. Pour éviter ce maelström, il convenait d'agir avec la plus grande prudence. La précipitation n'était pas de mise ; l'heure était à la confirmation des faits et à la recherche d'éléments indiscutables en évitant toute fuite d'informations préjudiciables. Le policier décida de poursuivre son enquête privée, faisant appel à des spécialistes qui lui étaient pour la plupart redevables. Mais cette discrétion et cet anonymat avaient un coût : le temps. Le policier ne reçut que bien plus tard les conclusions de la comparaison d'ADN qu'il avait sollicitée en catimini. La consultation du résultat du rapprochement des traces et des informations contenus dans la note analytique des biologistes lui signifia brutalement combien sa propre responsabilité était aussi engagée. Cette inquiétante évidence lui gâcha la satisfaction de rassembler enfin une bonne partie des pièces de son puzzle. Ce jour-là, il n'eut pas le temps d'approfondir l'étude des éléments nouveaux portés à sa connaissance, une attaque sanglante ayant été signalée dans un axe forestier de la banlieue de l'Est parisien.

Les premières nouvelles faisaient état de plusieurs dizaines de victimes, des cyclistes, heurtés par un gros véhicule dont le chauffeur avait pris la fuite à travers bois. L'imprécision des premiers témoignages ne remit pas en question son intime conviction. Roman connaissait l'identité de l'auteur et cette certitude lui glaça le sang. Il continua ses investigations personnelles tandis qu'il supervisait en parallèle l'enquête officielle de ses services. Les deux démarches ne progressèrent pas de la même manière. Le chef de l'unité bénéficia des informations de son groupe sans partager les siennes en retour. Il avait un temps d'avance et voulait s'en servir. Cette manière d'agir l'ancra pour de bon dans le mensonge et la dissimulation et accrut une responsabilité judiciaire et personnelle déjà pesante. Cette fuite en avant le poussa à envisager des solutions peu compatibles avec la déontologie professionnelle. Ces lourdes pensées embrumèrent son esprit et, durant ses longues nuits d'insomnie, sa conscience livra une bataille au final incertain. L'attaque de Gaby à ce moment précis emporta sa décision. La fin de ses incertitudes l'apaisa, et, blotti dans les bras de Tyna, il retrouva le sommeil.

Une semaine après l'agression de leur ancien chef, Roman et Lacar rejoignirent Rick à son domicile. La tristesse des événements récents ne se prêtait pas à un repas commun savamment mitonné par le maître de maison. Les convives se contentèrent de se désaltérer, grignotant au passage quelques gâteaux apéritifs. En les convoquant, Roman avait exigé de tous une sobriété exemplaire compte tenu de l'importance des révélations qu'il s'apprêtait à leur faire. Les mines intriguées de ses deux compagnons encouragèrent Roman à rompre le silence.

— Merci, Rick, de nous recevoir chez toi. C'est l'endroit le plus discret pour vous confier ce que j'ai découvert ces derniers mois et qui nous concerne tous les trois.

— Visiblement, ça ne concerne pas Servan, car tu ne l'as pas invité, l'interrompit immédiatement Lacar.

— Oui... Non... Enfin, c'est compliqué, Servan n'est pas un flic comme nous, c'est un médecin. J'ai besoin de pouvoir vous dire des choses de policier à policiers. J'ai préféré le laisser en dehors d'une vérité lourde à supporter.

— O.K., vas-y, on t'écoute, répliqua Rick, inquiet de la teneur du propos introductif.

— Les attentats de l'Hyper Cacher, du théâtre parisien, des cyclistes en forêt de Ferrières ont été organisés par une seule et même personne. C'est elle aussi qui a agressé Gaby.

— Tu connais son identité ? s'exclama Rick.

— S'il te plaît, je vais tout vous dire, mais laisse-moi parler sans m'interrompre, c'est assez difficile comme ça ! À l'Hyper Cacher de la porte de Vincennes, les spécialistes de l'identité judiciaire ont relevé des traces, en particulier sur une douille abandonnée sur place. Elles incriminent un certain Wahid, qui était sans aucun doute présent sur les lieux, mais qui s'est enfui avant notre arrivée. C'est un personnage énigmatique, très discret, dont on sait qu'il était en contact avec un réseau de commerce de stupéfiants dans une cité du côté de Noisiel, en Seine-et-Marne. C'est aussi un intégriste doté à la fois d'un certain charisme et d'une espèce de double personnalité, tantôt calme et gentil selon les témoins, tantôt capable de brutalité. À titre personnel, je le soupçonne d'avoir organisé ce premier attentat, mais je n'en ai pas la preuve et mon service non plus.

— Les informations que tu nous donnes aujourd'hui, ce sont des éléments d'enquête de ton service ?

— Rick, les informations que je vous livre en ce moment ne sont connues que de moi-même. Les réunir m'a pris beaucoup de temps. Mon unité n'est pas au courant de la plupart des détails que je vais vous donner. J'ai agi de ma propre initiative et en utilisant à certains moments des procédés légalement contestables. Par conséquent, je ne peux pas officiellement les communiquer à mes enquêteurs et aux juges d'instruction...

Roman estima préférable de cacher l'existence et la participation de Tyna et enchaîna :

— À l'été 2015, Wahid disparaît de la circulation et je ne connais pas le motif exact de sa fuite. Sans doute craignait-il pour sa vie. Il se réfugie en Algérie et tout le monde perd sa trace. Sauf que, lors de l'attaque du théâtre parisien, les enquêteurs ont retrouvé, dissimulé sous la scène, un téléphone portable abandonné n'appartenant visiblement à aucune des victimes, et dont les seuls numéros appelés correspondaient à ceux des trois terroristes qui sont partis en fumée ce soir-là. Les traces ADN de cet appareil matchent avec celles de...

— ... Wahid, compléta Lacar.

— Exact ! Wahid, dont l'une des caractéristiques est de boiter du côté gauche, des suites d'une poliomyélite infantile mal soignée. À son retour d'exil, il était donc présent ce soir-là dans la salle de spectacle, et comme il ne fait pas partie des trois kamikazes, ça veut dire que, là aussi, il a réussi à sortir.

— Mais comment ? Nous étions présents, nous aurions remarqué un quatrième terroriste s'il avait tenté de prendre la fuite.

— Patience, Lacar, laisse-moi continuer. Lors de l'attentat des cyclistes, les témoins ont signalé que le terroriste, sans doute un djihadiste, car il a invoqué

Allah à plusieurs reprises, a pris la fuite à travers bois et qu'il courait en traînant la jambe gauche.

— Wahid ! vociféra Lacar.

— Et c'est encore et toujours Wahid qui s'est enfui en boitant après avoir agressé Gaby. Les signalements sont identiques : même taille et même corpulence, même accoutrement.

La rage envahit Rick :

— On ne peut pas laisser les choses en l'état. Tu nous dis que ce type est responsable de la mort de mon filleul. Il vient quasiment de tuer Gaby, sans compter sa responsabilité dans les dizaines et les dizaines de victimes des attentats. Je veux voir la tête de cet assassin en haut d'une pique. On ne peut pas laisser un monstre pareil en vie.

— Exact, ce type est un danger qu'il faut éliminer, reprit Lacar.

Roman exultait intérieurement.

— Tu connais son identité complète ? Tu sais où il habite ? demanda Lacar.

— Les amis, je suis d'accord avec vous, on ne peut pas laisser un tel danger en circulation, mais il va falloir agir avec discernement et réfléchir à un plan en béton, car notre cible n'est pas n'importe qui.

Il marqua une pause, comme pour mieux souligner le poids de sa révélation : « Wahid n'est autre que… Camil, le conseiller du ministre de l'Intérieur », enchaîna-t-il.

— Qu'est-ce que tu nous racontes ? s'étonna Rick, douché par ce renseignement inattendu.

— Je te dis que Wahid et Camil sont la même personne, que notre terroriste n'est autre que le héros du théâtre parisien qui est sorti de l'enfer en récupérant une arme et en tiraillant à tout va, sauvant ainsi une vingtaine d'otages, se construisant du coup un alibi en béton armé. Il a été blessé lors de cette prouesse, devinez où ? À la jambe gauche, et depuis il boite… En réalité, il boite tout simplement un peu plus. Le projectile a juste renforcé une claudication héritée de sa maladie infantile. À la suite de son exploit, et compte tenu de son nouveau statut de héros national, il n'a pas eu de mal à être repéré et embauché par des administrations centrales et des cabinets ministériels toujours empressés de soigner leur image médiatique. Le jeune Wahid/Camil est un héros, et de plus, il faut bien le reconnaître, il est bardé de diplômes, il n'y a donc eu aucun problème de niveau de recrutement.

— Comment as-tu fait pour connaître la nouvelle identité de Wahid ? Tu l'as reconnu à partir de photos ?

— Non, Lacar, il a profité de sa disparition pour se faire refaire le visage et n'était donc pas reconnaissable. Il s'est bien gardé d'afficher son nouveau faciès. Il ne se montre jamais, ni sur les réseaux sociaux ni dans la vraie vie. Il sort peu et prend soin d'être toujours grimé. En réalité, j'ai mis du temps à l'identifier, mais tout s'est accéléré récemment quand un informateur m'a donné l'adresse de la mosquée où Wahid se rendait. Je l'ai suivi et, après de longs mois de patience, j'ai pu apercevoir subrepticement son visage. Il m'a alors semblé le reconnaître. C'était l'époque où il était conseiller dans l'équipe ministérielle de Gaby. Nous nous sommes vus à l'occasion d'un petit déjeuner de travail au ministère et j'ai subtilisé la tasse dans laquelle il avait bu son café. J'ai fait comparer officieusement l'ADN de la tasse de Camil avec celui de Wahid par des copains de l'identité judiciaire, et banco : exactement le même !

Une fois de plus, Roman se garda de signaler l'identité de son informatrice et la relation qui les unissait. Il omit pareillement le détail du portrait-robot, estimant que cela ne rajoutait rien à l'affaire.

— En bref, résuma Lacar, un terroriste de la pire espèce, responsable de dizaines de morts, s'est faufilé jusqu'au sommet de l'État en toute impunité et a aujourd'hui son rond de serviette à la table du ministre. On croit rêver ! Et comment arrêter tout ça ? Que faisons-nous ?

— Nous sommes dans une impasse, répliqua Roman. Et c'est pour ça que l'on se réunit aujourd'hui. Il faut qu'on trouve une solution originale. Je vous l'ai dit : je ne peux pas partager officiellement mes renseignements sans être mis en cause. Nul doute qu'on me reprocherait de ne pas avoir empêché l'attentat des cyclistes. Par ailleurs, si cette vérité était révélée, elle mettrait en péril les plus hauts responsables de l'État, à commencer par

Gaby, qui, dans sa fonction de secrétaire d'État, s'est appuyé largement sur les compétences du djihadiste infiltré. Si les médias s'emparent de cette affaire, ils auront tôt fait de traîner tout le monde dans la boue et s'apercevront qu'il ne s'agit pas d'un individu isolé, mais bien d'un complot élaboré en bande organisée.

— Comment ça, en bande organisée ? releva Rick.

— Lors de mes surveillances, j'ai constaté que Camil ou Wahid, appelez-le comme vous voulez, rencontre régulièrement un groupe actif de fréristes. Ce sont des prédicateurs qui tentent de pénétrer la société et les administrations par tous les moyens afin de livrer leur combat de l'intérieur. L'organisation, dont Camil est l'une des têtes de proue, est dirigée par un certain Sayyid, connu des services de renseignement, mais prudent dans ses démarches. Il n'a jamais été inquiété par la police ou par la justice et continue de travailler dans l'ombre. Si, dans l'avenir, il devait être confondu, il dirigerait les enquêteurs volontairement ou non vers Camil. C'est un risque que nous ne pouvons pas prendre. Ce deuxième problème réclame lui aussi une solution originale.

Roman en avait fini avec ses révélations. Le conciliabule s'éternisa, et la soirée basculait vers le petit matin quand les compères ajustèrent les derniers détails de la « solution originale ». Chaque participant connaissait le rôle qui lui était assigné dans un scénario écrit au millimètre. Les dates furent fixées au milieu du mois de décembre, ce qui laissait à chacun le temps de s'attarder sur les ultimes préparatifs et de se mettre en conformité avec ses états d'âme. Tout était prêt pour l'action, mais le destin malicieux, froissé sans doute par le peu de considération manifestée à son égard, décida d'interrompre le cours des choses. Gaby venait de mourir. Les complices, désorientés un moment, reprirent leur copie à la lumière d'un événement qu'ils jugèrent favorable. En effet, les funérailles nationales de Gaby auraient l'avantage de se dérouler en terrain familier, au sein même du camp abritant l'unité d'intervention, dont ils connaissaient chaque recoin. Par ailleurs, les journalistes rassemblés sur place pour commenter cet instant de recueillement national porteraient idéalement témoignage d'une nouvelle action sanglante à l'encontre d'un autre héros de la nation, orientant l'opinion publique et l'enquête vers les fous de Dieu qui n'en finissaient pas de défier le pays.

Lors de la répétition, la veille de la cérémonie, Rick, dont l'expertise avait été mise à contribution par le nouveau chef d'unité, sous les conseils orientés de Lacar, avait déterminé les emplacements de chaque participant. Il les matérialisa avec soin, en dessinant des cercles au sol et en y inscrivant les noms à la craie. Il positionna Camil en bout de file, comme le prévoyait le protocole. L'endroit où le conseiller du ministre devait se tenir fit l'objet d'un repérage et d'un métrage précis de la part de l'ancien commandant de police. Il se situait à trois cents mètres de l'aplomb d'un toit-terrasse où

Rick avait discrètement pris ses marques et relevé toutes les données nécessaires à un tir de précision à l'arme d'épaule. Il s'assura que les arrières de sa cible seraient dépourvus de tout passage afin de ne blesser personne par inadvertance.

Son travail de précurseur achevé, il prit le soin de rassembler Lacar, Servan et Roman, qui venait de les rejoindre, et les instruisit en détail des consignes protocolaires à respecter le lendemain. Le médecin prit la parole :

— C'est inutile de nous expliquer, puisque c'est toi qui es responsable de tout ça demain.

— Non, je ne serai pas là, j'ai déjà assisté ici même aux funérailles de Sohan et je ne veux pas revivre ça. Ce sera sans moi, toubib. C'est toi qui vas me remplacer demain. Lacar est pris par le commandement des troupes et Roman ne fait plus partie de l'unité... Moi non plus, d'ailleurs, je vous rappelle que je suis à la retraite.

— Je n'ai jamais fait ça. Je vous rappelle que je ne suis pas policier, moi.

— C'est assez simple, reprit Rick avec insistance. Il faut juste accueillir les invités un par un et les placer dans le cercle dessiné au sol où est inscrit leur nom. C'est très important que chacun soit à sa place quelques minutes avant le début de la cérémonie.

Informés de leur rôle respectif, les quatre amis se séparèrent. Rick regagna son domicile et prépara son barda avec méthode. La nuit venue, il rejoignit avec mille précautions les abords boisés de l'unité d'intervention. Il ouvrit une brèche dans la clôture d'enceinte, dont le système électronique de protection avait été désactivé car trop souvent déclenché par des animaux sauvages. À deux pas de l'enclos, il atteignit une vieille échelle de secours qui le mena jusqu'à la terrasse de toit qu'il avait repérée. S'installant à l'emplacement idoine, il sortit son fusil de son étui, ôta les caches optiques de la lunette de précision et profita d'un moment de clarté lunaire pour scruter l'espace en contrebas jusqu'à visualiser le dernier cercle matérialisé au sol. Il régla sa lunette sur la distance indiquée par son télémètre. Cela effectué, il s'enfonça tout habillé dans son duvet, son Mosin-Nagant serré contre lui. Le contact de cette arme mythique le tranquillisa et raffermit sa détermination. Il dormit en pointillé, d'un sommeil haché, tantôt troublé par le souvenir de ses camarades accablés de douleur à la porte de la mort, tantôt apaisé par la curieuse sensation que l'injustice de leurs souffrances justifiait le geste vengeur à venir. Ni la beauté du scintillement étoilé ni la noirceur de lourds nuages annonciateurs de pluie ne purent entamer sa détermination. La nature y mettait pourtant du sien : les courants d'air dans les feuillages, les animaux sortis de leurs cachettes, une dizaine d'éclairs suivis de coups de tonnerre : ce grand jeu qui d'habitude l'appelait à la contemplation restait sans effet. Depuis la mort de Sohan, même son goût pour la cuisine raffinée l'avait déserté. L'ancien policier s'était englué dans la morosité et le ressentiment, il n'était plus perméable aux spectacles que l'Univers lui offrait à cet instant, trop concentré à préparer la suite.

Et il n'était pas le seul. Au même moment, avec la même froideur, la mâchoire crispée, Lacar sortait d'une salle de réunion dans le secteur de la tour Eiffel où il venait d'abattre trois prêcheurs intégristes. Le lendemain, il dirigea le plus naturellement du monde la mise en place des effectifs de l'unité d'intervention. Le fourgon funéraire transportant le cercueil de Gaby était déjà stationné à proximité. Servan peinait à positionner les invités à leur place. Camil sembla le plus rétif à l'ordre des choses. Plutôt que de gagner son emplacement, il faisait les cent pas en attendant l'arrivée de son patron. Cette indocilité crispait Roman, qui devinait la présence de Rick sur le toit à quelque trois cents mètres de là. Il décida d'intervenir et s'en fut à la rencontre du conseiller. Il prit sur lui et échangea amicalement tout en le dirigeant vers sa place.

Il revenait à Lacar de mettre la troupe au garde-à-vous. Le commandement, couvert par l'éclatement des deux détonations, signifia, pour les compagnons de Gaby, l'épilogue de leurs vies d'hommes vertueux.

17.

Soldats perdus

Paris, fin décembre 2020

Camil reposait sur son lit d'hôpital, immobile, au milieu d'une forêt de perfusions, de sondes intubées, de tuyaux d'oxygène, de fils électriques reliés à d'étranges machines distillant à intervalles réguliers des bips, dont la régularité de la cadence se voulait rassurante mais qui avait tendance à énerver les policiers de faction à la porte de sa chambre. Son corps n'était que souffrances, à peine calmées par les puissants sédatifs que les médecins lui administraient. La partie basse de son visage, irradiée de douleur, n'était qu'un trou béant comblé partiellement par le masque respiratoire, dont une partie de l'air insufflé ressortait dans un gargouillis mousseux teinté de sang et de mucosités. Son esprit émergeait par phases et reprenait le dessus pour un temps. Il se questionnait alors sur l'étrangeté de sa posture. Lors de l'un de ces moments de retour au réel, il accueillit un fantôme étrange dont il distingua difficilement, à travers ses yeux mi-clos, le halo de la haute stature surmontée d'une crinière de feu. Camil jugea de l'importance de ce personnage aux démonstrations de respect des agents de sécurité, qui quittèrent immédiatement les lieux. L'apparition lui chuchota à l'oreille une étrange histoire de terroristes et de policiers, de double personnalité, dont il serait l'un des acteurs principaux. Elle le renseigna ensuite sur son état désespéré et le pria de partir au plus vite, de ne plus s'acharner à lutter dans un combat perdu d'avance.

La léthargie des journées qui suivirent fut entrecoupée de brefs flash-back, bien ordonnés, comme si le cerveau de l'agonisant rangeait les affaires de son subconscient avant un départ programmé. Il se sentit de nouveau enfant, frappé, au lendemain d'un deuil insoutenable, d'une maladie estropiant sa jambe et l'obligeant à jamais à des déhanchements de pingouin maladroit. Cette infortune tourmenta son esprit vacillant et distordit ses perceptions et ses émotions. Dans ces moments d'intense souffrance psychologique, il s'en remettait au réconfort d'une religion qu'il découvrait et dont la pratique intensive réussissait à le préserver de ses crises schizophréniques autant que les médicaments. De tels effets apaisants sacralisèrent ce rite confessionnel consommé jusqu'à l'hébétude. Cette addiction ouvrit l'espace à des injonctions rigoristes légitimant la violence de ses propos et de ses actes. Ses pensées, torturées sous l'effet de son instabilité psychique, se combinèrent aux diktats sanglants des préceptes religieux les plus dogmatiques, comme si folie et piété fondamentaliste se rejoignaient dans l'édification d'un avenir de violence.

Son cheminement mental dégradé enjamba de longues périodes dont il ne se souvenait que par bribes et le projeta de son enfance au pied d'une scène d'un théâtre parisien, où un orchestre bruyant interrompit sa prestation sous la contrainte de tirs d'armes automatiques. Ce passage défila dans sa tête sans aucune altération. Il se remémora qu'un mois plus tôt, dès son retour discret d'Algérie, il avait renoué avec ses anciens amis du Luzard. L'atmosphère glaciale de leurs relations s'était peu à peu réchauffée, chacun préférant oublier les griefs pour se concentrer sur un projet d'attaque censé « faire plier le pays devant la puissance divine ». Sabri et Alouine, dont il distinguait les traits, lui consentirent une participation active à leurs desseins, pour peu qu'il s'engageât, en repentir, à faire, au même titre qu'eux-mêmes, don de sa vie. La haine de ce monde impie et dépravé, répartie à parts égales entre les participants, scella les volontés criminelles. L'ancien banni y trouva son compte ; il cessait de fuir et se préparait à quitter son monde tourmenté pour rejoindre le paradis des martyrs. Cette perspective désormais l'enchantait. Son rôle consistait à pénétrer dans la salle de concert en spectateur, à se positionner au plus près de la scène pour renseigner par téléphone les assaillants sur le meilleur moment de passage à l'acte. Alouine devait alors le rejoindre et lui fournir une arme automatique et un gilet explosif. Camil s'était préparé au sacrifice. Pour la circonstance, il s'était revêtu de noir. Au début de l'intervention, il vit son ancien lieutenant le chercher des yeux en tirant sur une multitude de corps allongés sur le sol. Il remarqua qu'il ne transportait ni deuxième arme ni gilet supplémentaire. Il sut alors que son sort avait été scellé depuis le début et que la traîtrise de ses anciens compagnons le destinait à mourir en mécréant, abattu par ses complices, et non en soldat de Dieu. Mais le destin lui fut favorable, Alouine fut blessé. Des policiers courageux lui tiraient dessus. Fou de rage, il les chargea sur quelques mètres avant de se volatiliser en une boule de feu. Camil, après s'être débarrassé de son téléphone en le projetant sous la scène, se précipita sur l'arme abandonnée et couvrit sa fuite et celle d'autres otages vers la sortie de secours, passant ainsi du statut de terroriste à celui de potentielle victime, pour finir en héros de la nation.

Les analgésiques lui accordèrent quelques moments de lucidité pour se rappeler que ce statut lui avait permis de naviguer à sa guise dans les arcanes du pouvoir, usant de son influence malsaine, orientant les actions des ministres et des hommes d'autorité en fonction des préceptes distillés par ses amis ikhwan. Son plus grand succès dans cette diablerie consista en l'organisation minutieuse de l'ascension de Gaby au sein du pouvoir républicain et son maintien sous influence. Leurs destins s'étaient croisés et le Wahid de l'époque avait haï ce rodomont, dont l'attitude flamboyante et courageuse rassérénait les populations qu'il tentait de terroriser. Le hasard politique lui permit quelque temps après de cultiver leur relation. Camil, à cette occasion, mania à merveille le précepte de la taqîya et du mensonge. L'accession au poste de secrétaire d'État de l'ancien policier ravit la communauté frériste, qui s'enorgueillit d'avoir ainsi infiltré la place. Tout à la célébration de sa victoire, elle fut peu attentive à l'instabilité psychique de son champion. Jaloux de la gloire et de la notoriété accrue de son patron, pour laquelle il travaillait cependant, Camil décida de stopper cette ascension, qu'il jugeait imméritée.

Du fond de son lit, Camil se remémora l'action diabolique contre les cyclistes de la forêt de Ferrières. Dans son esprit délirant, ce projet avait été conçu avec pour seul but de faire chuter Gaby. Le goût de la vengeance et le souvenir de cette monstruosité, dont il se rappelait tous les détails, lui apportèrent autant de bien-être que les produits morphiniques instillés dans ses veines. La violence cumulée de son état mental et de ses pratiques religieuses extrêmes s'était emparée du commandement de sa personnalité. Les reproches de ses camarades prédicateurs et de leur chef, Sayyid, effrayés par l'impact de ces atrocités contreproductives, n'y firent rien, et, quelques mois plus tard, Camil solda son contentieux en assassinant l'ancien secrétaire d'État sur le pas de sa porte. Il patienta jusqu'au jour anniversaire de l'attaque du théâtre parisien pour mettre en scène ce tête-à-tête sanglant entre les deux héros du 13-Novembre. Camil se revoyait s'acharnant avec son couteau sur la gorge d'un Gaby passif, récupérant au passage, tel un trophée de guerre, le médaillon auquel il tenait tant, avant de se débarrasser de son arme et de sauter dans la voiture conduite par son ami et confident, Eran, dont la dextérité de chauffeur/récupérateur/complice avait déjà été expérimentée lors de l'attaque de la forêt de Ferrières.

Cette farandole commémorative et les sensations fortes qu'elle produisit mirent un terme définitif à l'introspection de Camil. Le hasard voulut qu'il lâchât prise en présence de Roman, venu une fois de plus s'assurer de la mauvaise évolution de la santé de son ennemi. Les bips des étranges appareils se transformèrent en sifflement d'alerte. Un bataillon d'infirmières et d'aides-soignantes s'activa en vain autour du désormais défunt. Le chef de l'antiterro assistait « impassible » à ce ballet du personnel médical, s'écartant de mauvaise grâce pour le laisser œuvrer. La constatation du décès le réconforta. La disparition du terroriste soldait les enquêtes sur l'attaque sanglante des cyclistes et sur l'agression du secrétaire d'État. Elle concluait à bas bruit les investigations sur les attentats de l'année 2015, et même si aucune publicité ne pouvait célébrer ces résultats, la pression faiblissait autour du chef de l'antiterrorisme, dont les fautes professionnelles disparaissaient en même temps que cet unique témoin. Il lui suffirait désormais de clore habilement les dossiers judiciaires en cours et de laisser les horloges de l'oubli accomplir leur œuvre. Mais une émotion plus personnelle s'invita à ce drôle de deuil. Le trépas de son rival débarrassa Roman du poids de sa jalousie et cette sensation de liberté retrouvée, par-delà toute honte et tout remord, confirma a posteriori l'indubitable utilité d'avoir eu recours à une solution définitive.

Cette évidence lui servit à calmer sa conscience et son esprit. Il se contraignit à juger de la situation de manière globale sans tomber dans le piège d'une introspection fouillée. Les choses devaient être simples : ses amis et lui avaient décidé d'un acte de justice envers un meurtrier de la pire espèce et l'avantage sentimental qu'il en tirait ne s'analysait que comme une conséquence heureuse, et méritée. Ce dénouement nécessitait une célébration collective. Une nouvelle rencontre fut organisée au domicile de Rick, réunissant tous les acteurs de ce mélodrame. Cette fois, Servan y fut convié aussi. La présence du docteur, toujours écarté de la confidence, astreignait les convives à la prudence. L'idée était de célébrer en toute discrétion une action de combat dont on ne pouvait s'enorgueillir en dehors d'un cercle restreint d'initiés. Le prétexte était de boire et de festoyer à la santé des amis disparus, Sohan et Gaby, et à la mémoire de toutes les autres victimes. Le médecin fut repris sèchement quand il tenta d'ajouter, en toute ignorance, le nom de Camil à la liste des héros de la soirée. Il sentit alors qu'un malaise s'installait et ce malentendu se creusa quand il constata à voix haute la disparition du fusil de collection qui trônait d'habitude sur la hotte de la cheminée. Il interpella Rick, qui lui répondit abruptement :

— J'ai perçu ton inquiétude lors de notre dernière conversation au sujet de cette arme, ça m'a fait réfléchir et je m'en suis débarrassé. Tu peux constater que j'ai changé de style de décoration.

Servan recula pour envelopper dans son champ visuel l'ensemble de l'œuvre qui décorait maintenant le dessus de l'âtre, un magnifique tableau d'Isabelle de Marseul Monteran, une laque de paysage de bord de mer, contraste d'une plage de pépites d'or striée d'ornières parallèles s'enfonçant dans une eau bleu lagon, reflétant le tumulte d'un ciel où le gris menaçant alternait avec des éclats lumineux et des blancheurs aveuglantes. Les oppositions de couleurs hypnotisèrent un long moment les invités :

— En effet, tu as changé de style du tout au tout. Ce n'est pas plus mal, persifla Servan.

— Les derniers événements nous ont tous obligés à évoluer. Bon, on passe à table, j'ai renoué avec nos traditions et je vous ai préparé une petite recette dont vous me direz des nouvelles, conclut Rick.

Avant de prendre place, le toubib s'éloigna en direction des toilettes. En chemin, il s'arrêta pour contempler quelques photos de l'unité décorant les murs du couloir. Le sourire radieux de Gaby illuminait la plupart d'entre elles, dont Servan tentait de se remémorer la date et le lieu des prises de vues. Tout à son occupation, il nota que, de l'autre côté de la cloison, la tonalité de la conversation de ses amis s'était muée en un chuchotement. Il tendit l'oreille et entendit Roman commenter à voix feutrée le résultat des expertises balistiques des dernières enquêtes de son unité antiterroriste.

— L'un des deux projectiles qui a touché Camil a été extrait de sa mâchoire. Il s'agit d'un calibre 7,62 × 54 R provenant d'une arme longue. Quant au triple meurtre du secteur de la tour Eiffel, les équipes ont retrouvé un étui de cartouche de 9 mm sur place ; l'assassin n'a pas nettoyé correctement les lieux. Les griffures sur cette douille semblent attester qu'elles proviennent d'un pistolet automatique avec une culasse « à genouillère », sans doute un Luger P-08. Cela nous donne quelques indices, mais qui seront réduits à néant, car je suppose que les utilisateurs de ces armes s'en sont séparés définitivement. Qu'en pensez-vous ?

— Oui, il faudrait être fou pour ne pas s'en débarrasser, répliqua Rick.

— Si ce n'est pas le cas, ça ne saurait tarder, ajouta Lacar.

Servan, n'en pouvant plus, bondit dans la pièce.

— Ce n'est pas vrai, dites-moi que j'ai mal compris ! Le fusil qui a disparu, le Luger… C'est vous qui avez abattu trois personnes et tué Camil, l'un des héros du théâtre !

— Calme-toi ! lui répondit Roman. Ces trois personnes comme tu dis ne sont pas des personnes ordinaires, elles étaient membres d'une confrérie de terroristes, responsables de plusieurs attentats, et elles étaient en train d'en préparer d'autres, nous ne pouvions pas laisser faire ça. Quant à Camil, il n'est pas le héros que tu crois…

Le chef de l'antiterrorisme prit un long moment pour expliquer la situation à un Servan effondré dans le canapé.

— Pourquoi ne m'avez-vous rien dit ?

— On ne voulait pas te mêler à ça, c'est un boulot de flic et on craignait que tu t'opposes à notre action.

— Pourquoi ne pas laisser agir la justice ?

— Toubib, le reprit Roman, je viens de t'expliquer que ma responsabilité était engagée, j'ai réagi trop tard et certains me l'auraient reproché. Par ailleurs, nous voulions que cette ordure paye pour la mort de nos frères d'armes et l'assassinat de dizaines d'innocents.

— Nous n'avons plus confiance en cette justice, trop longue, trop clémente. La nôtre a été plus efficace. Sohan et Gaby sont vengés, enragea Rick.

— Tu as utilisé le bon mot, Rick, il s'agit de vengeance. N'utilise pas le mot « justice », tu n'en es pas digne. Le flux verbal de Servan était maîtrisé, il choisissait ses paroles avec précision.

— En tuant des êtres humains, aussi maléfiques soient-ils, vous vous êtes faits juges et bourreaux, reprit-il. Nos valeurs et nos institutions reposent sur la séparation de ces deux pouvoirs. Vous n'aviez pas le recul nécessaire ni la compétence pour prononcer et exécuter ce jugement. Vous avez perdu vos âmes dans cette action. Vous avez renoncé à l'idéal ancré au fond de vous, qui vous avait permis jusqu'à présent de résister à la barbarie et de faire l'admiration de tous, et la mienne en particulier. Vous avez agi comme eux, ils ont gagné… Vous êtes des soldats perdus.

De grosses larmes roulaient sur les joues du médecin, sa voix était brisée par l'émotion. Il arracha le médaillon de son cou et le déposa sur la table basse.

— Vous avez eu raison de me tenir à l'écart, je ne suis pas comme vous, j'ai été éduqué et formé à sauver des vies, pas à les détruire. C'est désormais notre différence. Gardez cette médaille : elle ne représente plus rien pour moi, je ne suis plus des vôtres.

Les trois autres n'osaient pas interrompre ce monologue, mais leur inquiétude était palpable, et Servan devina leur préoccupation.

— Rassurez-vous, je ne dirai rien de ce secret. Il sera lourd à porter pour moi, mais pour vous, ce sera un fardeau que le temps rendra insupportable… Ce sera le poids de votre déshonneur.

Le lendemain, sans plus d'explications que celles des traditionnelles convenances personnelles, et à la surprise générale, Servan démissionna de son poste de médecin chef de l'unité d'intervention.

Épilogue

La cérémonie officielle en la mémoire de Camil, héros de la nation, fut organisée quelques jours après son décès. Les plus hautes autorités de l'État, un peu lasses, espéraient qu'elle serait la dernière d'une longue série. Roman s'employa à les apaiser. S'appuyant sur le triple meurtre de la tour Eiffel, il développa une théorie audacieuse sur des règlements de comptes entre groupes extrémistes religieux rivaux. La tranquillité relative des temps qui suivirent sembla confirmer son hypothèse, et en remerciement pour ces nouvelles rassurantes et son action continue, Roman fut nommé à un poste convoité de diplomate au siège américain d'une instance internationale. Le jour de son départ vers l'Amérique, en compagnie de sa nouvelle épouse, Tyna, le hasard aurait pu lui faire croiser l'un de ses anciens collègues.

Rick s'apprêtait à embarquer vers un pays moins tranquille pour préparer la venue de son millionnaire de patron en quête de nouveaux marchés. L'ancien commandant ne nourrissait aucun remords. Les visages de Sohan et de Gaby ne cessaient de le tourmenter. Ce qui le faisait le plus souffrir, c'était l'affection que la nation avait portée à l'un de ses ennemis les plus acharnés et à l'assassin de ses camarades. Sa propre action était à l'origine de cette reconnaissance officielle, qu'il ne pouvait dénoncer sans se compromettre et confondre ses amis. Ce paradoxe en forme de supplice alimentait un tourment intérieur qui l'avait poussé, quelques jours auparavant, à rédiger une longue lettre explicative à destination de Samir et Nabila pour tempérer les hommages rendus à l'usurpateur. Il avait disposé sa missive dans un petit paquet postal et joint les deux douilles 7,62 × 54 R, puis il avait inscrit l'adresse des parents de son filleul au feutre noir. Le paquet était toujours sur la table basse du salon. Il le détruirait sans doute à son retour, il fallait aller de l'avant maintenant.

De sa démarche souple et élégante, Lacar avançait sur le pont de la Concorde. Il stoppa au milieu de l'édifice et s'assura d'un coup d'œil qu'aucun piéton ne briserait la quiétude de cette heure tardive. Rassuré, il s'accouda au parapet de pierre et inspecta avec la même acuité les quais des bords de Seine. Définitivement tranquillisé, il se saisit de son Luger P-08, le démonta d'une main experte et précipita les pièces les unes après les autres dans le courant boueux du fleuve. Il en fit de même avec les étuis des cartouches dont il enregistra machinalement chaque « plouf ». L'étui manquant le renvoyait à son erreur le jour de son passage à l'acte. Cette faute froissait sa fibre professionnelle plus qu'elle ne le préoccupait. L'immersion de son arme et son aspiration dans les fonds fangeux du cours d'eau signaient la disparition de tout élément d'enquête à charge.

À la même heure, sur une autre passerelle parisienne, les yeux fous de Flora fixaient le flot des mêmes eaux sombres. Depuis la disparition de Gaby, elle ne trouvait plus le sommeil. Elle ne trouvait plus rien d'ailleurs, ni appétit, ni intérêt au quotidien, ni goût à la vie. Elle sombrait, minute après minute, heure après heure, jour après jour. Seules ses balades nocturnes lui apportaient le réconfort d'une tranquillité éphémère avant que la lumière de l'aurore ne ravive ses souffrances et n'altère son discernement. Cette nuit, elle décida de mettre fin à cette longue agonie. La fraîcheur de la Seine l'engourdit, le courant l'enveloppa et la transporta vers l'apaisement, et l'espoir des retrouvailles.

Le ministre de l'Intérieur, en vieux routier de la politique, savait apprécier les quelques rares instants de calme, et cette période post-attentat se prêtait à un moment de convivialité avec ses collaborateurs. Il les réunit, anciens comme nouveaux, à l'occasion d'un cocktail amical et les remercia les uns après les autres. Un verre à la main, le tout nouveau conseiller parlementaire du ministre distillait compliments et traits d'humour. Depuis peu dans les murs, il était déjà apprécié de tous et chacun tenait à trinquer avec cette nouvelle éminence grise. Il se prêtait au jeu bien volontiers, ingurgitant du champagne plus que de raison. Pourtant, Eran ne buvait jamais d'alcool, mais en cas de nécessité absolue, la dissimulation lui était prescrite.

Les cambrioleurs avaient repéré que le domicile était vide de tout occupant quelques jours auparavant. Rick n'avait jamais voulu installer d'alarme ; il pensait que les effractions ne concernaient que les autres. Les indélicats sélectionnèrent les objets de valeur, mais avant de partir, l'un d'eux s'intéressa au paquet sur la table basse du salon. Il en extirpa deux étuis de cartouches de fusil et une lettre, dont il étudia longuement le contenu.

MIXTE
Papier issu de sources responsables
FSC® C003309

L'éditeur de cet ouvrage s'engage dans une démarche de certification FSC® qui contribue à la préservation des forêts pour les générations futures.

Pour en savoir plus :
www.editis.com/engagement-rse/

CET OUVRAGE A ÉTÉ ACHEVÉ D'IMPRIMER SUR ROTO-PAGE
PAR L'IMPRIMERIE FLOCH À MAYENNE EN NOVEMBRE 2022

N° d'impression : 101512
Imprimé en France